La tentation du Dr Tracy Hinton

*

Une vie avec toi

TINA BECKETT

# La tentation du Dr Tracy Hinton

*Traduction française de*
CHARLINE McGREGOR

BLANCHE

HARLEQUIN

*Collection :* Blanche

*Ce roman a déjà été publié en 2019*

*Titre original :*
HER HARD TO RESIST HUSBAND



**HARPERCOLLINS FRANCE**
83-85, boulevard Vincent-Auriol, 75646 PARIS CEDEX 13
Service Clients — www.harlequin.fr
ISBN 978-2-2805-0307-5 — ISSN 0223-5056

Édité par HarperCollins France.
Composition et mise en pages Nord Compo.
Imprimé en février 2024 par CPI Black Print (Barcelone)
en utilisant 100% d'électricité renouvelable.
Dépôt légal : mars 2024.

FSC
www.fsc.org
MIXTE
Papier issu de sources responsables
FSC® C159065

Pour limiter l'empreinte environnementale de ses livres, HarperCollins France s'engage à n'utiliser que du papier fabriqué à partir de bois provenant de forêts gérées durablement et de manière responsable.

# 1

Tracy Hinton sentit la tête lui tourner, mais parvint heureusement à ne pas s'évanouir.

Son estomac, à son tour, se serra dangereusement, quand l'odeur de mort qui envahissait les lieux pénétra dans ses narines.

— Combien ? demanda-t-elle en plaçant le masque sur son nez et sur sa bouche.

— Pour l'instant, on a six morts, mais la majeure partie de la ville est touchée, répondit Pedro, l'un de ses infirmiers mobiles. Ils sont morts depuis plusieurs jours, ajouta-t-il en désignant une silhouette recroquevillée en position fœtale sous le porche de la petite maison de briques, et un autre corps un peu plus loin. Quelle que soit la cause du décès, ça a été rapide. Ils n'ont même pas eu le temps d'aller à l'hôpital.

— Ils étaient probablement déjà trop malades, et puis l'hôpital le plus proche est à plus de vingt kilomètres.

Tracy regarda les corps en secouant la tête. Piauí, l'un des Etats les plus pauvres du Brésil, était donc aussi plus vulnérable aux infections à grande échelle que les régions plus riches, d'autant que les habitants de bien de ces bidonvilles n'avaient pas les moyens de posséder une voiture. Parcourir vingt kilomètres à pieds ou à vélo n'était déjà pas évident, lorsqu'on était jeune et en pleine forme, or ces deux victimes-là n'étaient visiblement ni l'un ni l'autre.

Elle ne saurait pas ce qui avait causé la mort, tant qu'elle n'aurait pas examiné les corps de plus près, et recueilli des prélèvements. Or, le laboratoire d'analyses le plus proche étant situé à plus de cent kilomètres, il faudrait bien qu'elle fasse état de la possibilité d'une épidémie aux autorités concernées.

Elle se sentit soudain nerveuse. Contacter les autorités… Cela signifiait se confronter à Ben.

Pedro se tourna vers elle :

— Tu penses à quoi, la dengue ?

— Non, pas cette fois. Il y a du sang sur la chemise de l'homme, mais de là je ne vois pas grand-chose. Peut-être une lepto, ajouta-t-elle en regardant les cochons, enfermés dans un corral de fortune, et rendus bruyants par le manque de nourriture.

— Leptospirose ? demanda Pedro, l'air étonné. Pourtant, la saison des pluies est finie.

Tracy acquiesça. En effet, la maison était entourée de quelques herbes sèches, et le sol argileux avait durci sous le soleil. La chaleur étouffante semblait même avaler le peu d'humidité de l'air, et elle sentit sa nausée revenir. Dans cette partie du pays la plus proche de l'équateur, les températures descendaient rarement en dessous de 38 °C durant la saison sèche. Qui était loin d'être finie. Elle soupira.

— Ils ont des cochons, dit-elle enfin, repoussant de l'avant-bras quelques mèches de cheveux qui lui collaient au visage.

— J'ai vu, mais la lepto ne cause pas d'hémorragie, normalement.

— On en a bien eu à Bahia, pourtant.

Pedro fronça les sourcils.

— Tu penses qu'il s'agirait de la version pulmonaire ?

— Je ne sais pas. Peut-être.

— Tu veux prélever des échantillons ? Ou aller voir les autres maisons ?

Elle plongea la main dans la poche de son jean, et en ressortit son téléphone portable. Malheureusement, un coup d'œil à l'écran suffit à lui confirmer que ce qui fonctionnait à São Paulo ne marchait visiblement pas ici : aucun réseau.

— Ton téléphone passe ici ? demanda-t-elle à Pedro.

— Non.

Soupirant de nouveau, elle réfléchit à la meilleure option.

— Les prélèvements de tissus devront attendre, je ne veux pas risquer de contaminer d'éventuels survivants. Et, qui sait, nous aurons peut-être du réseau, sur les hauteurs.

Benjamin Almeida regarda dans la lentille du microscope, puis tourna la molette, jusqu'à ce que la tache rose devienne parfaitement nette. Bactéries à Gram négatif. Il retira la lamelle, et la déposa sous le microscope digital pour enregistrer les résultats.

— Euh... Ben ?

Mandy, son assistante, avait passé la tête par la porte.

Il leva une main, lui enjoignant par ce geste d'attendre qu'il ait fini d'envoyer son rapport au spécialiste des maladies tropicales de l'institut de Piauí. Même si son bureau n'était qu'à quelques pas de lui, Ben n'avait pas le temps d'y aller pour l'instant. Quand ce fut fait, il retira ses gants en caoutchouc et les jeta à la poubelle, avant de se verser une bonne dose de liquide désinfectant au creux des mains.

— Oui, qu'est-ce que c'est ? demanda-t-il enfin d'une voix un peu lasse.

Il se tourna vers son assistante. Ses douze heures de travail commençaient à se faire sentir, pourtant il avait encore deux échantillons à analyser avant de pouvoir rentrer.

— Quelqu'un souhaite te voir, répondit Mandy en portugais, visiblement embarrassée.

— Si c'est le Dr Mendosa, dis-lui que je viens de lui envoyer le rapport. C'est une infection bactériologique, pas un virus.

Mais une femme apparut derrière Mandy, et Ben sentit soudain le souffle lui manquer. Malgré le choc, il se força à rester assis, conscient que ses jambes, en cet instant, risquaient fort de le trahir.

Il leva les yeux vers elle : les cheveux noirs de jais retenus par la pince habituelle, les pommettes hautes et saillantes, le long cou, le menton haut, et les yeux verts — pour l'heure, emplis d'inquiétude — qui plongèrent dans les siens sans hésitation.

Bon sang, mais qu'est-ce qu'elle faisait là ?

La nouvelle venue ajusta la bretelle d'un sac isotherme sur son épaule, avant de faire un pas vers lui.

— Ben, j'ai besoin de ton aide.

Il sentit sa mâchoire se crisper. C'étaient quasiment les mêmes mots qu'elle avait prononcés quatre ans plus tôt. Juste avant de sortir de sa vie. Il déglutit péniblement, espérant que sa voix ne trahirait rien de ses pensées.

— A propos de quoi ?

— Il y a eu quelque chose à Santa Teresa, répondit-elle rapidement, en tapotant son sac. J'ai des prélèvements, j'aurais besoin que tu les analyses. Le plus vite possible, il faut que je sache pourquoi les gens...

— Eh, doucement, l'interrompit-il sèchement. Je ne comprends rien à ce que tu racontes.

Elle se mordit la lèvre, faisant un effort visible pour rassembler ses esprits.

— Une épidémie s'est déclarée à Santa Teresa, articula-t-elle enfin. Six personnes sont déjà mortes. La police militaire est en route pour quadriller la ville. Je ne serais pas venue te voir si ce n'était pas important, ajouta-elle d'une voix plus basse. Très important.

Il réprima un soupir exaspéré. Ça, il en était bien persuadé. La dernière fois qu'il l'avait vue, elle claquait la porte de leur maison, pour ne plus jamais y remettre les pieds.

Mais au fond il n'était pas très surprenant de la retrouver toujours là, à sillonner le pays pour éteindre les foyers infectieux. Rien n'avait jamais pu l'arrêter. Ni lui, ni la perspective de fonder une famille, ni même la vie qu'elle portait en elle.

Contre toute logique, cependant, il enfila une nouvelle paire de gants.

— Tu veux un respirateur ?

— Je ne pense pas, on a utilisé des masques pour prélever les échantillons.

Il en enfila un et lui en tendit un autre, soulagé que le morceau de plastique vienne couvrir ses lèvres roses, si douces, qu'il ne se lassait pas d'embrasser, autrefois. Son attention se porta alors sur les yeux de Tracy. Malheureusement pour lui, leur vert vif avait toujours le pouvoir de faire battre son cœur un peu plus vite. Malgré tout ce qui s'était passé. Et malgré le temps.

Il s'éclaircit la gorge.

— Quels sont les symptômes ?

— A priori, le point commun serait l'hémorragie pulmonaire, peut-être causée par une sorte de pneumonie, répondit-elle en lui tendant le sac. Malheureusement, les corps ont déjà été incinérés.

— Sans autopsies ?

— Les soldats m'ont laissé prélever quelques échantillons avant d'emmener les corps, et les autorités en ont elles aussi emporté pour faire leurs propres analyses. Je dois leur confirmer que tout a bien été détruit, dès que tu en auras terminé. Il y a un garde à la réception, chargé de vérifier que les ordres sont respectés, ajouta-t-elle en murmurant presque. Il faut que tu m'aides, Ben, tu es le meilleur épidémiologiste de la région.

Il leva les yeux, remarquant en effet l'officier de la Polícia Militar, adossé au mur dans la pièce adjacente.

— Si je ne m'abuse, ce n'était pas ce que tu préférais chez moi, dans le temps, lança-t-il.

Il ne se souvenait que trop bien de leurs terribles disputes sur la prépondérance des droits individuels sur le bien public, et vice versa.

Elle marqua un temps d'hésitation.

— Parce que tu agissais dans mon dos, et utilisais ton métier comme une arme contre moi.

Il accusa le coup. Elle n'avait pas tort. Mais même ça ne l'avait pas arrêtée.

L'assistante de Ben, qui observait la scène depuis la porte, s'approcha enfin, et enfila un masque à son tour. Elle pencha la tête pour jeter un coup d'œil inquiet vers le garde. Son anglais n'était pas très bon, et Ben ignorait ce qu'elle avait saisi de leur conversation.

— Est-ce qu'il va nous laisser repartir ? demanda-t-elle en portugais.

— S'il ne s'agit en fait que d'une pneumonie banale, lui répondit Tracy dans la même langue, il n'y aura aucun problème.

— Et sinon ?

Ben serra les lèvres, en s'imaginant obligé de rester confiné pour un temps indéterminé dans son bureau minuscule. Avec Tracy. Il avait bien un lit pliant, mais il était très étroit. En tout cas, pas suffisamment large pour... Stop !

— Sinon, eh bien, nous risquons d'être coincés ici un bout de temps, dit-il vivement en se dirigeant vers le militaire. Excusez-moi, nous n'avons pas encore ouvert les échantillons de tissus. Mon assistante est chargée de famille, j'aimerais qu'elle rentre chez elle, avant que nous ne commencions.

C'était justement pour cela que Ben avait fait en sorte que son bureau se trouve dans un bâtiment séparé de l'hôpital. Il était suffisamment petit pour pouvoir être mis à l'abri en cas d'épidémie, et l'ordinateur lui permettait d'envoyer tous les résultats qu'il voulait.

La sécurité était sa priorité. Mandy connaissait les risques encourus à travailler avec lui, mais à sa connaissance elle n'avait jamais été exposée à rien. Pas comme Tracy, quatre ans plus tôt, quand elle s'était jetée, la tête la première, au milieu d'une épidémie de fièvre jaune, l'obligeant à faire appel aux autorités militaires.

Ben interrogea du regard le garde, qui réfléchissait visiblement à sa requête. Au bout d'un instant, il se retourna et appela une personne sur son talkie-walkie.

— Quelqu'un va la raccompagner chez elle, annonça-t-il à la fin de sa conversation. Mais elle devra y rester, jusqu'à ce que l'on ait déterminé de quelle maladie il s'agit. Et vous deux, ajouta-t-il en désignant Tracy et Ben, quand les échantillons auront été ouverts, vous devrez rester dans ce bâtiment, jusqu'à ce que les risques aient été déterminés.

Mandy jeta un regard paniqué en direction de Ben.

— Vous êtes sûr que je peux y aller sans danger ? Mon... mon bébé..., balbutia-t-elle. Je dois appeler mon mari.

— Dites à Sergio d'emmener le bébé chez votre mère, au cas où. Je vous appelle dès que nous savons quelque chose, d'accord ?

Avec un hochement de tête, la jeune femme sortit passer son coup de fil.

— Désolée, dit Tracy avec une moue. Je pensais que tu serais seul au labo.

— Ce n'est pas ta faute, voyons. Elle s'inquiète pour son bébé, toute femme en ferait autant, ajouta-t-il en la fixant.

Il regretta sa remarque, quand il vit la compassion se muer en colère.

— J'étais inquiète. Mais ça ne te suffisait pas, hein ? Je retourne à Santa Teresa dès que j'aurai des réponses, répondit-elle après un profond soupir. Si je dois être placée en quarantaine, autant que je sois là où je peux me rendre utile. C'est-à-dire ailleurs que dans un labo, à regarder des tubes.

Il cilla. Il avait beau savoir qu'il avait touché une corde sensible, il n'en ressentit pas moins une douleur familière.

— « Dit la femme qui est venue dans mon labo appeler à l'aide », énonça-t-il calmement.

— Pardon, ce n'est pas exactement ce que je voulais dire.

— Mais si, Tracy.

Ils se regardèrent fixement un moment, puis ses yeux se plissèrent, et elle retira son masque, le laissant pendre à son cou.

— Bon, d'accord, peut-être un peu, répondit-elle, l'air contrarié. Mais j'ai reconnu que j'avais besoin de toi. Ça compte, non ?

Il haussa les épaules. Bien sûr, que ça comptait. Sauf que ce besoin-là n'avait rien à voir avec ce qu'ils avaient, avant. Ce temps-là était hélas bien loin et, si fort qu'il ait essayé de la retenir alors, elle lui avait échappé. Jusqu'à ce que le gouffre qui les séparait soit trop grand pour être comblé.

Il se redressa, s'efforçant de chasser ces pensées douloureuses. Ressasser le passé ne le mènerait nulle part. Il posa le sac isotherme sur une table métallique vide, puis désigna du menton le distributeur en aluminium.

— Mets des gants et ne touche rien autour de toi, au cas où.

Mais, au lieu d'obtempérer, elle sortit sa propre boîte de gants de son sac.

— J'ai tout ce qu'il me faut.

Il laissa échapper un soupir. Evidemment. Elle était comme ça, toujours en mouvement. Jamais elle ne prenait un week-end de repos. Tracy s'était jetée à corps perdu dans le travail, à tel point qu'il ne lui était plus rien resté pour elle. Ni pour lui.

Il avait cru qu'elle ralentirait, le jour où le test de grossesse avait viré du rose au bleu. Mais pas du tout. Et lui n'avait pas supporté l'idée que son enfant vive ce que lui-même avait connu petit.

Submergé par la vieille frustration, il serra les dents et reporta son attention sur ce qui l'entourait. Il allait bien falloir faire fonctionner la centrifugeuse et le reste de son équipement, dans le minuscule réduit aux parois de verre, qu'il avait aménagé dans un coin pour ce genre de situations.

Il fallait absolument qu'il garde son espace de travail quotidien, soigneusement séparé des échantillons de Tracy. S'ils ne prenaient pas toutes les précautions possibles, le gouvernement ne se gênerait pas pour mettre le labo entier en quarantaine, ce qui signifiait jeter à la poubelle des années de travail. Il se raidit. S'il découvrait que le problème provenait d'un microbe transmissible par l'air, il devrait tout brûler lui-même. Et jamais il ne prendrait le risque de propager une épidémie. Pas même pour Tracy, elle devait le savoir.

— J'ai une pièce stérile là-bas. Dès que les choses seront réglées avec Mandy, on va pouvoir se mettre au travail.

Il surprit Tracy, jetant un œil vers le couloir, où la conversation téléphonique semblait s'intensifier de seconde en seconde.

— J'ai fait très attention à tout garder aussi stérile que possible, expliqua-t-elle en se tournant de nouveau vers lui. Je ne pense pas qu'elle ait été exposée à quoi que ce soit.

— J'en suis sûr. Je vais transporter ton sac dans l'autre pièce. Pourrais-tu passer la table où il était posé au désinfectant ?

Mais à peine avait-il touché le sac que le garde apparut, la main sur le canon de son fusil.

— Où allez-vous avec ça ?

Ben s'approcha lentement de la pièce stérile.

— Les échantillons ne peuvent infecter personne, s'ils sont maintenus fermés. Vous verrez tout ce que nous ferons de là où vous êtes, mais je vous conseille de garder vos distances une fois que le sac sera ouvert.

Le garde recula aussitôt de quelques pas.

— Combien de temps cela prendra-t-il ?

— Aucune idée. Tout dépend de ce que nous avons là.

Il remisa le sac dans la pièce stérile, et rassembla l'équipement dont il aurait besoin, le disposant sur les étagères métalliques perchées au-dessus de la table en inox. Il poussa un long soupir. Ils allaient être à l'étroit, là-dedans, avec Tracy.

Un appareil de traitement de l'air filtrait toutes les particules viciées, mais il n'y avait pas moyen d'installer la climatisation sans risques de propagation. Il leur faudrait donc compter sur la fenêtre du labo pour ne pas cuire. Il pourrait toujours proposer à Tracy de partir avant qu'il ait les résultats, mais il savait déjà comment cette suggestion serait accueillie, malgré ses paroles cinglantes tout à l'heure.

Et l'expérience lui avait également appris que l'on ne pouvait ni forcer ni convaincre Tracy d'agir contre son gré.

Mandy apparut dans l'encadrement, alors qu'il branchait le filtre et refermait la porte de la chambre stérile.

— Tout est arrangé, annonça-t-elle d'un air soulagé. Ma mère va s'occuper du bébé pour la nuit. Mon mari n'est pas ravi que je rate le travail, seulement, il ne veut pas non plus que je reste ici.

— Je le comprends. Mais voyez les choses du bon côté, au moins vous pouvez rentrer chez vous, lui dit-il en souriant. Sergio a de la chance que je ne vous aie pas volée à lui.

Mandy éclata de rire.

— Vous le lui avez déjà dit vous-même. Souvent.

Tracy, qui avait pourtant fini de nettoyer la table, y retourna d'un pas vif, et recommença à la frotter avec un peu trop de force, la tête baissée. Il ne put s'empêcher de sourire en la voyant faire.

Il raccompagna ensuite Mandy à la réception, où un autre policier devait venir la chercher. Puis il retourna à la chambre stérile, et y déposa le sac isotherme dans un petit frigo qu'il avait placé là, à cet effet. Déjà l'air commençait à s'échauffer dans le réduit, mais il avait souvent travaillé dans des conditions bien plus pénibles. Tracy aussi, d'ailleurs.

Il se souvenait notamment d'une fois. C'était la première fois que Tracy et lui se rencontraient. Elle était descendue du navire médical où elle travaillait, pour venir le trouver au village le plus proche, exigeant de savoir ce qu'il faisait pour endiguer l'épidémie de malaria qui sévissait vingt kilomètres plus bas. Il était épuisé, et elle était apparue, tel un magnifique ange vengeur, ses longs cheveux noirs flottant dans la brise, prête à l'assassiner au moindre mot de travers.

Deux jours plus tard, ils faisaient l'amour. Enfin, mieux valait ne pas repenser à ce... « détail » maintenant, alors qu'il était censé éviter tout contact physique avec elle.

Elle n'éprouvait peut-être plus rien, mais lui si. Il suffisait de voir la façon dont son cœur s'était emballé, lorsqu'il l'avait vue apparaître tout à l'heure.

Elle jeta sa serviette en papier dans la poubelle à déchets dangereux, et se dirigea vers lui.

— Je voulais te remercier d'avoir accepté de m'aider. Tu aurais pu m'envoyer balader, ajouta-t-elle avec un petit rire sec. Et j'aurais compris.

— Je ne suis pas toujours un ogre, tu sais.

Elle se mordilla la lèvre inférieure, d'une façon qui noua le ventre de Ben.

— Je sais. Et je suis désolée de t'avoir entraîné là-dedans, mais je ne savais pas où aller. Les militaires refusaient que je sorte les prélèvements de Santa Teresa. Ils ont accepté que je vienne ici, parce que tu as déjà travaillé avec eux, et à la condition qu'un garde m'accompagne. Honnêtement, je n'avais pas idée qu'une autre personne serait impliquée.

— Ce n'est pas ta faute, Tracy, répondit-il de nouveau, en tendant machinalement la main vers sa joue, avant de se reprendre juste à temps. Le gouvernement a sans doute raison de prendre des précautions. Si je pensais qu'il y avait le moindre risque de contamination, j'exigerais que Mandy reste avec nous au labo. Mais te connaissant comme je te connais, poursuivit-il en souriant, pas un seul microbe n'a pu survivre au traitement que tu as dû faire subir à ce sac avant de l'emporter.

— Je l'espère, répliqua-t-elle avec sérieux. Beaucoup de malades attendent après nous. J'ai laissé un collègue sur place, pour être sûre que les militaires n'emploieraient pas de méthode radicale, mais il n'est pas médecin, et je ne veux pas non plus mettre en danger sa santé. Ces gens ont besoin d'aide ; je ne peux malheureusement rien faire tant que je ne sais pas contre quoi je dois me battre.

Il sentit son sourire s'éteindre. Et ensuite elle partirait gérer la crise suivante. Comme toujours. Il se secoua intérieurement.

— Alors mettons-nous au travail.

A cet instant, le garde passa la tête par l'encadrement de la porte.

— Ils arrivent pour emmener votre assistante. Ils la garderont chez elle, jusqu'à ce que tout danger soit passé.

Ben hocha la tête, et se dirigea vers la porte pour dire au revoir à Mandy. Elle l'embrassa sur la joue, le serrant fort contre elle. Quand enfin elle relâcha son étreinte, ses yeux brillaient de larmes contenues.

— Merci. Ça va être dur de ne pas pouvoir border ma petite Jenny ce soir, mais je serai plus proche d'elle que si j'étais restée ici.

Ben sentit son cœur se serrer. Voilà une femme pour qui son enfant comptait plus que tout, qui n'avait pas besoin de fuir aux quatre coins du monde pour trouver le bonheur. Tout le contraire de ses parents. Et tout le contraire de Tracy.

— On va faire aussi vite que possible. Dès que les choses seront rentrées dans l'ordre, fais-lui un bisou de la part de son oncle Ben.

— Je n'y manquerai pas, promis, lui dit-elle en lui essuyant du pouce une trace de rouge à lèvres sur la joue. Sois prudent, d'accord ? Je commence juste à m'habituer à tes dingueries, je n'aimerais pas devoir me faire à quelqu'un d'autre.

Il retira l'un de ses gants en riant, et posa une main sur son épaule.

— Tu ne te débarrasseras pas de moi si facilement. Allez, va profiter de tes minivacances. Tout sera revenu à la normale avant que tu n'aies eu le temps de souffler.

Il rentra dès que Mandy eut disparu, et se retrouva face à une Tracy visiblement très étonnée.

— Quoi ?

— Rien, répondit-elle en haussant les épaules. Je suis juste surprise que tu n'aies pas encore trouvé une femme pour te donner tous ces enfants que tu disais vouloir.

— Ce serait impossible, étant donné les circonstances.

— Ah oui ? Et pourquoi ?

Il lâcha un rire sec.

— Tu le demandes ?

Devant son air abasourdi, il lui saisit la main et la lui plaça juste devant les yeux, l'anneau doré visible sous les gants.

— Pour la même raison qui te fait porter ça, répondit-il en la dévisageant. Tu as oublié, « Mme Almeida » ? Tu ne te fais peut-être plus appeler par ton nom d'épouse, mais aux yeux de la loi... nous sommes toujours mari et femme.

## 2

Tracy détourna la tête. Elle n'avait rien oublié.

Evidemment, elle avait envisagé de lancer la procédure de divorce, mais vivre à l'étranger rendait les choses cent fois plus compliquées. Les deux avocats brésiliens qu'elle avait contactés avaient affirmé qu'en tant que citoyenne américaine, et vu que Ben et elle s'étaient mariés à New York, elle devait rentrer aux Etats-Unis pour y entamer les démarches. Il n'était bien sûr pas question de demander à Ben de l'accompagner. D'ailleurs, même s'il avait été d'accord, elle, non. Elle avait envie de tout sauf d'être avec lui à l'époque, tant la blessure due à son départ de Teresina — et à leur rupture — était encore douloureuse.

Certes, rester mariée n'était pas la décision la plus intelligente qu'elle ait prise dans sa vie, mais ensuite elle s'était jetée à corps perdu dans le travail, notamment dans sa clinique itinérante, « Projeto Vida ». Par ailleurs, une alliance pouvait s'avérer fort utile pour repousser les hommes qui l'approchaient d'un peu trop près. Elle eut un petit soupir. Non qu'il y en ait eu des tonnes, tant elle devait exhaler la déception et l'exaspération vis-à-vis de la gent masculine. Jamais elle ne se remarierait, de toute façon, et continuer à porter son alliance rendait cette promesse plus aisée à tenir.

Elle jeta un regard en coin à Ben. Dommage cependant qu'elle n'ait pas songé à la retirer avant de venir solliciter son aide.

Se rendant enfin compte qu'il attendait toujours une réponse, elle releva le menton, priant pour qu'il ne remarque pas le léger tremblement de sa voix.

— Nous ne sommes plus mariés, Ben. Tu as fait ce qu'il fallait pour ça.

— OK, dit-il en se détournant pour rassembler du matériel supplémentaire.

Elle se surprit à caresser l'anneau du bout du pouce, un geste qui s'était avéré étonnamment réconfortant lors des moments les plus éprouvants qu'elle avait traversés — comme celui-ci, par exemple. Bizarrement, en y songeant, la plupart du temps, elle les avait vécus avec des gants de latex.

En observant Ben, elle remarqua la légère touche de gris qui avait saupoudré son épaisse chevelure brune. Mais pas de quoi être surprise, après tout, il avait trente-huit ans, et elle ne l'avait pas vu depuis quatre ans. Forcément, il avait changé. Ceci dit, ses yeux d'un bleu électrique, qu'il tenait de sa mère américaine, n'avaient pas changé, eux. Ni la façon dont ils rehaussaient son teint hâlé, ses pommettes hautes et son nez parfaitement droit, hérités de son père brésilien. Il n'avait rien perdu non plus de cette concentration intense, qu'elle trouvait jadis si intimidante. Et irrésistible.

Bon, fini de rêvasser ! Ce n'était certainement pas de cette façon qu'elle allait pouvoir se rendre utile. Elle enfila sa tunique, des bottes et l'équipement chirurgical que Ben lui avait sorti, puis elle le rejoignit dans le réduit de verre où il s'affairait déjà.

— Ferme la porte, que je puisse la sceller, lui dit-il aussitôt.

— La sceller ? répéta-t-elle en marquant un temps d'hésitation avant d'obtempérer.

— Oui, avec ça, répondit-il en brandissant un rouleau de ruban adhésif d'emballage. Tu as peur d'être claustrophobe ?

Elle secoua la tête, essayant de garder son calme. Elle espérait que cela irait, mais l'enfermement avait toujours causé chez elle des crises de panique, qui pouvaient aisément dégénérer si elle n'y prenait pas garde. Qu'il s'agisse d'enfermement physique ou émotionnel, d'ailleurs. Un coup d'œil vers la porte menant à la réception la rasséréna cependant quelque peu : la sortie était parfaitement visible d'où elle se trouvait.

— Le fait que les parois soient de verre et que je voie la porte de sortie va m'aider, affirma-t-elle.

— Bien, dit-il simplement, en commençant à scotcher l'encadrement de la porte, avant de sortir le sac du réfrigérateur.

Elle le regarda s'affairer. Il examina les étiquettes de chaque tube qu'il contenait, puis en choisit deux, et remit le reste au frais.

— Que veux-tu que je fasse ? demanda-t-elle.

— Prépare-moi des lamelles. On va aller du plus simple au plus complexe. Daniel, garçon, douze ans, lut-il sur l'une des étiquettes. Il est en vie ?

— Oui. Il est fébrile, mais ne présente pas de lésions de la peau visibles.

Elle sentit son cœur se serrer, en repensant aux yeux effarés du préadolescent. Enfin, au moins, il était en vie. Sa sœur cadette aussi. Leur mère, en revanche, avait eu moins de chance. Son corps avait été l'un des premiers qu'ils aient découverts au village.

— Des signes de pneumonie ?

— Pas encore, ce qui est étrange. La plupart des victimes s'étaient plaintes de toux accompagnées de fièvre et de malaises, avant de décéder.

— Les corps présentent des signes d'hypertrophie du foie ?

— On n'a pas pu faire d'autopsie, les militaires ont tout détruit, répondit-elle d'une voix brisée.

La main gantée de Ben se posa soudain sur la sienne, et au travers du latex elle sentit sa chaleur familière et réconfortante.

— Allez, prépare-moi des lamelles, dit-il doucement, je m'occupe de la centrifugeuse.

Soulagée de trouver une occupation qui détournerait son esprit des scènes d'horreurs que Pedro et elle avaient découvertes en arrivant à Santa Teresa, elle sortit rapidement plusieurs lamelles, et les étala sur la table. Puis, prenant délicatement le coton-tige que lui tendait Ben, elle déposa une fine couche de matériau sur le verre immaculé.

— Qu'est-ce que tu cherches ?

— Tout et rien en particulier, répondit-il.

Elle l'observa discrètement Sa mâchoire tendue indiquait pourtant qu'il avait déjà peut-être établi sa théorie.

— Il faut chauffer les lamelles au fur et à mesure, poursuivit-il.

Il alluma un petit réchaud et lui montra comment passer la lamelle sur la flamme, pour sécher et fixer le spécimen à la surface vitrée.

Un bruit à l'extérieur leur fit lever les yeux en même temps.

— Votre assistante est arrivée à bon port, leur cria le garde.

Ben leva le pouce.

— Merci de m'avoir averti.

Les doigts de Tracy se crispèrent sur la lamelle à la mention de l'assistante de Ben. Elle se maudit aussitôt intérieurement. Réaction ridicule, évidemment ! Certes, cette femme l'avait embrassé, mais les Brésiliens embrassaient tout le monde, c'était une coutume dans la région. Et puis, elle avait une famille et un bébé.

A cette pensée, l'émotion lui serra la gorge. Ben voulait tellement avoir un enfant, quand ils étaient ensemble ! Elle aussi, d'ailleurs. Lorsqu'elle était tombée enceinte, ils étaient tous les deux très contents. Jusqu'à ce que l'horrible nouvelle ne détruise son bonheur. A laquelle elle n'avait su réagir qu'en travaillant comme une folle, ce qui avait rendu Ben fou furieux. Pendant ce temps-là, elle cherchait éperdument les mots pour lui dire…

Tout avait basculé quand il avait envoyé les militaires la chercher de force dans un village pendant une épidémie de fièvre jaune. Elle avait compris qu'il redoutait non pas la maladie elle-même, puisqu'elle était vaccinée, mais tout ce qui les éloignait de lui, elle et le bébé. Or elle n'avait pas besoin qu'on la protège, elle avait juste besoin de travailler. C'était sa ligne de survie, en ces temps de tourmente et de confusion, et l'intervention de Ben avait mis à mal la confiance qu'elle avait en lui. Une semaine plus tard, elle faisait une fausse couche. Et la brèche qui s'était ouverte ce jour-là n'avait fait que s'agrandir par la suite, les accusations et les reproches ne cessant plus désormais de fuser de part et d'autre.

Au bout du compte, elle avait décidé de garder son secret pour elle. Tout lui dire n'aurait rien changé, puisqu'elle avait déjà décidé de partir.

Elle prit un nouveau coton-tige, et le trempa dans un autre tube, puis réitéra la manipulation de la première lamelle et chauffa.

— Tu veux que je mette du colorant ?

— Voyons d'abord ce que nous avons.

— Il y avait des cochons, près de la maison de l'une des victimes. Tu penses que ça pourrait être une leptospirose ?

— Possible, répondit-il en allumant le microscope. Si les lamelles ne révèlent rien, il faudra faire des cultures. C'est là que l'on décèlera la lepto.

Elle retint un soupir. Il n'avait pas besoin de le préciser, elle le savait tout comme lui, les cultures prendraient plusieurs jours. Elle jeta un regard anxieux en direction du garde. Il était, par chance, suffisamment loin pour ne pas entendre leur conversation.

— Ça risque de poser un problème, lança-t-elle brusquement.

— Comment ça ? Il avait levé la tête, posant sur elle son regard intense.

— J'ai dit à la police militaire que tu aurais une réponse à leur donner aujourd'hui.

— Quoi ? ! Bon sang, Tracy, tu...

— Je sais, je sais, l'interrompit-elle. Mais je n'avais pas le choix, c'était ça ou quitter Santa Teresa les mains vides.

Elle se mordit la lèvre, mal à l'aise. Il ferma les yeux un instant, avant de les reposer sur elle.

— Encore ton complexe de la salvatrice universelle, hein ! Tu ne te lasseras donc jamais de jouer les Superman ?

— Je croyais que c'était ton rôle, ça. Prendre tout en charge même quand ce n'est pas à toi de le faire, rétorqua-t-elle en secouant la tête. Si tu arrêtais de penser à toi, pour une fois...

A peine les mots sortis, elle les regretta.

— Désolée, c'était déplacé.

— En effet, répondit-il froidement en lui prenant la lamelle des mains, pour la poser sous le microscope dans un craquement inquiétant.

Le garde se leva immédiatement de sa chaise.

— *O que foi ?*

Ben lui montra la lamelle.

— Désolé, je l'ai laissée tomber.

A l'évidence, il avait levé la voix pour que le garde l'entende distinctement, mais le ton était calme. Même si la tension était perceptible sur les phalanges blanchies de ses poings serrés.

Le garde se détendit, visiblement rassuré.

— Je vais à la cafétéria, vous voulez quelque chose ?

Elle leva les yeux au ciel. Comment cet idiot comptait-il faire passer quoi que ce soit par la porte calfeutrée ? De toute façon, elle n'aurait rien pu avaler.

— Ça va, merci.

— Pareil, renchérit Ben.

Le garde s'approcha de la porte d'entrée, et s'empara de la clé dans la serrure, avant de l'enfiler de l'autre côté. Elle sentit l'angoisse lui nouer le ventre. Il allait les enfermer !

— Non, attendez ! s'exclama-t-elle en se levant machinalement.

— Désolé, mais j'ai des ordres. Vous ne sortez pas d'ici tant que ces échantillons n'ont pas été détruits.

Elle s'apprêtait à argumenter, mais Ben lui posa la main sur l'épaule.

— Laisse tomber, dit-il tout bas.

Elle ravala donc sa langue, et regarda la porte se refermer. Un vent de panique familier la parcourut, lorsqu'elle entendit le clic de la clé dans la serrure.

— Et s'il ne revient pas ? Si on reste coincés ici ?

Il retira l'un de ses gants, et mit la main à sa poche.

— J'ai un double. Je sais que tu n'aimes pas te sentir coincée, dit-il avec un petit sourire.

Elle ne put réprimer un soupir de soulagement.

— Tu l'as appris à tes dépens, pas vrai ? demanda-t-elle avec un rire un peu trop sec.

L'image nette de leur lit défait, et Ben lui enfermant les mains dans les siennes au-dessus de sa tête lui revint à la mémoire. Elle adorait pourtant leurs jeux amoureux mais, cette fois-là, une vague de terreur s'était abattue sur elle sans crier gare. Elle avait eu beau savoir qu'il jouait, elle avait commencé à se débattre pour de vrai. Un cri de frayeur était resté coincé au fond de sa gorge, incapable de sortir. Ben n'avait compris qu'elle ne s'amusait plus que lorsque, réussissant à se libérer, elle lui avait méchamment griffé le visage. Il s'était alors écarté brusquement, la laissant pantelante, le cœur battant, des larmes de soulagement sur les joues.

Elle avait vu son visage changer d'expression, puis il l'avait prise dans ses bras, murmurant combien il était désolé. A partir de ce moment-là, il avait bien pris garde à éviter toute situation d'enfermement.

Et s'était montré très doux. Presque trop doux, malheureusement.

Leurs ébats étaient devenus moins intenses, plus contrôlés. Un contrôle qui n'avait plus rien à voir avec la fougue de celui qu'elle trouvait si excitant jusque-là. Tout avait changé. Tracy regrettait le manque de passion, même si elle appréciait les efforts de Ben pour la ménager. Et son incapacité à lui expliquer la différence entre enfermement et intimité avait marqué le début de leur éloignement.

Un éloignement qui s'était accentué, plus tard, quand il avait tenté de contrôler ses déplacements lors de sa grossesse, éveillant en elle la même sensation de suffocation insupportable. Alors elle s'était débattue avec la même force, laissant des marques certes invisibles à l'œil nu, mais indélébiles pour leur mariage.

— Je m'en suis remis, dit-il enfin en souriant, la tirant de ses pensées.

— Je m'en suis tellement voulu.

— J'aurais dû comprendre que tu avais des blessures.

— Tu ne pouvais pas savoir.

Elle secoua lentement la tête, reprise par ses souvenirs. Même son propre père ne s'était pas rendu compte, quand leurs jeux tournaient à l'aigre. Il était si tendre, jamais il ne lui aurait fait de mal volontairement. Et, comme sa sœur aînée était un vrai garçon manqué qui n'avait peur de rien, et que Tracy continuait à rire — jaune, il est vrai, mais tout de même —, difficile de percevoir la panique dans son comportement.

Et aujourd'hui ses craintes subsistaient. Elle redoutait toujours les moments où elle se sentait enfermée, et où elle perdait le contrôle de la situation.

Et aujourd'hui elle avait perdu sa mère et sa grande sœur. Sa mère à cause de cette maladie pernicieuse qui attaque sa proie sans relâche, changeant son ADN en son pire ennemi... Elle passa une main sur son front.

Ben enfila un gant propre et ramassa la lamelle qu'il avait posée peu délicatement sur la table, pour vérifier si elle était fendillée.

— Tu as l'air fatigué, fit-il remarquer sans même lever les yeux sur elle. J'ai mis le lit pliant dans le coin, au cas où l'on devrait prendre des tours de garde. Te connaissant, je parie que tu n'as pas beaucoup dormi la nuit dernière.

— Ça va, répliqua-t-elle aussitôt. Il fait juste un peu chaud ici.

Elle se sentit rosir sous l'effet de son mensonge. Il avait raison, elle était épuisée, mais pas question d'avouer qu'il lisait toujours en elle comme dans un livre ouvert. Ni que la pointe d'inquiétude qu'elle avait perçue dans sa voix avait accéléré les battements de son cœur.

— Je sais. La clim est vieille, et le filtre ne laisse plus passer grand-chose.

Il déposa la lamelle sous la lentille et fit la mise au point.

— De quand datent les prélèvements ?

— Une heure ou deux.

Il lâcha un juron étouffé. Sans quitter le microscope, il prit le deuxième échantillon et répéta la procédure. Puis il releva la tête, avant d'éponger avec la manche de sa blouse la transpiration qui était apparue sur son visage. Il replongea ensuite dans l'observation.

— Alors ? demanda-t-elle.

Elle n'en pouvait plus d'attendre le verdict.

Le sang lui battait aux tempes, ses oreilles bourdonnaient.

Heureusement, la réponse ne tarda pas. Ben releva la tête, et ses yeux plongèrent dans les siens.

— Si je ne me trompe pas, c'est la peste pneumonique, Tracy. Et, si c'est toi qui as prélevé ces échantillons, tu y as déjà été exposée.

# 3

Tracy déglutit avec peine, essayant de digérer l'information malgré la peur panique qui commençait à s'emparer d'elle.

— Tu es sûr ?

— Regarde, dit-il en s'écartant pour qu'elle puisse venir coller son œil à la lentille. Tu vois les petits points alignés ?

— Oui, il y en a plein.

— C'est ça. Je vais examiner un autre échantillon et faire une culture, mais je suis sûr de moi. *Yersinia pestis*, c'est la même bactérie qui cause la peste bubonique. Je reconnais sa forme, ajouta-t-il. La peste bubonique se transmet normalement à partir de rats infectés, via la morsure de puces. Mais si la bactérie migre dans les poumons humains, elle devient encore plus incontrôlable. Elle se transmet très rapidement par la toux ou les fluides corporels. Dans ce cas, plus besoin des puces. Bon, on va te mettre sous bonne dose de streptomycine immédiatement.

— Et toi ?

— Je vais en faire autant, mais juste par précaution, répondit-il en versant quelques gouttes d'une solution teintée sur une autre lamelle. La plupart des employés du labo sont vaccinés contre la peste, Mandy incluse. Mais je suppose que toi non ?

— Non. Oh ! Mon Dieu ! s'exclama-t-elle en appuyant la tête contre l'épaule de Ben, alors qu'une vague de nausée la submergeait. Ce village. Je dois y retourner, ils ont tous été exposés, et Pedro aussi.

— Pedro ?

— Mon assistant.

Le bruit d'une clé dans la serrure de l'entrée les interrompit net. Le garde venait de revenir, une tasse de café à la main, et les observait d'un air suspicieux. Tracy se redressa.

— *Problema ?* demanda-t-il.

Elle sentit Ben qui tirait discrètement sur son T-shirt, comme un avertissement : il ne fallait surtout pas qu'elle parle, pas encore. Son geste la surprit, car elle avait toujours connu Ben plutôt en termes amicaux avec les militaires, lorsqu'ils étaient mariés.

Il déposa nonchalamment la lamelle sur la table.

— Nous devons pratiquer quelques tests supplémentaires, avant de donner notre réponse.

— Pas besoin. Nos médecins ont isolé l'infection, et prendront les mesures qui s'imposent.

Elle le regarda, méfiante. Les mesures qui s'imposaient ? Qu'entendait-il par là ?

— Ah bon, répliqua-t-elle d'un ton sec. Et qu'est-ce qu'ils ont trouvé, alors ?

— Je ne suis pas autorisé à vous le révéler, mais mon commandant souhaite s'entretenir au téléphone avec le Dr Almeida. Seul, ajouta-t-il en braquant sur Tracy un regard glacial.

Elle accusa le coup, parcourue aussitôt par un frisson tout aussi glacial. Pourquoi seul ?

Et si les médecins du gouvernement étaient arrivés à une conclusion différente de celle de Ben ? Des gens risquaient de mourir, la peste pouvait se répandre aux villes et villages voisins. Santa Teresa était pauvre, combien de personnes perdraient des êtres chers par manque d'information ?

Elle connaissait ce chagrin-là. Elle avait perdu sa mère, sa grand-mère, sa sœur — même si la maladie de Vickie n'était pas génétique. Mais la perte la plus pénible restait celle du bébé qu'elle portait. Celui de Ben.

Tous étaient morts trop jeunes, alors Tracy avait décidé qu'elle ne perdrait plus une seconde du temps qu'il lui restait sur terre. Fini les « et si ? ». A ses yeux, le mouvement, c'était la vie. Une vie qu'elle vivait désormais avec une rage que les autres ne comprenaient pas. Ben y compris.

Le code génétique n'était peut-être pas gravé dans le marbre, mais ses chances de mourir jeune étaient bien réelles, suspendues au-dessus de sa tête comme une épée de Damoclès, comme une certaine décision qu'elle se résoudrait peut-être à prendre un jour. Mais en attendant elle était déterminée à se battre pour la vie de ceux qui l'entouraient.

A moins qu'il ne s'agisse que d'une fuite en avant.

Comme elle l'avait fait avec Ben ? Non, les causes de leur séparation étaient totalement différentes. Encore que...

Elle secoua la tête, comme pour faire taire cette petite voix pénible dans sa tête.

— Pourquoi désire-t-il parler au Dr Almeida seul ?

— Ce n'est pas à moi de vous le dire. Par ailleurs, ces échantillons doivent être détruits, ajouta le garde en désignant son sac isotherme.

— Nous allons nous en charger.

Elle jeta un bref coup d'œil à Ben. La voix de son mari était calme, rassurante. Il était zen, comme toujours. Et son éternel stoïcisme la rendait aussi dingue aujourd'hui que lors de leur ultime dispute. Comment faisait-il ? Car au fond c'était dans sa personnalité. Ayant grandi au Brésil, il était bien plus brésilien qu'américain, dans beaucoup de domaines.

Elle le regarda retirer le ruban adhésif autour de la porte et se désinfecter les mains, avant de rejoindre le garde. Jamais elle ne savait ce qu'il pensait. Même pendant leur mariage, il y avait des sujets, et particulièrement tout ce qui relevait de l'intime, qu'il n'évoquait pas. Mais malgré son silence elle avait senti en lui une quête. Celle de ce qu'il n'avait pas eu dans son enfance : l'amour d'une famille.

Et elle souffrait encore de n'avoir pas pu lui donner ça. Même si la perte de son bébé et cette fichue bombe à retardement qu'elle avait en elle la poussaient à travailler toujours plus, elle devenait peu à peu l'archétype de ce qu'il méprisait chez ses propres parents.

Sa sœur était morte sans savoir si elle portait le gène défectueux ou non. Car ce n'était pas le cancer mais la dengue — une maladie endémique au Brésil — qui avait emporté Vickie. Elle était enceinte, et son mari avait été dévasté de perdre du même coup sa femme et son futur enfant. Tout comme Tracy. Mais au moins Vickie n'avait pas eu à souffrir des mois, sans savoir si elle avait transmis un gène cancéreux à son enfant.

Si dure qu'ait été cette incertitude durant sa propre grossesse, Tracy n'avait jamais souhaité qu'il arrive malheur à son bébé. Et pourtant elle l'avait perdu, comme si le destin savait par avance qu'elle ne devait pas se reproduire.

Sa vision devint soudain floue, et elle cligna des yeux, cherchant à chasser de son esprit ces souvenirs pénibles. Au même moment, elle se rendit compte que Ben et le garde étaient revenus dans la pièce voisine, et l'observaient.

— Quoi ? demanda-t-elle d'un ton furieux, comme pour les défier de mentionner ses yeux humides.

Le regard de Ben s'assombrit, mais il ne dit rien à ce sujet.

— Je dois me rendre à Santa Teresa. Tu veux que j'en profite pour te déposer à l'aéroport ? reprit-elle d'un air de défi.

— Pardon ?!

Elle se redressa. Ils n'allaient pas se débarrasser d'elle aussi facilement.

— Je viens avec toi. C'est moi qui ai recueilli ces échantillons. Je suis déjà allée sur place.

Elle soutint son regard.

— Et tu t'es exposée à la peste.

— Exactement. C'est bien ce que j'essaie de te faire comprendre. J'ai déjà été exposée, reprit-elle. Je suis médecin, Ben, j'ai passé ma vie à combattre les épidémies de ce genre. Je dois y aller.

— Ce n'est pas moi qui décide, cette fois, répondit-il d'une voix tendue.

— « Cette » fois ! Contrairement à celle où tu m'as envoyé tes sbires avec pour ordre de m'évacuer du village ? Mon assistant est encore à Santa Teresa, pas question que je le laisse seul là-bas.

Sur ces mots, elle se dirigea vers le garde, contournant Ben sans un regard de plus.

— Je veux parler à votre supérieur.

L'homme cligna plusieurs fois des yeux, comme s'il n'arrivait pas à croire qu'elle ose défier les ordres.

— Je crains que ça ne soit pas possible.

Elle sentit les doigts de Ben lui serrer l'avant-bras.

— Laissez-moi lui parler un instant, dit-il au garde en la traînant à l'autre bout de la pièce, ses yeux de pierre rivés aux siens.

— Qu'est-ce que tu fabriques ?

— Je te l'ai dit, je fais mon boulot.

— Les militaires veulent gérer la crise à leur façon. Ils vont se rendre sur place, traiter ceux qui n'en sont pas à un stade trop avancé, et s'assurer que l'épidémie ne se propage pas au-delà de Santa Teresa.

— Ceux qui n'en sont pas à un stade trop avancé ? Mon Dieu, Ben, écoute-toi. On parle d'êtres humains, d'enfants comme Daniel et Cleo, d'orphelins. Ils méritent quelqu'un qui se battra pour eux.

— Tu crois peut-être que je me fiche de ces enfants ?! C'est moi qui te suppliais de ralentir pendant ta grossesse, je te rappelle, je... (Il s'interrompit quelques secondes, puis reprit plus bas.) Je m'inquiète tout autant que toi pour ces enfants, Tracy.

Elle tressaillit, certaine de ce qu'il s'apprêtait à dire avant de se reprendre. Il pensait toujours qu'elle avait causé la mort de leur bébé, à vouloir trop en faire. Le pire, c'était qu'elle ne pouvait affirmer avec certitude qu'il avait tort. Quand elle avait eu les résultats de ses tests génétiques, elle avait travaillé de plus belle, dans un vain effort pour abattre l'horrible mais familière sensation d'enfermement. Elle se mordilla nerveusement un ongle. Pour l'heure, elle ne voulait surtout pas aborder ce sujet.

— Laisse-moi venir avec toi, répliqua-t-elle en se dégageant de son étreinte pour pouvoir lui faire face. S'il te plaît. Tu as de l'influence sur ces types, je le sais. Rappelle le commandant, et dis-lui que tu as besoin de moi.

Il se passa une main dans les cheveux et secoua la tête.

— Et moi je te demande de partir, Tracy. Pour une fois. Tu ne sais pas à quel point ça peut dégénérer.

— Si, je sais. C'est justement pour ça qu'on a besoin de moi. Ces deux gamins ont déjà perdu leur mère. Je veux faire en sorte qu'ils n'y perdent pas aussi leur vie.

Et elle n'allait pas laisser des bureaucrates, ni même Ben, d'ailleurs, décréter qu'ils étaient une cause perdue.

— Je prendrai mes antibiotiques là-bas, je ferai tout ce que les autorités me demanderont de faire. Et puis, comme je te l'ai dit, mon assistant est déjà sur place.

Elle le regarda, inquiète. Elle ne pouvait lui expliquer qu'elle avait besoin d'être là-bas. Que se battre pour la vie des autres, quand elle ne pouvait le faire pour la sienne propre, faisait partie de ce qu'être en vie signifiait pour elle. Elle prit une profonde inspiration.

— Ne m'oblige pas à te supplier.

Elle surprit une brève lueur dans les yeux de Ben, qui s'éteignit aussitôt.

— Ecoute, je sais...

Il n'eut pas le temps de finir, le garde réapparut.

— On doit y aller.

Tracy continua de fixer Ben. Il fallait qu'il la laisse venir. Il le fallait.

Il lâcha un juron et détourna les yeux.

— Appelez le général Gutierrez, et dites-lui qu'on se met en route. Tous les deux.

Le garde ne cilla pas.

— A vos ordres.

Elle sentit monter en elle une pointe d'agacement. Quelle sorte d'influence Ben avait-il sur ces hommes ? Elle savait qu'il était payé par le gouvernement, mais la façon dont il avait fait passer le message, et dont il avait été accepté sans rechigner...

Elle prit une longue inspiration.

— Merci.

La mâchoire tendue, Ben ne lui accorda pas un regard.

— Nous nous mettrons en route dès que j'aurai détruit les échantillons, expliqua-t-il au garde. Nous devons prendre mon 4x4 pour transporter l'équipement.

Le garde alla aussitôt passer le coup de fil, et revint au bout de quelques minutes.

— Mon commandant envoie quelqu'un vous prendre au

square, qui vous emmènera au triage qu'ils ont mis en place. Mais vous devez faire vite.

— Dites-leur que nous y serons d'ici trois heures.

— *Vai com Deus.*

Tracy laissa échapper un soupir. « Que Dieu vous accompagne. » La salutation, pour habituelle qu'elle soit ici, résonnait comme un mauvais présage en la circonstance. La peste pneumonique, c'était pire que le diable. Sa cousine avait ravagé des populations entières, par le passé.

Malgré l'appréhension de devoir travailler avec Ben de nouveau, elle était tout de même rassurée : au moins ne devrait-elle pas livrer cette bataille toute seule.

Ben serait là, avec elle.

Et s'il venait à découvrir la vérité sur les tests génétiques qu'elle avait faits juste avant leur séparation ? Eh bien, elle en ferait son affaire, tout comme elle avait géré la perte de son bébé et son propre avenir incertain.

Seule.

Alors qu'ils se hâtaient de charger son véhicule, un éclair déchira le ciel pour venir toucher le tronc d'un arbre non loin d'eux. Une odeur de bois brûlé leur parvint quelques secondes plus tard, suivi d'un grondement inquiétant, qui fit trembler le sol. Tracy tressaillit, et Ben referma le coffre.

— Si tu es prête, il vaut mieux ne pas traîner ici.

Elle grimpa dans le 4x4 et boucla sa ceinture, les yeux rivés à l'arbre strié de noir.

— Ce pauvre bougre m'a l'air d'être le bouc émissaire favori de la foudre, à en juger par sa couleur.

Malgré les attaques et les années, il s'accrochait obstinément à la vie : des grappes de feuilles vertes pendaient au bout de ses branches à demi brûlées. Ben se demandait comment il avait survécu aussi longtemps.

Il eut un petit soupir. Son mariage n'avait pas eu cette chance.

Il s'installa au volant et démarra.

— Il finira par tomber, dit-il au bout d'un instant.

— Pourtant, il se sera battu, murmura-t-elle. C'est triste.

Il lui jeta un coup d'œil. Songeait-elle à ce qui s'était passé entre eux ? Il avait dû y mettre toutes ses forces, quand elle était partie, mais il avait réussi à continuer à vivre. En réalité, elle n'était déjà plus là bien longtemps avant qu'elle ne quitte vraiment la maison. Il l'avait accepté, il avait avancé.

Enfin... Voilà qu'il se trouvait aujourd'hui à Santa Teresa, avec Tracy. Il aurait dû refuser catégoriquement qu'elle le suive, le général Gutierrez aurait soutenu sa décision. Alors, pourquoi avait-il fait l'exact contraire ?

— Tu es sûre que tu veux venir ? L'aéroport est sur notre route, tu pourrais encore prendre un vol pour São Paulo.

Elle lui lança un regard noir.

— Je ne peux pas abandonner cette ville, ce n'est pas comme ça que je fonctionne, Ben.

Il sentit de nouveau la colère l'envahir. A oui ? Pourtant, ça n'avait pas eu l'air bien compliqué de l'abandonner, lui. Mais le lui rappeler n'avancerait à rien, de toute façon.

En prenant la bretelle vers l'autoroute, il aperçut des barricades métalliques qui la barraient. La quatre-voies, en construction depuis des années, n'était toujours pas terminée.

Il bifurqua par un petit chemin en pente raide pour rejoindre le soi-disant raccourci officiel, en fait une piste poussiéreuse parallèle à la route. Seuls les camions et les 4x4 bravaient l'itinéraire qu'ils venaient d'emprunter. En l'occurrence, ils n'avaient pas le choix.

— Depuis combien de temps est-ce qu'ils y travaillent ?

— Tu le demandes, vraiment ?

— Non, mais la dernière fois que je suis passée par là c'était pavé, dit-elle, l'air indigné.

Il hocha lentement la tête. Ils avaient vécu la majeure partie de leurs années de mariage à Teresina, la capitale de l'Etat de Piauí. Il s'était arrangé pour ne plus travailler qu'à un seul endroit, et avait cru que Tracy était d'accord pour en faire autant. Quelle erreur ! Elle avait bien arrêté le bateau médical, mais c'était à peu près la seule concession qu'elle avait faite pour leur mariage.

Et, quand il avait enfin compris que jamais elle ne ralentirait, il avait déjà perdu sa femme. Et même plus.

— Oui, c'était pavé, en quelque sorte, répondit-il avec une petite grimace. Je pense que la bretelle sur laquelle nous nous trouvons est en meilleur état que ne l'était l'autoroute, alors tu vois...

Il ralentit pour franchir un passage particulièrement délicat, où les pluies torrentielles avaient creusé un profond sillon en travers du chemin.

— Enfin, dans l'ensemble, reprit-il.

— Ma voiture n'aurait jamais survécu, dit-elle avec un petit rire.

Il sourit.

— Tu as toujours cette minuscule caisse à savon ?

— Rhonda ne consomme presque rien.

Il sentit son cœur se serrer. Il se souvenait du fou rire qu'ils avaient eu, lorsque Tracy avait insisté pour garder sa vieille voiture, malgré l'état des routes pour le moins aléatoires à Teresina. D'ailleurs, il devait bien admettre que le petit bolide s'était montré plus solide qu'il ne l'aurait cru. Comme la fois où elle était revenue avec le pare-chocs accroché au toit, après l'une de ses visites à une *aldéia* voisine. Quand il lui avait soufflé que c'était peut-être l'occasion de changer de véhicule, elle avait affirmé que Rhonda avait vu pire.

Son sourire disparut. Finalement, elle s'était montrée plus attachée à sa voiture qu'à leur mariage.

Il soupira, s'efforçant de trouver un autre sujet de conversation, mais Tracy tira la première.

— Comment va Marcelo ?

Le frère de Ben était le nouveau chef du service de neurochirurgie de l'hôpital principal de Teresina.

— Il va bien. Toujours aussi têtu.

— Et donc toujours aussi célibataire ? demanda-t-elle en souriant.

— Endurci, même. Et toi ? Comment avance « Projeto Vida » ?

Le bateau médical qui leur avait permis de se rencontrer restait le projet chéri de Tracy.

— Génial. Matt a repris du service dans l'équipe, il a une petite fille, maintenant.

La sœur de Tracy était morte plusieurs années auparavant, laissant son mari, Matt, le cœur brisé.

— Il s'est remarié ?

— Oui, il y a deux ans. Avec Stephanie, Stevie pour les intimes. C'est une fille super. Elle adore son travail, et s'est parfaitement intégrée à l'équipe.

— Je suis content pour eux, Matt avait l'air sympa.

Il eut un petit sourire. Il l'avait rencontré plusieurs fois quand ils s'étaient rendus à Coari, pour réapprovisionner ou entretenir le bateau.

— Il est sympa, ça fait plaisir de le voir heureux de nouveau.

Il acquiesça. On ne pouvait en revanche en dire autant de Tracy. Peut-être était-ce dû au stress de la situation à Santa Teresa, mais les ombres noires qu'il voyait sous ses yeux l'inquiétaient. Il lui jeta un coup d'œil à la dérobée. Hormis ce détail, elle était exactement comme dans son souvenir. Les cheveux noirs qui lui retombaient juste au-dessous des épaules, la frange soyeuse se soulevant au gré des courants d'air. Les jambes, fines et bronzées, habillées d'un short kaki.

Et malgré tout se retrouver près d'elle lui redonnait des envies de famille, de normalité. Il avait toujours cru qu'elle lui apporterait la stabilité dont il avait besoin, pour compenser son enfance tumultueuse. Ses parents avaient vogué de lieu en lieu, toujours en quête d'une nouvelle aventure, laissant leurs deux jeunes fils à la charge de leur gouvernante. A bien des égards, Ben se sentait plus proche de Rosa que de sa propre mère. A tel point qu'il l'avait gardée à son service longtemps après que ses parents étaient définitivement rentrés aux Etats-Unis.

Oui, il avait cru que la vie avec Tracy serait différente. Que leurs enfants auraient la famille unie qu'il avait rêvé d'avoir quand il était petit. Malheureusement, une fois passés les premiers mois de leur mariage, Tracy s'était remise à voyager, trouvant toujours une nouvelle crise à gérer, que ce soit sur « Projeto Vida » ou ailleurs.

Il comprenait que l'on puisse être marié à sa carrière — après tout, il était lui-même très attaché à la sienne — mais il avait appris à la mener depuis un lieu unique. Et Tracy aurait certainement pu en faire autant.

Au lieu de ça, les mois passant, il s'était senti de plus en plus abandonné. La solitude avait pris racine, en même temps que la rancœur. Et, lorsqu'elle était tombée enceinte, elle était devenue encore plus obsédée par son travail, passant de plus en plus de temps loin de la maison.

Le jour où il avait appris qu'elle était sur une scène de fièvre jaune, il avait craqué et appelé son vieil ami le général Gutierrez, même s'il savait pertinemment que Tracy était vaccinée contre la maladie. Son plan avait néanmoins fonctionné, elle était rentrée à la maison. Mais leur mariage avait alors sombré, et ce avant même qu'elle ne perde leur bébé.

Alors pourquoi, comme elle l'avait suggéré plus tôt, n'avait-il pas rencontré quelqu'un d'autre ? On n'avait pas besoin d'être marié, de nos jours, pour cela. Mais, de son côté, pourquoi Tracy n'avait-elle pas demandé le divorce ?

Des questions qu'il valait mieux ne pas poser. Pas pour l'instant, en tout cas.

— De combien de temps dispose-t-on, avec la peste pneumonique ? demanda-t-elle soudain.

Sa question le ramena brutalement au présent.

— Entre l'exposition et l'apparition des premiers symptômes ? Deux jours, en moyenne. Même si la mort peut survenir entre trente-six heures et plus d'une semaine après. Ça dépend si d'autres organes que les poumons ont été touchés.

— Oh ! Non !

— En parlant de ça, j'ai mis des boîtes d'antibiotiques dans le sac noir, à l'arrière. Attrape-le, et prends-en une dose avant que l'on arrive.

Elle détacha sa ceinture et s'étira pour attraper le sac. Elle en tira une boîte, puis en détacha un cachet, qu'elle avala avec une goulée d'eau.

— Tu ne sais pas à quel point je suis soulagée que tu aies si vite découvert ce que c'était.

— Je me doute. Tout le monde n'a pas la chance d'avoir notre équipement.

— Ni le soutien des militaires.

Il préféra ignorer l'amertume manifeste dans ces mots.

— Ça fait partie des inconvénients qu'il y a à vivre dans un pays en développement. On finira par rattraper les autres, l'hôpital de Marcelo en est un exemple flagrant. Il est entièrement subventionné par des sources non gouvernementales.

— Comme « Projeto Vida ».

Elle s'interrompit alors qu'ils traversaient une autre zone de turbulences, s'accrochant à la poignée de plafond.

— En parlant de subvention, il va falloir que l'on vérifie que la pharmacie la plus proche a suffisamment de stocks d'antibiotiques. Je paierai, s'il faut leur en procurer.

— Je prévoyais de participer aux frais, justement, répondit-il.

Il tourna la tête, et leurs regards se croisèrent une seconde. Quand il reporta son attention sur la route, elle effleura brièvement sa main, qu'il gardait sur la boîte de vitesses.

— Merci, Ben, dit-elle. Merci de m'avoir laissée venir, et de t'inquiéter pour ces gens.

Il sentit sa gorge se nouer. Ses paroles et la chaleur de ses doigts faisaient fondre le mur de glace qu'il avait construit ces quatre dernières années.

Ils n'avaient pas encore retrouvé la paix, mais Tracy venait d'entamer les pourparlers. La balle était désormais dans son camp.

# 4

Des véhicules militaires bloquaient la route de Santa Teresa, avec soldats en uniforme, armes à la main.

— Ils ne prennent vraiment aucun risque, marmonna Ben en ralentissant sur le chemin de terre.

— Dans le cas présent, la prudence est sans doute une bonne chose.

Tracy laissa errer son regard à l'extérieur. Même si elle s'inquiétait de la présence des militaires brésiliens, elle savait aussi que l'armée avait aidé le pays à passer de colonie portugaise à nation indépendante. Et cela sans qu'une seule goutte de sang n'ait été versée, d'ailleurs les deux pays étaient restés en très bons termes.

Il n'y avait donc aucune raison de redouter leur présence. Du moins s'efforçait-elle de s'en persuader.

Ben stoppa la voiture, descendit sa vitre et montra sa carte de résident, tout en les annonçant tous les deux.

— Le général Gutierrez nous attend.

Le soldat passa en revue une liste manuscrite, avant d'acquiescer.

— On vous a dit de quoi il s'agissait ?

Elle se mordit la lèvre. Non, on ne leur avait rien dit. On avait seulement demandé à Ben de venir, et elle ignorait ce que ce soldat savait. Ce n'était pas le moment de créer un vent de panique.

— Oui, oui, répondit Ben. On a des masques et l'équipement idoine.

Elle ne le contredit pas, ne voulant surtout pas s'en mêler. Elle savait que Ben avait travaillé avec les militaires, il avait sans doute identifié pas mal d'autres pathologies par le passé. D'où le service qu'ils lui avaient rendu, lorsqu'il leur avait demandé de la retrouver quatre ans plus tôt — rien que ce souvenir la rendait encore folle de rage.

— Je vais devoir fouiller le véhicule, annonça le soldat. Ordres du général Gutierrez. Descendez, s'il vous plaît.

Ben jeta un regard vers elle, puis se mit au point mort. Sans arrêter le moteur, il lui fit signe de l'imiter et sortit, après avoir mis un masque.

Pendant que le soldat passait rapidement le contenu du véhicule en revue, Ben s'approcha d'elle. Mais elle remarqua qu'il prenait soin de ne pas la toucher. Elle prit une longue inspiration. Evidemment, elle avait envie qu'il la touche. Elle secoua la tête, s'efforçant de chasser cette idée. Elle n'avait pas songé un instant qu'ils se retrouveraient dans ce genre de situation mais, si douloureux qu'il soit de le revoir, elle n'aurait pu rêver partenaire de travail plus qualifié.

Elle se retourna vivement en entendant son prénom. Pedro courait vers elle, bientôt arrêté par un autre soldat posté une cinquantaine de mètres plus loin. Le message était clair : une fois que Ben et elle auraient franchi la ligne de démarcation, ils ne pourraient plus revenir en arrière, tant que tout ne serait pas fini. Et Dieu seul savait combien de temps cela prendrait.

— Ben, tu es sûr que tu veux le faire ? Tu peux me déposer et retourner à Teresina, tu n'as pas de raison de mettre ta vie et ton travail en danger.

Elle vit aussitôt sa mâchoire se crisper, alors que ses yeux étaient rivés sur Pedro.

— C'était mon nom, sur la liste, tu te souviens ? dit-il d'une voix grave. Et je te signale que ça fait aussi partie de mon travail.

— Oui, enfin…

Elle s'interrompit, faute d'arguments. Au fond, elle ne cherchait à l'éloigner que pour se protéger de lui. Garder ses distances. Certes, elle avait utilisé son invitation comme laissez-passer pour retourner au village, mais elle savait aussi qu'ils risquaient d'avoir besoin de l'expérience de Ben. Mieux valait donc tenir sa langue.

— Vous croyez que je pourrais entrer, pendant que vous terminez votre vérification ? demanda-t-elle au soldat. Mon assistant m'attend pour commencer l'examen des patients.

Daniel et Cleo étaient là, quelque part, eux aussi.

A sa grande surprise, le soldat lui fit signe d'y aller.

— Tracy...

Toujours coincé près du véhicule, Ben lui jeta un regard mécontent, auquel elle répondit par un haussement d'épaules.

— On se retrouve quand tu auras passé le check point. Ne les laisse pas nous confisquer les antibios !

Sur ces mots, elle s'échappa. Son masque bien collé à son nez et sa bouche, un peu coupable tout de même, elle contourna une ligne de véhicules militaires et rejoignit Pedro, qu'elle éloigna du soldat qui l'avait arrêté.

— C'est la peste pneumonique, lui murmura-t-elle en portugais. Tu dois prendre des antibiotiques immédiatement.

— Je m'en doutais. Ils ne disent pas grand-chose, mais ils ont mis en place une zone de quarantaine. Les malades ont été séparés de ceux qui semblent sains — qui ne sont plus très nombreux, d'ailleurs.

— On a d'autres décès ? Comment vont Daniel et Cleo ?

— Qui ?

— Les deux enfants que nous avons trouvés dans le champ.

Elle laissa échapper un soupir. Elle avait découvert Daniel, le garçon sur lequel elle avait prélevé des échantillons, allongé dans le pré, trop faible pour bouger. Sa sœur, qui montrait des signes de contamination aussi, avait refusé de le quitter. Ils les transportaient dans une maison vide, au moment où les militaires étaient arrivés pour prendre le relais.

— Aucun changement chez le garçon, mais nous avons déploré deux morts supplémentaires.

— Et Cleo ?

— Elle est contaminée, aucun doute, mais à présent que nous savons de quoi il s'agit on va pouvoir les mettre sous traitement tous les deux. Je suis rudement content de te revoir, ajouta-t-il en la serrant dans ses bras. Ces soldats, ils ne sont pas commodes.

Il termina sa tirade en anglais, dans son meilleur accent

américain, ce qui la fit sourire. Elle jeta un regard à Ben, dont les yeux lui lançaient toujours des éclairs, et son sourire disparut. Il n'y avait pas que les soldats qui ne soient pas commodes, décidément...

— Les médecins militaires ont posé des perfusions sur certains patients, poursuivit Pedro. Mais ils ont refusé de me dire ce qu'elles contenaient.

— Bizarre. Ils ont parlé d'antibiotiques ?

Elle tourna la tête vers l'une des maisons, littéralement envahie par des soldats, devant la porte et aux fenêtres.

— Je crois que pour l'instant ils essaient de mettre la main sur les choses.

Ben les rejoignit à pied.

— Où est la voiture ? demanda-t-elle, inquiète.

— Ils vont la garer devant l'une des maisons, qu'ils ont transformée en labo.

Elle surprit son regard sur Pedro, qui l'enlaçait toujours. Bien, voilà qui promettait d'être drôle. D'autant qu'a priori Pedro jaugeait aussi Ben de son côté. Jamais il ne lui avait posé de questions sur son alliance, et pas davantage elle ne lui en avait parlé non plus. Plusieurs personnes l'avaient crue veuve, ce qu'elle n'avait pas démenti.

Peut-être pouvait-elle simplement éluder sa relation avec Ben. Elle eut un petit rictus amer. Ce qui ne serait pas compliqué, vu qu'ils n'en avaient pas.

— Ben, je te présente Pedro, mon assistant. Pedro, reprit-elle après un temps d'hésitation, voici Ben, chef du service épidémiologie au Centro de doenças tropicais de Teresina. C'est lui que je suis allé trouver avec les prélèvements.

Elle se mordilla la lèvre. Avec un peu de chance, personne n'aurait remarqué qu'elle avait omis de préciser son nom de famille. Même si elle ne se faisait plus appeler Almeida elle-même.

Ben tendit la main.

— Ben Almeida, enchanté, dit-il en glissant vers elle un petit sourire.

Elle cilla. A l'évidence, il n'était pas dupe de son petit jeu.

— Et accessoirement je suis le mari de Tracy, poursuivit-il d'un ton tranquille.

Le pauvre Pedro eut un air choqué, et retira immédiatement la main de son épaule. Pourtant, il serra poliment la main tendue, marmonnant une réponse appropriée. De son côté, Tracy gratifia Ben d'un regard noir, mais celui-ci ne sembla pas en être affecté un seul instant.

— Tracy m'a raconté ce qui s'est passé ici, reprit-il. Vous pouvez me dire ce que vous avez observé pour votre part ?

Elle fulmina intérieurement. Comme si le compte rendu qu'elle en avait fait n'était pas fiable ! Une dangereuse tension commençait à lui barrer la nuque. Heureusement, Pedro ne se laissa pas prendre au piège de Ben.

— Elle vous en a sans doute dit autant que j'en sais. Nous avons environ quinze cas de... peste pneumonique, d'après ce qu'elle m'a appris ?

Ben suivait des yeux des hommes en combinaison de protection, qui allaient d'un bâtiment à l'autre.

— Oui, et vu la façon dont ils agissent ils savent aussi à quoi l'on a affaire. Ils incinèrent toujours les corps ?

— Oui, deux de plus en deux heures, répondit Pedro.

— L'enfant sur lequel j'ai effectué les prélèvements, Daniel, est encore en vie, mais il est au plus mal. Tout comme sa sœur, intervint Tracy.

Elle hocha la tête, le regard sombre. Inutile d'ajouter ce que Ben savait déjà : les traitements antibiotiques devaient débuter vingt-quatre heures après l'apparition des premiers symptômes pour être efficaces. La fenêtre d'intervention était étroite, mais pas question qu'elle baisse les bras, quel que soit l'état des patients.

Elle avait tellement mal pour ces deux enfants, à qui leur mère avait été brutalement enlevée sans même un service funéraire pour lui dire au revoir. Au lieu de cela, on avait jeté son corps dans les flammes pour détruire les pathogènes. Combien d'autres gamins auraient à subir le même terrifiant spectacle ? Si elle savait qu'il était impératif d'agir ainsi, ça n'en rendait pas la chose plus facile à accepter.

— Où est-ce qu'ils t'ont installé ? demanda-t-elle à Pedro.

— Ils ont mis les médecins civils dans une maison, et le personnel militaire dans une autre. Mais les deux sont gardées par des soldats.

A cet instant, le 4x4 de Ben s'arrêta à leur hauteur, et le soldat sortit la tête par la vitre ouverte.

— J'emmène votre véhicule au centre de recherche que nous avons mis en place. Je vous dépose ?

— Non, merci, nous allons vous suivre à pied, répondit Ben. J'apprécierais que vous installiez le Dr Hinton dans la même maison que moi. Cela fait longtemps que je n'avais pas vu ma femme, j'aimerais passer un peu de temps seul avec elle, si possible, expliqua-t-il en adressant un clin d'œil au soldat.

Ce faisant, il saisit la main de Tracy, qu'il serra contre lui. Elle se laissa faire, comprenant le but de cette mise en scène, mais le geste de Ben augmenta encore la pression sur son crâne, déjà dangereusement élevée. Quant à Pedro, il fronça les sourcils.

S'il n'avait pas été là, elle ne se serait pas gênée pour faire comprendre à Ben qu'elle ne souhaitait aucun contact de ce genre avec lui. Mais elle le connaissait trop bien pour ignorer qu'il ne faisait rien sans raison.

D'ailleurs, le soldat sourit, promettant qu'il verrait ce qu'il pouvait faire. N'empêche, elle dirait ses quatre vérités à Ben. Elle qui ne voulait pas évoquer leur relation, elle était servie. Désormais, tout le monde allait ricaner dans leur dos.

— Bien joué, souffla-t-elle.

— Désolé, je ne pensais pas que... je pensais que vous étiez..., balbutia Pedro, qui se balançait d'un pied sur l'autre.

— Célibataire ? demanda sèchement Ben.

Elle le regarda, médusée. Elle croyait rêver ! Il n'avait pas montré la moindre once de jalousie quand ils étaient mariés, et elle n'appréciait pas du tout sa nouvelle attitude.

— Non, pas exactement. Je savais juste que personne ne vivait avec elle, articula le pauvre Pedro.

Ben haussa les sourcils.

— Ah oui ? Vous saviez ça ?

— Oui, nous... nous faisions régulièrement des réunions de travail chez elle.

En l'observant de plus près, Tracy remarqua, derrière l'embarras évident de son assistant, une drôle de lueur dans son regard. Oh, non ! Il n'avait tout de même pas des vues sur elle ! Jamais elle ne lui avait laissé de raisons de croire qu'il avait la moindre chance avec elle. Du moins l'espérait-elle. Et pourtant Ben avait immédiatement soupçonné que Pedro était attiré par elle. Mais, franchement, en quoi cela le gênait-il ?

Elle posa la main sur le bras de Pedro.

— Ben et moi... enfin, c'est compliqué.

Elle laissa échapper un soupir. Compliqué, c'était le mot. Du moins pour elle. Ben ne lui avait probablement pas pardonné de l'avoir quitté sans un mot d'explication. Mais, vraiment, qu'aurait-elle pu dire ? Que non seulement elle ne voulait pas retomber enceinte, mais en plus elle risquait de devoir se faire enlever son deuxième sein, celui-ci pourtant n'ayant pas été touché par la tumeur ?

Evidemment, il n'était pas trop tard pour s'expliquer, mais après la façon dont il avait réagi quatre ans plus tôt, manigançant dans son dos pour l'inciter à revenir à la maison, elle n'avait plus, non plus, à se sentir coupable.

Ben avait contribué à la décision qu'elle avait prise. Et, à présent que le bébé et lui n'entraient plus dans l'équation, elle avait mis les choses en stand-by, préférant agir pour les autres.

Elle reporta son attention sur Pedro, tentant de se reconcentrer sur la phrase qu'elle avait laissée en suspens.

— Ben et moi sommes séparés, dit-elle d'une voix ferme. Donc, il ne se passe rien entre nous qui n'ait trait au travail.

Elle avait prononcé ces mots haut et fort, espérant que le message serait suffisamment clair pour les deux hommes.

Bien. Maintenant, il ne lui restait plus qu'à s'en convaincre elle-même, et tout irait pour le mieux.

# 5

Ben, le regard sombre, s'immobilisa devant la porte. Pas étonnant qu'on la surnomme la « mort noire ».

Il n'y avait rien de joli ou de romantique dans la peste. Et la version pulmonaire de la maladie était la plus dangereuse, tuant rapidement ceux qu'elle touchait.

Après une longue inspiration, il entra dans la minuscule maison où étaient confinés les patients, et une vague de tristesse le submergea, lorsqu'il balaya les lieux du regard. A la porte, au côté de son assistant, Tracy semblait pareillement choquée.

De simples paillasses étaient entassées dans ce qui devait être le salon, et les médecins avaient à peine assez d'espace pour travailler. Ben compta quatorze patients, dont certains n'étaient pas encore sous perfusion. En y regardant de plus près, il remarqua, sur le mur au-dessus de certains matelas, un X tracé à l'encre noire.

Un frisson le traversa. Des lits de mort.

Un peu plus loin, il découvrit deux hommes, probablement des médecins, qui portaient encore la tenue de protection qu'ils avaient aperçue plus tôt. Ils examinaient une femme. La patiente geignait en continu, seulement interrompue par des quintes de toux. L'un des hommes se pencha, et traça une marque au-dessus du lit.

Comme ça.

Un flot de bile brûla l'estomac de Ben. Il croisa le regard de Tracy, empli d'horreur. Elle agrippa Pedro par la manche.

— Si nombreux.

— Je sais.

Aucun des trois ne portait de tenue de protection, hormis leurs masques et gants de latex, mais comme Tracy était sous antibiotiques, et que Pedro venait de prendre sa première dose, ils n'en avaient pas besoin. D'autant qu'il faisait une chaleur étouffante, dans la pièce, le nombre de corps faisant monter la température jusqu'à un niveau insupportable. Et pas même un ventilateur pour aérer un peu, sans doute de peur de propager le microbe à l'extérieur. Mais aucun de ces patients, même ceux qui ne portaient pas la croix fatale, ne tiendrait bien longtemps, s'ils ne parvenaient pas à faire baisser la température ambiante.

Ben décida donc que son premier objectif serait d'installer une sorte de brumisateur.

Tracy s'approcha et lui effleura le bras, avant de désigner un patient sur leur gauche, un garçonnet dont il supposa qu'il s'agissait de celui qu'elle avait mentionné à plusieurs reprises. Une marque noire avait été esquissée au-dessus de son lit, mais elle était incomplète, comme si quelqu'un s'apprêtait à le rayer de la liste des vivants, et avait soudain changé d'avis.

— Je vais voir Daniel et Cleo.

Pedro allait pour la suivre, mais en croisant le regard de Ben il se ravisa, et sembla juger plus prudent de s'occuper d'un patient à l'autre bout de la pièce.

Aussitôt, Ben se morigéna intérieurement. Qu'en avait-il à faire que cet homme craque sur Tracy ? Contrairement à lui, son assistant ne paraissait pas embêté par le travail qu'elle faisait, il se déplaçait sans doute avec elle aussi souvent que possible. Il ferma les yeux un bref instant. Une douleur lancinante lui battait aux tempes, et il se pinça fermement les ailes du nez, dans l'espoir d'interrompre les pulsations nerveuses.

Laissant Tracy au chevet du petit garçon, il se dirigea vers les deux médecins. Il leur présenta sa carte d'identité.

— Vous êtes l'*epidemiologista* que nous envoie le général Gutierrez ? demanda l'un d'eux, l'air étonné.

— Oui. C'est sur ses ordres que vous marquez ces lits ?

— Euh, non. Il n'arrive sur place que demain, répondit ce

dernier avec un coup d'œil embarrassé à son collègue. Mais nous ne pouvons pas nous occuper de quatorze patients, alors...

Il ne poursuivit pas sa phrase, mais Ben avait compris. Ils décidaient qui valait la peine qu'on lui consacre du temps, et qui ne pouvait plus être sauvé.

— Eh bien, maintenant que le Dr Hinton et moi-même sommes arrivés, nous pouvons mettre en place un système de rotation. A nous tous, je suis persuadé que nous parviendrons à voir tous les patients, conclut-il en insistant sur le mot « tous ».

— Mais certains ne survivront pas un jour de plus.

— Et certains survivront peut-être, répliqua-t-il sèchement. Pourquoi ne me feriez-vous pas déjà un compte rendu rapide de ceux que vous avez examinés ? Nous diviserons ensuite la pièce en deux zones : critique et non critique. Ça nous aidera à répartir nos efforts.

Il les regarda tour à tour, sans ciller. Les deux hommes n'avaient pas l'air ravis de voir leur autorité remise en question, mais ils n'osèrent pas le contredire. Apparemment, le général Gutierrez leur avait ordonné de suivre ses recommandations. En écoutant leurs explications sur chaque patient, il fit une liste et indiqua « TI » (*tratamento intensivo*) face au nom de ceux qui nécessitaient un traitement poussé. Pas un « X » ne subsista.

Puis il s'approcha de la vieille femme qui geignait quand il était arrivé. Son état était en effet critique, et des taches rouges autour de sa bouche indiquaient qu'elle crachait du sang. Il posa une main gantée sur son front, et lui parla doucement. Ses yeux vitreux vinrent rencontrer les siens, alors même que sa respiration se faisait difficile.

— Nous allons nous occuper de vous, d'accord ?

Elle cligna des yeux, incapable de parler.

— Je veux que l'on pose des perfs à tous les patients qui n'en ont pas encore, cria-t-il à Tracy. On les met sous antibios. Tous.

Puis il se tourna vers l'un des deux médecins, et désigna la radio qui pendait à sa hanche.

— Vous pouvez m'appeler le général Gutierrez ?

Tracy ne savait pas ce qu'il avait fait ni comment, mais visiblement Ben avait parlé aux personnes qui détenaient le pouvoir de changer des choses. Avec l'aide des soldats, on avait réarrangé les paillasses en fonction de la gravité de l'état des patients. C'est ainsi que Daniel et Cleo avaient atterri aux deux extrémités de la pièce.

Le cœur serré, elle s'éloigna du petit garçon pour se pencher vers le patient suivant, essayant de ne pas penser à ce qui attendait Daniel. Elle remplit une seringue d'antibiotique, avant de la vider dans la perfusion, puis nota l'heure et la dose injectée dans un carnet à spirale qu'ils avaient mis en place pour chaque patient. A l'autre bout de la pièce, elle croisa le regard de Pedro et lui sourit.

— Ça va ? demanda-t-elle du bout des lèvres. Il lui répondit par un pouce levé, et elle lui fit un petit sourire.

Même s'il n'était pas médecin, Pedro l'avait accompagné sur bien de ses périples dans les villages de la région, et elle connaissait son efficacité en temps de crise. Par ailleurs, elle savait aussi qu'il n'hésiterait pas à demander conseil, si un cas outrepassait ses capacités.

Ben avait mentionné l'installation d'un système de brumisation rudimentaire pour rafraîchir la pièce. Ce ne serait pas du luxe, car son T-shirt était déjà trempé de sueur. Par ailleurs, elle consommait une quantité astronomique de masques. Pourvu que Ben en ait prévu un bon stock !

Pour l'instant, il supervisait le déchargement de sa voiture, et elle refusait de se demander où ils allaient dormir ce soir. Il avait parlé de la même maison, pas de la même pièce... Sauf qu'il avait aussi bien précisé aux autorités qu'ils étaient mariés, donc ils risquaient fort de se retrouver ensemble. Elle se sentit soudain furieuse contre lui. Bon sang, à quoi pensait-il ? Il n'avait visiblement pas plus envie qu'elle de partager le même lit...

Bon, il lui fallait être honnête : « envie » n'était peut-être pas le terme le plus approprié, si l'on songeait au désir qui avait tendance à les envahir tous deux, dès qu'ils se retrouvaient seuls dans une même pièce. Elle se rappela sa rage, lorsqu'elle était arrivée au village pour avoir une discussion avec lui, la première fois qu'ils s'étaient rencontrés. On lui avait dit qu'un épidémiologiste descendait la rivière à sa rencontre et qu'il prenait apparemment tout son temps. Or elle n'avait pas de temps à perdre, justement. Elle avait donc remonté la rivière jusqu'au village où il s'était arrêté. Et l'avait trouvé, tranquillement planté au milieu d'un groupe d'hommes, un grand sourire aux lèvres. Alors qu'elle s'apprêtait à ouvrir la bouche pour lui indiquer sa façon de penser, les mots étaient brusquement restés coincés dans sa gorge, à l'instant où leurs regards s'étaient croisés. Pendant de longues secondes, ils s'étaient juste regardés.

— Vous êtes là pour moi ? avait-il enfin demandé, un petit sourire aux lèvres.

— Je... Je...

Voilà à peu près tout ce qu'elle avait réussi à répondre. Deux jours plus tard, ils couchaient ensemble.

Mon Dieu ! Elle ne pouvait certainement pas passer la nuit seule avec lui. Pas si elle pouvait l'éviter. Mais comment faire ?

Pour commencer, rester avec ses patients aussi longtemps que possible. Mais elle y était déjà depuis presque huit heures, et elle avait dépassé son quart de quelques minutes. Connaissant Ben, il allait les obliger à respecter à la lettre le planning qu'il avait mis en place. De gré ou de force.

Elle atteignit le lit de Cleo. La fillette lui offrit un faible sourire, qu'elle lui rendit.

— Comment tu te sens ?

Elle la regarda avec attention. Son état semblait se dégrader moins vite que celui de son frère.

— J'ai sommeil et mal à la tête, murmura la petite fille.

— Je sais. Repose-toi. Je suis sûre que...

Quelque chose de froid et d'humide lui toucha soudain la cheville, pour remonter le long de sa jambe. Etouffant un cri, elle se redressa et fit volte-face. Rien. Baissant les yeux, elle aperçut Ben, accroupi, un flacon pulvérisateur à la main. Il pressa deux fois sur le bouton, avant qu'elle ne retrouve sa langue.

— Qu'est-ce que tu fabriques ?

— On a déjà une pleine maison de malades, il ne manquerait plus qu'on ait une épidémie de dengue, en plus.

Elle secoua la tête, irritée. Du répulsif. Mais pourquoi était-ce lui qui le pulvérisait sur elle ? Il aurait pu se contenter de lui passer le flacon.

— Tu étais occupée, dit-il, comme s'il lisait dans ses pensées. Parfois, avec toi, il est plus facile d'agir que de discuter.

Elle détourna la tête. Comme pour leur premier baiser ? Quand il l'avait attirée à lui pour plaquer ses lèvres contre les siennes sans un mot ?

Elle lui jeta un coup d'œil, espérant qu'il ne lirait pas ces pensées-là. Ni ne devinerait les souvenirs qui la traversaient en le voyant à genoux ainsi devant elle.

Et avant qu'elle ait eu le temps de lui prendre la bouteille des mains, il recommençait à lui pulvériser les cuisses.

— Retourne-toi.

— Tu vas faire pareil à Pedro et aux autres ?

— Ils ne sont pas en short, répliqua-t-il en souriant.

Elle leva les yeux au ciel, mais obtempéra. Il fallait avouer que le contact du spray froid sur sa peau surchauffée était très agréable. Baissant les yeux, elle surprit le regard de sa petite patiente.

— Il est sévère, dit la fillette.

Sa voix était toujours faible, mais le ton, résolument amusé. Tracy ne put réprimer le rire qui monta, en partie provoqué par le soulagement.

— Tu n'as pas idée à quel point, ma belle.

L'autorité de Ben pouvait s'exprimer de multiples façons. Dont certaines auxquelles elle ferait mieux de ne pas penser.

L'arrêt de la pulvérisation lui fit tourner la tête. Ben l'observait attentivement. Il se releva d'un bond.

— Tiens, dit-il en lui fourrant la bouteille entre les mains. Je te laisse terminer. Passe-la aux autres ensuite, et surtout protège-toi bien tant que tu es ici.

Sur ces mots, il s'éloigna sans un regard en arrière. Elle le suivit des yeux. Qu'elle se protège ? Avec lui dans les parages ?

Elle poussa un long soupir. Il faudrait bien plus qu'un flacon de répulsif pour ça.

# 6

Il fallait être masochiste.

Ben observait la silhouette allongée dans le hamac, dos à lui. Mais que lui était-il passé par la tête quand il avait exigé que Tracy et lui dorment dans la même chambre ? Avait-ce quelque chose à voir avec la pointe de… de jalousie qu'il avait ressentie en la voyant dans les bras de Pedro ? Et surtout pourquoi était-il jaloux ?

Au fond de lui, pourtant, il savait pertinemment que la vraie raison n'était pas là. Elle était aussi plus profonde que le désir qui reprenait vie, alors qu'il fixait la courbe si sexy de ses hanches et de sa taille fine.

Elle avait quitté son poste deux heures avant lui, comme prévu dans le planning, et était venue se coucher directement. Quand il l'avait rejointe, elle dormait déjà, ce qui valait mieux. Il ferait bien d'en faire autant, d'ailleurs. Demain promettait d'être aussi rude qu'aujourd'hui.

Mais la présence de Tracy faisait remonter à la surface toutes les émotions qu'il croyait avoir enfouies définitivement. Avec un soupir, il ôta ses chaussures et se hissa sur son hamac.

Un gars comme Pedro, voilà ce qu'il aurait fallu à Tracy. Visiblement, son esprit vagabond ne le dérangeait pas, bien au contraire, puisqu'il la suivait souvent dans ses pérégrinations, à en croire les apparences, du moins.

Oui, sauf que Pedro n'était pas son mari. Il n'avait pas eu à l'attendre à la maison, à se demander pourquoi elle passait son temps ailleurs qu'avec lui. A s'interroger encore sur la façon dont elle se serait occupée de leur bébé, s'il était venu au monde : l'aurait-elle laissé à la charge d'une nounou, tout comme ses parents l'avaient fait avec lui ?

Cette seule pensée ralluma la colère.

Mais pourquoi la voir penchée vers cette fillette, ses jolies fesses tournées vers lui, lui avait-il fait monter l'eau à la bouche ? Quand elle s'était haussée sur la pointe des pieds, tendant les muscles de ses jambes fines pour border l'enfant, il avait senti son corps se réveiller. Oubliée, la colère.

Il avait eu envie d'elle. Autant qu'avant.

Alors qu'il avait prévu de lui tendre un peu brusquement la bouteille de répulsif en lui ordonnant de s'en badigeonner, il avait lui-même actionné le flacon. Comme si l'asperger de liquide froid, l'obliger à changer de position allaient lui permettre d'effacer les images qui tourbillonnaient dans sa tête. Une sorte de défibrillateur virtuel, en somme, qui interromprait d'un coup la spirale mortelle des impulsions électriques, avant qu'elle ne le renverse.

N'était que son geste avait eu l'effet inverse. Elle s'était bien retournée comme prévu, mais ses sens ne s'étaient pas calmés pour autant. Au contraire. Et puis elle avait lâché ce petit rire quand sa patiente avait parlé, et le ventre de Ben s'était noué. D'un coup, il était revenu à la réalité, et le ridicule de son geste lui avait sauté aux yeux.

Il avait autre chose à faire. Comme sortir plonger la tête dans un seau d'eau. Ce qu'il avait fait, littéralement.

Quand il était revenu, Tracy avait fini de s'asperger de répulsif, et la peau de son petit nez en trompette luisait de produit. Son ventre s'était serré de nouveau.

Il avait passé le reste de la journée à accrocher des moustiquaires autour des lits des patients, et à s'occuper de ceux qui se trouvaient le plus loin possible de son ex-femme.

Il émit un profond soupir. S'il parvenait à se convaincre qu'elle était bien son ex-femme, tout irait pour le mieux.

Cela ne faisait que deux jours qu'ils se battaient contre l'épidémie, et déjà elle était épuisée. Et elle avait chaud. Tellement chaud. En plus, ils étaient passés de quatorze patients à vingt.

Malgré le système fabriqué par Ben, qui combinait les ventilateurs et des jets de fines gouttelettes d'eau, la température dans la petite maison restait élevée.

Il fallait dire que, dans cette partie du monde, l'air ne se rafraîchissait jamais vraiment. La chaleur poisseuse qui enveloppait l'équateur, une zone où les saisons n'existaient pas, s'insinuait dans chaque recoin. Et depuis qu'elle travaillait à São Paulo la plus grande partie de l'année, elle était devenue plus sensible à ce climat. Ce devait être tout aussi difficile pour Ben, maintenant qu'il œuvrait dans un bureau climatisé, et non plus sur le terrain, comme lorsqu'ils s'étaient rencontrés.

Ils avaient administré une dose d'antibiotiques à tous leurs patients. Ceux qui avaient montré des signes de la maladie après l'arrivée des secours et que l'on avait traités immédiatement s'en sortaient mieux que ceux qui étaient déjà malades avant. Il n'empêche, ils devaient continuer. Ils suivaient donc leur programme à la lettre, par perfusions, piqûres intramusculaires ou, pour ceux qui le toléraient, voie orale. Depuis leur arrivée, ils avaient perdu encore deux malades. Daniel, malgré la gravité de son état, tenait le coup.

Elle regarda Ben, qui s'occupait d'une patiente. Une fois sa piqûre faite, il lui serra la main et lui adressa un sourire encourageant derrière son masque. Si la patiente ne le vit pas, Tracy le devina aux petits plis qui s'étaient dessinés au coin de ses yeux, ces fameux petits plis qu'elle aimait tant.

Alors qu'elle se faisait cette réflexion, il tourna la tête et rencontra son regard. Il s'approcha du lit de Daniel, près duquel elle se tenait, et elle se raidit aussitôt. Comme chaque fois qu'ils entraient en contact.

— Pourquoi n'irais-tu pas faire une petite sieste ?

— Non, répondit-elle, ça va. J'ai mieux récupéré que toi.

Depuis qu'ils dormaient dans la même pièce, elle l'entendait se lever au milieu de la nuit. Sans doute n'arrivait-il pas à dormir, lui non plus. Il l'avait cherché, en insistant pour qu'ils restent ensemble — ce qui, au passage, avait rendu la situation très embarrassante vis-à-vis de Pedro.

De plus, ils n'avaient pas de vrais lits, vu que les meubles et les vêtements des villageois avaient été confisqués et détruits par précaution. Les militaires avaient donc fourni à chaque intervenant un hamac. Ben ne pouvait, par conséquent, même pas justifier sa décision en prétendant qu'il voulait s'assurer qu'elle dormirait sur un matelas, alors que lui occuperait une paillasse à même le sol.

En plus de cela, le village n'offrait pas beaucoup d'intimité. On avait installé des douches de fortune dans une clairière, et l'odeur irritante du savon désinfectant flottait en permanence sur les lieux. Et même cela ne parvenait pas à vaincre entièrement l'odeur masculine et chaude qui émanait du hamac voisin, chaque soir.

Les deux hamacs étaient suspendus au plafond par trois crochets, dont un commun qui les reliait par une extrémité, si bien que leurs couches formaient un V. Et savoir que leurs pieds se touchaient presque chaque nuit avait suffi à l'empêcher de dormir. Elle passa une main sur ses yeux, soudain lasse.

Elle avait donc passé des heures éveillée, malgré la fatigue, jusqu'à ce que Ben se lève et quitte la chambre. Alors seulement elle avait pu se détendre, et s'endormir.

Ben semblait sur le point de lui répondre lorsque la porte d'entrée claqua. Une violente querelle leur parvint.

Qu'est-ce que... ?

Ils se précipitèrent vers le couloir, pour y découvrir l'un des soldats chargés de faire respecter la quarantaine en grande conversation avec une fillette de six ans environ. Des larmes traçaient un sillon sur ses joues poussiéreuses, et ses pieds, seulement chaussés de tongs, étaient couverts de crasse.

— Que se passe-t-il ? demanda Ben en portugais.

— Elle insiste pour parler à un docteur, alors que je viens de lui expliquer qu'elle ne peut pas entrer.

Tracy s'avança.

— C'est bon, je vais sortir lui parler.

— Tracy, dit aussitôt Ben en lui posant une main sur l'épaule.

Elle lui décocha un regard irrité.

— Quelqu'un doit parler à cet enfant, mieux vaut que ce soit moi qu'eux, expliqua-t-elle en désignant le soldat.

— Au moins, retire tes vêtements de protection.

— Bien sûr.

Elle s'adressa alors à la fillette, lui disant de la rejoindre un instant après. L'enfant hocha la tête, et Tracy sentit son cœur se serrer devant la mine affolée de la petite.

Ben fit signe à l'un des médecins militaires qu'ils revenaient, et ils se débarrassèrent de leur tunique dans le sas, où ils se frottèrent au savon antibiotique. Tracy épongea son front humide avec l'avant-bras, reculant vivement quand Ben tendit la main vers elle.

— Tu as de la mousse, lança-t-il en désignant son front.

Elle l'essuya elle-même, évitant soigneusement son regard, puis se dirigea vers la porte-moustiquaire à l'arrière de la maison. Ils rejoignirent la petite fille, qui se précipita dès qu'elle les aperçut. Ben se plaça immédiatement entre elle et Tracy.

— Ben, s'il te plaît, dit-elle avec un soupir exaspéré. Elle ne va pas me manger.

Sur ces mots, elle passa devant lui et s'agenouilla devant l'enfant.

— Comment t'appelles-tu ?

— Miriam.

Tracy faillit essuyer une trace de boue sur le front de la fillette, exactement comme Ben avait voulu le faire avec elle l'instant d'avant, mais la peur de propager la bactérie à une personne venant de l'extérieur du village l'arrêta.

— Bien, Miriam. Alors, que voulais-tu nous dire ?

— Vous êtes docteurs ?

— Oui, tous les deux. Quelqu'un est malade ?

— Ma « mami », répondit Miriam en se tordant les mains. Ça fait deux jours qu'elle est malade, mais elle m'a demandé de ne pas le dire... Seulement, maintenant, poursuivit-elle dans un sanglot, elle ne se réveille plus, même quand j'essaie de lui donner son bouillon.

— Où est-elle ?

— A la maison. C'est loin d'ici.

Tracy en frissonna de peur.

— Loin ? Où ça ?

— Dans un autre village.

Horrifiée, elle se releva, et agrippa la main de Ben.

— Ça a pu se propager en dehors de Santa Teresa ?

Ils avaient pourtant pris toutes les précautions nécessaires, personne n'avait eu l'autorisation de quitter le village depuis l'arrivée des militaires. Mais avant ?

Les doigts de Ben serrèrent les siens, puis il s'adressa à la fillette, dont les yeux s'étaient agrandis sous l'effet de l'angoisse.

— Est-ce que ta maman toussait ?

— Oui, elle m'a dit que c'était juste un rhume, mais moi j'ai peur... On a entendu parler de ce qui se passait ici, il paraît que les soldats tirent sur les gens malades. C'est pour ça que je voulais vous voir en secret.

Tracy sentit son cœur se serrer de nouveau. Elle savait combien les villageois se méfiaient des militaires, mais ce genre de peurs ne servait qu'à propager les maladies. Car les gens se cachaient de ceux qui pouvaient les aider.

Comme elle-même avec Ben quatre ans plus tôt ? Mais non ! Cela n'avait rien à voir.

Elle afficha un sourire, sans doute peu convaincant.

— Personne ne tire sur personne.

— Alors, vous allez venir aider ma maman ?

Tracy tourna la tête vers la maison, où l'un des militaires les observait. La laisseraient-ils se rendre au village voisin, ou allaient-ils y envoyer quelqu'un d'autre ? Le pari était risqué. Elle ne voulait pas propager quoi que ce soit, mais plus les gens se déplaceraient et plus il y aurait de risques.

— Oui, ma chérie, répondit-elle enfin, je vais venir.

Alors qu'elle s'apprêtait à aller voir le garde, Ben la saisit par le bras.

— Qu'est-ce que tu fabriques ? lui murmura-t-il. Elle fut reprise de frissons, effrayée par le ton furieux de Ben.

— Tu l'as entendue comme moi. Sa mère est malade.

— Tu risques d'empirer les choses.

Le frisson se fit torrent glacé dans ses veines. Son message ressemblait trop à celui qu'il avait envoyé aux militaires quatre ans plus tôt.

— J'y vais, que tu le veuilles ou non, répliqua-t-elle sèchement. Mais tu peux toujours envoyer tes petits copains à ma poursuite, tu as l'air d'être doué pour ça.

— Arrête, Tracy. Tu sais parfaitement pourquoi j'ai fait ça. Tu portais notre enfant.

Elle cilla. Elle le savait, bien sûr. Et peut-être en effet avait-elle été folle de voyager seule, malgré tout, elle n'en était qu'à la sixième semaine, et elle était vaccinée contre la fièvre jaune. Elle savait aussi que, si elle était justement partie cette semaine-là, ça avait plus à voir avec le résultat de ses tests qu'avec le village infecté. N'empêche, l'humiliation qu'elle avait ressentie en voyant arriver ces soldats sur la plage, sachant que c'était son mari qui les envoyait, la rongeait encore.

Le regard qu'ils échangèrent fut terrible. Mais la dernière chose qu'elle voulait en cet instant était de se le mettre encore plus à dos. Elle se força donc à radoucir le ton.

— S'il te plaît, essaie de comprendre. Je dois y aller. Mon travail, c'est ce qui me permet d'avancer.

— Te permet d'avancer ?

Elle détourna la tête. La dernière phrase était sortie sans qu'elle y réfléchisse, et évidemment elle n'avait pas échappé à Ben.

— Oui, je veux dire que mon travail est important, voilà.

Il la scruta un instant et elle retint son souffle, espérant que sa peur ne transparaissait pas trop. Puis il baissa les yeux vers la fillette, dont la terreur, elle, était bien visible.

— OK, dans ce cas, on y va ensemble. Mais il va falloir prendre des précautions. On est sous antibiotiques, donc on ne craint rien, pour autant, je ne veux pas que nous nous transformions en porteurs de microbes.

Elle leva les yeux vers lui, étonnée. C'était donc ça qui l'inquiétait ? L'aurait-elle mal jugé ?

— Et Miriam ? demanda-t-elle en anglais et à voix basse. Pas sûr qu'ils la laissent quitter Santa Teresa, maintenant qu'elle a été exposée.

— Je sais. Je vais parler au garde et la mettre sous antibios.

Elle hocha lentement la tête. Pauvre enfant ! Elle ne se doutait pas qu'en essayant de secourir sa maman elle risquait de se retrouver prisonnière. Et si en effet sa mère avait attrapé la maladie mortelle, il se pouvait même qu'elle ne la revoie jamais.

Une douleur familière traversa la poitrine de Tracy. Sa propre mère était morte, alors qu'elle était ici, au Brésil. Six mois après son mariage avec Ben, en fait. Sa mère ne se savait pas malade pendant les préparatifs des noces, mais on avait diagnostiqué la maladie quelques semaines à peine après la cérémonie. Et elle était décédée six mois plus tard.

Une heure après, au bout de quelques coups de fil et d'âpres négociations, elle était en route pour le village voisin, à l'arrière d'un 4x4, à côté de Ben. Quatre militaires les accompagnaient. Ben avait passé un bras autour de ses épaules pour la soutenir, alors que la voiture cahotait dans les nids-de-poule. Chargée de matériel médical, elle se laissait aller contre lui, tout en priant pour que ce qui les attendait ne soit pas encore pire que ce qu'elle redoutait.

— C'est une bronchite, annonça-t-il quelques heures plus tard, après avoir examiné la mère de Miriam.

Tracy faillit éclater de rire, tant son soulagement était grand.

— Tu es sûr ?

Assis derrière la maison sur un petit tabouret, il observait les dernières lamelles sous son microscope.

— Je ne vois aucune trace de la bactérie de la peste. Et puis elle est réveillée, n'a plus ni fièvre ni autres symptômes, hormis des bronches prises. Elle a dû continuer à travailler jusqu'à épuisement, ajouta-t-il en levant les yeux vers elle. C'est pour ça que Miriam n'arrivait pas à la réveiller.

— Dieu merci.

Les jambes flageolantes, elle dut s'appuyer sur l'épaule de Ben. Il leva vers elle des yeux inquiets.

— Eh ! Assieds-toi, avant de tomber, suggéra-t-il doucement en l'attirant sur ses genoux. Désolé, il n'y a pas d'autre siège.

— Excuse-moi de t'avoir dit que tu m'avais envoyé l'armée.

— Ne t'inquiète pas pour ça. Tu étais en colère.

Elle le fixa un instant, éberluée. Elle n'en revenait pas. Il venait de lui accorder son absolution. Et que ce soit pour les péchés du passé ou ceux du présent importait peu.

Le soupir qu'il poussa, la façon dont il passa la main dans son dos signèrent sa perte. Elle lui devait un grand « merci », voilà tout ce à quoi elle songeait en cet instant. Et, avant qu'elle ne puisse s'en empêcher, elle le prit par le cou et se pencha vers ses lèvres.

# 7

Les lèvres de Tracy avaient d'abord effleuré sa joue.

Il ne savait pas très bien comment c'était arrivé. Elle s'excusait, et soudain sa bouche s'était posée sur la sienne. Immédiatement, une empreinte du passé remonta en lui, exigeant un contact un peu plus intime. Si elle devait l'embrasser, autant que ce baiser soit inoubliable. Il passa sa main libre derrière la nuque de Tracy, et l'attira doucement jusqu'à ce qu'elle se trouve face à lui.

Il la fixa un long moment, observant les lèvres entrouvertes, les yeux brillants… une expression qu'il connaissait par cœur. Il pencha la tête, ravi de constater qu'elle ne s'éloignait pas, qu'au contraire elle venait à sa rencontre. Quand leurs lèvres se rencontrèrent de nouveau, ce fut comme si on avait allumé une allumette dans une pièce emplie de gaz. Ils s'enflammèrent.

Il l'entendit gémir, et enfonça les doigts dans ses cheveux. L'humidité de son cou était fraîche contre sa peau brûlante.

Oubliant microscopes, lamelles et le reste du monde, il lui souleva les jambes pour les placer entre les siennes, sans jamais lâcher sa bouche délicieuse. Cette nouvelle position la collait plus fort encore contre son bas-ventre déjà gonflé. Il ferma les yeux. Exquise torture.

Malgré l'envie de la serrer plus fort, il se força à rester immobile. Cela faisait quatre ans qu'il n'avait pas tenu cette femme dans ses bras, et il n'allait pas tout gâcher en risquant quoi que ce soit qui la ferait paniquer. Il savait qu'ils ne pourraient décemment pas aller plus loin vu les circonstances, mais cela ne l'empêchait pas de la goûter tout son soûl.

Sauf que jamais il n'aurait tout son soûl d'elle. Il en voudrait toujours plus qu'elle ne lui donnerait.

Il passa doucement ses lèvres, sa langue, sur le pourtour de sa bouche, comme pour demander sa permission. Qu'elle lui accorda sans un mot en s'ouvrant à lui. Il enfonça alors sa langue, les mains crispées dans ses cheveux, alors qu'il lui renversait la tête en arrière. Elle se colla contre lui, et il faillit bien perdre le peu de contrôle qu'il lui restait encore.

Il se força à ralentir. Doucement.

En explorant la chaleur de sa bouche, il se rendit compte qu'il n'avait rien oublié. Son goût, les frissons qu'il provoquait en elle, lorsqu'il utilisait ses dents en plus de sa langue...

Et quand il ne put réprimer un grognement plus longtemps, elle noua ses doigts dans ses cheveux. Il sentait la bataille qui se livrait en elle, la même que lui aussi livrait avec son corps. Il réussit à s'abandonner à leur baiser, la laissant prendre le contrôle.

Malheureusement, elle prit cela comme un signe de retrait. Elle s'écarta, reprenant son souffle à coups de petits halètements rauques, qu'il trouva incroyablement sexy. Elle prit quelques goulées supplémentaires avant de parler.

— Ben, murmura-t-elle, sa bouche encore toute proche. Qu'est-ce qu'on est en train de faire ?

Il ne put s'empêcher de sourire.

— Je croyais que c'était évident.

— Heu... oui. Mais c'est une erreur, tu le sais bien.

Ce petit « heu » le rendait fou, l'avait toujours rendu fou.

— Je sais. Mais, ajouta-t-il en lui mordillant la lèvre inférieure, ça ne veut pas dire que l'on n'a pas aimé ça.

— Oui...

Il esquissa un sourire. Pas de contre-argument, pas de négation. Elle se contentait d'acquiescer à l'évidence. Après la semaine qu'ils avaient eue, il n'avait qu'une envie : la prendre dans ses bras, et lui faire l'amour, tout doucement, très longtemps, jusqu'à ce qu'il s'endorme en elle. Comme avant.

Mais c'était l'épuisement qui parlait. Et peut-être aussi ce membre, entre ses cuisses, qui lui donnait des ordres qu'il faisait de son mieux pour ne pas écouter.

Tracy posa le front contre le sien, et poussa un long soupir.

— Il faut qu'on rentre au village, puisque tout va bien ici.

Avec un autre soupir déchirant, elle se remit sur ses pieds.

— On est si fatigués qu'on fait n'importe quoi. Je suis sûre qu'on va regretter tout ça, après une bonne nuit de sommeil.

Il haussa un sourcil. Elle, peut-être, mais pas lui. Il aurait beau dormir cent ans, il se réveillerait avec la même envie d'elle.

Il ferma les yeux un long moment, puis commença à remballer son équipement, sans un mot.

— Si ça peut te consoler, reprit-elle en posant la main sur son épaule, tu as raison. Moi aussi, j'ai aimé ça. J'ai toujours adoré tes baisers.

— Alors, pourquoi étais-tu toujours aussi pressée de partir ? demanda-t-il.

— S'il te plaît, Ben. Pas maintenant.

Il sentit aussitôt la colère monter en lui. Même réponse que quatre ans plus tôt. Elle ne voulait pas en parler, elle ne pensait qu'à s'envoler pour sa prochaine aventure. Eh bien, dans ce cas, il n'y avait plus rien à dire.

— Je vais lui laisser des médicaments et lui expliquer la posologie. (Elle hocha la tête.) Je suis sûr qu'ils accepteront que Miriam revienne, puisqu'il n'y a aucune trace de peste pneumonique ici. Il suffira de la mettre sous traitement prophylactique, et tout ira bien.

En rangeant précautionneusement ses affaires dans leur boîte, il eut une petite grimace. Il lui faudrait sans doute un traitement prophylactique, à lui aussi, pour calmer ses émotions bouillonnantes, et le remettre sur le chemin de la normalité.

Tracy secoua la tête, furieuse contre elle-même. Elle se serait donné des claques. Elle avait laissé Ben l'embrasser. Sur la bouche. Pire encore, elle lui avait rendu son baiser, avec fougue.

Son chaste remerciement avait pris des proportions incontrôlables en moins d'une seconde. Preuve que l'alchimie entre eux était tout aussi puissante qu'avant. Elle aurait dû s'en douter, et s'y préparer pour que cela ne se produise pas.

Maintenant, les choses allaient être encore plus compliquées. Elle devait bien admettre qu'elle éprouvait encore des sentiments pour lui, mais ça ne voulait pas dire qu'ils pouvaient… qu'ils devaient… se remettre ensemble. Si elle avait pensé qu'ils avaient la moindre chance, elle aurait essayé de lui expliquer ce qui s'était passé quatre ans plus tôt. Seulement, ça ne servirait plus à rien à présent. Et la dernière chose dont elle avait besoin c'était sa pitié. Mieux valait pour eux rester sur la colère et le ressentiment, de toute façon, vu que d'ici une semaine ou deux ils reprendraient leur route. Séparément.

Allongée dans son hamac, et malgré toutes ses bonnes résolutions, elle mourait néanmoins d'envie de tendre la main vers lui. De le toucher. De l'embrasser.

Mais pourquoi, enfin ? Tout cela n'avait aucun sens.

Moins de cinquante centimètres les séparaient. Elle en avait malheureusement une conscience plus aiguë que jamais en cet instant. Le village était silencieux. Les médecins militaires avaient pris le quart de nuit, accordant à Ben et à elle cinq à six heures de sommeil. Sauf qu'elle ne parvenait pas à trouver le sommeil. Heureusement, Ben était allongé dans l'autre sens, et ne la voyait donc pas s'agiter. Il s'était endormi presque immédiatement, alors qu'elle faisait semblant de somnoler.

Soudain, il se retourna, et elle ferma précipitamment les yeux, se forçant à respirer profondément malgré les battements désordonnés de son cœur. Elle perçut une toux discrète, un autre mouvement, puis un juron étouffé, des pas, et enfin le son de la porte qui s'ouvrait et se refermait. Comme les trois nuits précédentes.

Elle attendit plusieurs secondes avant d'oser rouvrir les yeux. Oui, il était bien parti. Où est-ce qu'il disparaissait ainsi toutes les nuits ? Aux toilettes ? Non, car dans ce cas il reviendrait au bout de quelques minutes. Quelle idiote ! Au lieu de se creuser la cervelle sur un sujet qui ne la concernait en rien, elle ferait mieux de dormir.

Mais rien à faire. Elle continuait à regarder tantôt le plafond, tantôt la porte fermée à l'autre bout de la pièce. Quinze minutes plus tard, il n'était toujours pas de retour. Sans doute n'arrivait-il pas à dormir non plus. Il faisait chaud, le ventilateur ne brassant que de l'air chaud, mais où qu'il aille l'atmosphère serait tout aussi étouffante.

Elle éventa son visage de la main, dans une vaine tentative pour se rafraîchir. Alors peut-être son agitation avait-elle à voir avec leur baiser ? Mais dans ce cas, que lui était-il arrivé les nuits précédentes ?

Elle se recroquevilla sur elle-même, et referma les yeux, essayant pour la énième fois de trouver le sommeil. Le matin approchait, et avec lui une nouvelle journée de lutte pour leurs patients.

Encore sept jours, d'après Ben, avant de maîtriser l'épidémie. Sept jours à tenter de combattre aussi cette stupide attirance.

Sept longues, très longues journées.

# 8

— Cleo est juste là, mon ange.

Posant un linge humide sur le front brûlant de Daniel, Tracy désigna du menton le lit voisin, où Ben ajustait la perfusion. Le garçonnet avait enfin repris conscience. Et ses premières paroles avaient été pour sa sœur. Puis, toute la journée, il n'avait cessé de la réclamer. Comme si, malgré la précarité de son état, il avait besoin de voir sa sœur pour s'assurer qu'elle était bien en vie.

Ben avait fini par se laisser convaincre, et déplacé leurs lits, en dépit de ses critères d'organisation de la maison. Daniel était en effet toujours gravement malade, alors que Cleo s'en sortait plutôt bien, même si elle souffrait encore de maux de tête.

— Elle dort, pour l'instant, ajouta-t-elle alors que le garçonnet tournait des yeux vitreux vers sa droite. Il faut la laisser se reposer, et toi aussi, tu dois dormir. Ne t'inquiète pas, elle sera encore là quand tu te réveilleras.

S'il se réveillait. Elle refoula immédiatement cette sombre pensée. Daniel se battait, et elle ne l'abandonnerait pas. Elle était venue pour ça.

— Tu as besoin de te reposer, toi aussi, dit Ben en s'approchant d'elle. Tu as l'air épuisée.

Elle leva la main pour éponger la transpiration qui lui perlait au front, mais Ben fut plus rapide.

— On est tous fatigués, répondit-elle avec un sourire las. Quand tu penses que je passe mon temps à voyager, et que je n'arrive pas à supporter la chaleur d'ici…

Elle s'interrompit en le voyant se crisper. Il l'avait accusée de négliger leur mariage, de peu se soucier de la santé de leur bébé. Avait-il eu raison ? Son propre fardeau l'avait-il tant aveuglée qu'elle avait pris des risques inutiles ?

Jamais elle ne le saurait. Et puis, quoi qu'il en soit, elle ne pourrait rien y changer. Malgré la culpabilité, qui la rongeait toujours autant.

— Tu t'en sors bien, avec les enfants.

Elle le regarda, désemparée, surprise par ce brusque changement de sujet.

— Je... Je me soucie de mes patients, voilà tout.

— Ça n'était pas une accusation. Un constat, simplement.

Elle hocha la tête. La colère avait été si vive à la fin de leur mariage qu'il était difficile d'entendre ce qu'il lui disait sans faire référence au passé. Peut-être devrait-elle arrêter de chercher le mal dans tout ce qu'il lui disait. Et pareil pour lui.

Elle s'assit au bord du lit de Cleo, et passa les doigts dans les cheveux de la fillette. Un faible soupir s'échappa de sa gorge, et elle se frotta contre sa main. Tracy sentit des larmes lui monter aux yeux, qu'elle s'efforça de stopper.

— Je n'arrive pas à imaginer ce qu'ils vont ressentir, quand ils comprendront que leur mère est partie. Pour toujours.

En fait, elle savait parfaitement ce qu'ils ressentiraient. Sauf qu'elle avait profité de sa mère jusqu'à l'âge adulte.

— Parfois, on n'a pas besoin d'être mort pour être absent, murmura Ben.

Elle leva les yeux vers lui, mais il semblait perdu dans ses pensées.

— Tu parles de tes parents ?

Elle savait que Ben et son frère Marcelo n'avaient pas beaucoup vu leurs parents, et les deux hommes leur en voulaient beaucoup. Ce ressentiment avait d'ailleurs pesé sur leur mariage, car Ben ne supportait pas qu'elle voyage. Dès le début, cela avait été entre eux une source de conflits.

Sauf que lui aussi était dingue de son travail, à l'époque. Alors elle n'avait pas compris pourquoi il voulait abandonner tout ça. Enfin, ce n'était pas tout à fait vrai. Lorsqu'elle était tombée enceinte, elle aussi était toute prête à ralentir sur « Projeto Vida ». Et puis, les choses avaient changé…

Et Ben avait mal réagi à son besoin d'espace. Bien sûr, elle aurait sans doute dû lui expliquer alors pourquoi elle devait se ménager du temps pour elle, pour réfléchir. Mais elle se remettait tout juste de la nouvelle elle-même, et pleurait encore sa mère et sa sœur.

— Non, répondit Ben en fixant ses beaux yeux sur elle. Je parle en général.

Elle soutint son regard. A l'évidence, il mentait, mais c'était l'occasion d'abandonner le sujet.

— Au fait, comment va Rosa ?

— Bien, elle est toujours à la maison.

Tracy acquiesça. Elle n'en était pas surprise. La vieille gouvernante, veuve depuis longtemps et jamais remariée, avait quasiment élevé Ben et Marcelo. Bien sûr, que Ben la garderait avec lui jusqu'au bout. Cela encore avait été un autre motif de disputes.

Pas le fait qu'elle vive avec eux, Tracy l'adorait, mais le refus catégorique de Ben que son ancienne gouvernante prenne part à l'éducation de leur futur enfant. Quand il l'avait questionnée sur ses projets professionnels, une fois que le bébé serait né, elle avait nonchalamment rétorqué que Rosa serait ravie de prendre le relais lorsqu'elle s'absenterait. Pour toute réponse, elle avait reçu un silence de mort, puis il était sorti en claquant la porte.

Plus tard, elle avait compris sa réaction. Elle s'était excusée, avait essayé de s'expliquer, mais elle avait eu la sensation qu'il ne l'écoutait pas vraiment.

— Rosa me manque, dit-elle en soupirant.

— Je suis sûr que c'est réciproque.

Elle le regarda en coin. Et à lui ? Est-ce qu'elle lui manquait aussi parfois ?

— Doucement, tu es encore faible, dit Tracy à Daniel.

Elle passa l'épaule sous le bras du petit, et, avec Pedro de l'autre côté, ils l'aidèrent à faire un tour dans la maison. Il fallait veiller à éviter les thromboses qui risquaient de se former dans ses veines, à force d'être allongé. C'était le cinquième jour, et Daniel, qui avait déclenché une course contre cette terrible épidémie, semblait avoir franchi un cap. Contre toute attente, car la veille encore ils se demandaient s'il survivrait.

— Ma… ma sœur ? murmura-t-il une fois de plus, dans un souffle rauque.

— Cleo est à la cafétéria. Tu penses que tu pourrais avaler un peu de bouillon ?

— Je préfère du *beijú*.

Elle lui sourit. Le pain local, à base de farine de manioc, était typique du nord-est du Brésil. A São Paulo, Tracy n'en trouvait que rarement, et cela lui manquait.

Pedro secoua la tête.

— Je pense qu'il vaut mieux s'en tenir au bouillon pour aujourd'hui, comme Tracy te l'a dit.

— Même pas des haricots et du riz ? demanda Daniel d'un air implorant.

— Bientôt, promis, lui dit Tracy d'une voix enjouée. Dans un jour ou deux, d'accord ?

Ses maigres épaules retombèrent, mais il n'insista pas, quand ils le conduisirent au mess installé par les militaires. La tente était divisée en deux : le personnel médical et les villageois non contaminés d'un côté, les infectés de l'autre.

Les quatre longues tables et leurs bancs de bois étaient quasi vides. Peu de patients avaient la force de se lever. D'énormes ventilateurs absorbaient la chaleur ambiante pour la rejeter à l'extérieur, et l'endroit était à peu près préservé de l'enfer brûlant qui sévissait au-dehors. Et le fait que la plupart des portes de séparation soient ouvertes, pour la première fois, montrait que les militaires, eux aussi, étaient optimistes.

A l'autre bout de la tente, une main s'agita. Souriante, ses yeux sombres illuminés de bonheur, Cleo se leva.

— Daniel ! Tu es réveillé ! s'écria-t-elle en se précipitant.

Le frère et la sœur étaient réunis hors de la chambre pour la première fois depuis une semaine.

Malgré l'assiette appétissante de sa sœur, Daniel mangea docilement son bouillon.

— C'est bon ? lui demanda Tracy.

Il hocha la tête.

— Je vais faire la queue avant que ça ferme, annonça Pedro. Qu'est-ce que je te rapporte, Tracy ?

— Je m'en suis déjà chargé, lança une voix derrière eux.

Ben, arrivé à leur hauteur, déposa un plateau sur la table : du *beijú* tartiné de beurre, du riz, des haricots. Et une banane flambée ! Les yeux rivés sur Pedro, il déposa un deuxième plateau à côté.

— Tu ferais bien de te dépêcher, ajouta-t-il à l'attention de Pedro. Il ne leur reste plus grand-chose. A plus tard.

Ben attendit ensuite sans un mot que Tracy s'installe, puis fit de même. Irritée, elle se rendit compte qu'elle l'avait cherché tout le jour.

— Tu es censé être de l'autre côté de la tente, je te signale, lança-t-elle.

Elle regretta immédiatement sa brusquerie — où était passée sa politesse ?

— Oui, peut-être, mais toi aussi. En fait, je t'ai vue entrer, et j'ai pensé que tu apprécierais d'être tenue au courant de notre situation.

Elle le fixa, les yeux écarquillés. Leur situation ? Mais bien sûr, était-elle bête, il parlait de celle du village, et pas de leur baiser !

— C'était donc là que tu étais ? Avec les militaires ?

— Ils voulaient un rapport. Le général Gutierrez est ici, il tenait à s'assurer que les médecins civils disaient la même chose que ses docteurs militaires. Il a à cœur de ménager sa réputation...

— Depuis quand ? Désolée, je ne voulais pas dire ça.

Il ne réagit pas, et se pencha sur elle pour poser la main sur l'épaule de Daniel.

— Je suis étonné de te voir debout, dit-il à ce dernier en souriant.

— Et moi ? demanda aussitôt Cleo, ses grands yeux bruns pleins d'admiration. Tu es étonné de me voir ?

— Très. Et très content, répondit-il en lui ébouriffant les cheveux, provoquant un rire ravi.

Le cœur de Tracy se serra. Cet homme avait un instinct naturel avec les enfants. Il était fait pour en avoir plein.

Stop. Il fallait qu'elle trouve le moyen de se sortir ces idées de la tête, c'était vraiment trop douloureux. Surtout qu'elle avait décidé que sa grossesse inaboutie serait la dernière.

— Je n'ai pas eu vent de vos petites réunions, pourquoi ne m'en a-t-on rien dit ?

— J'ai préféré te laisser dormir un peu plus longtemps, répondit-il en détournant les yeux. La semaine a été rude.

Elle hocha la tête. Elle se rappela que personne n'était venu la réveiller pour sa garde de 7 heures, ce matin. Etait-ce aussi l'œuvre de Ben ?

Son cœur se serra un peu plus fort. Il était si gentil, il méritait tellement mieux que ce qu'elle lui avait offert.

Elle s'éclaircit la gorge, dans un vain effort pour se débarrasser du nœud qui s'y était formé.

— Merci. Tu n'étais plus là, quand je me suis réveillée.

— Je suis un lève-tôt, répondit-il en haussant une épaule.

Elle esquissa un sourire. Elle s'en souvenait, en effet. Sauf qu'il n'avait pas pour habitude de quitter son lit au beau milieu de la nuit pour ne pas y revenir. Une idée lui traversa soudain l'esprit : peut-être s'était-il trouvé un autre nid ? Une douleur brûlante la traversa. Elle avait remarqué quelques femmes médecins qui le regardaient. Non, mais...

Daniel reposa sa cuillère avec un soupir. Elle avait beau mourir d'envie de savoir ce qui s'était dit lors de cette réunion au sommet, ses patients passaient en priorité.

— Vous êtes prêts à retourner à la chambre, les enfants ?

Ben fronça les sourcils devant son plateau intact.

— Est-ce que je peux rester un peu plus ? demanda Daniel. J'en ai assez d'être couché, et je voudrais parler à Cleo.

Elle le regarda, la gorge nouée. A la tristesse qu'elle percevait dans sa voix, elle se doutait bien de ce qu'il voulait dire à sa sœur. Qu'allaient devenir ces deux enfants, quand toute cette histoire serait terminée ?

— On va s'asseoir à une autre table pour vous laisser tous les deux, d'accord ? Si vous avez besoin de moi, faites-moi signe.

Ben et elle ramassèrent leur plateau mais, sciemment, il ne se dirigea pas vers la table de Pedro. Son assistant était en conversation avec l'un des médecins militaires. Avec un peu de chance, il ne s'en rendrait pas compte.

— Allez, mange, lui dit-elle en remarquant que lui non plus n'avait pas touché à son plateau. Ensuite, tu me raconteras tout ce qui s'est dit à cette fameuse réunion.

— Je mangerai si tu manges, répliqua-t-il avec autorité.

— Marché conclu, dit-elle en souriant malgré elle.

Les quinze minutes suivantes se passèrent dans un calme relatif, chacun appréciant son premier vrai repas depuis leur arrivée sur place. Elle croqua dans son *beijú* avec gourmandise. Apparemment, Ben se souvenait qu'elle l'aimait avec beaucoup de beurre, et même s'il n'était plus tiède il était aussi bon que dans ses souvenirs.

— Il faut absolument que j'emporte de la farine de manioc quand je rentrerai à la maison.

Ben ne répondit rien, et elle se rendit compte de ce qu'elle venait de dire en voyant sa mâchoire se crisper. Pourtant, il devait bien savoir qu'elle allait rentrer à São Paulo bientôt. Leur vie commune était terminée, même si elle aurait souhaité qu'il en soit autrement.

Oubliant ses regrets, elle se redressa.

— Alors, dis-moi tout !

— Toi, dis-moi, répondit-il.

Elle se crispa. S'il comptait lui demander pourquoi elle partait, elle n'avait pas la moindre idée de ce qu'elle répondrait. Car sa réaction au fait qu'il lui avait envoyé la cavalerie n'était sans doute que la partie émergée de l'iceberg. Oui, il l'avait trahie. Et, oui, il aurait dû venir lui-même. Mais les raisons pour lesquelles elle était partie étaient bien plus complexes.

— Je croyais qu'on devait parler de votre réunion.

— Pourquoi n'as-tu pas demandé le divorce ? demanda-t-il, comme s'il n'avait pas entendu sa question. Tu n'aurais pas de difficultés à rencontrer quelqu'un avec qui tu partagerais ta passion pour ton travail, ajouta-t-il en tournant la tête vers la table de Pedro.

— Je... Je te l'ai dit. C'est compliqué d'obtenir le divorce en étant au Brésil.

— Tu veux dire qu'en quatre ans tu n'as rencontré personne avec qui tu aies eu envie de partager ta vie ?

Elle cilla. Comment lui avouer qu'après lui elle n'avait plus voulu personne d'autre ?

— Si tu parles de Pedro, nous sommes seulement collègues. Je n'ai pas eu le temps de remplir toute la paperasse, c'est tout. Ça m'obligerait à faire un aller-retour à New York. Et toi, tu n'as rencontré personne ?

Elle se sentit rosir. La question était au départ destinée à retourner la conversation, mais au fond elle se rendit compte qu'elle voulait vraiment savoir.

— Je n'ai aucune envie de recommencer tout ça.

Une pointe de culpabilité la piqua en plein cœur. Avait-elle été une si mauvaise épouse qu'il ne voulait plus jamais se remarier ? Elle avait simplement pensé qu'il serait mieux sans elle, qu'il trouverait quelqu'un pour lui donner ce qu'elle n'avait pu lui donner.

— Je vois. Mais un jour, sans doute...

— Je ne pense pas, dit-il en reposant bruyamment ses couverts.

Il ne pouvait pas l'avoir embrassée comme il l'avait fait deux jours plus tôt, et prétendre qu'il ne voulait plus vivre ce genre d'émotion-là.

— Tu aurais fini par me haïr, Ben. Nous le savons tous les deux. Il valait mieux que je parte.

Elle soutint son regard. Gène déficient ou pas, Ben et elle n'avaient jamais eu la même conception du travail, de toute façon. Mais aurait-elle voyagé autant, sans cette peur pour l'éperonner ?

— Je ne t'ai jamais haïe, Tracy, répondit-il. Mais je méritais mieux qu'une lettre sur un coin de table.

Elle hocha doucement la tête. Il avait raison, bien sûr. D'autant que son mot était plein de colère, détaillant tout ce qu'elle trouvait insupportable dans leur mariage, et ses façons d'agir. Sa rage était en grande partie attisée par les résultats de son test, et sa tristesse d'avoir perdu leur enfant. Mais surtout par la culpabilité. Elle avait été trop couarde pour lui dire la vérité en face.

— Tu as raison, Ben. Ça ne changera sans doute pas grand-chose, mais sache que je n'avais pas que ma grossesse à gérer, à l'époque.

— En rapport avec ton travail ?

— Non.

Elle s'apprêtait à en dire plus, mais à cet instant Daniel lui fit signe. Et tant mieux, au fond. Ce n'était ni le lieu ni le moment pour avoir ce genre de conversation.

— Il faut que j'y aille. Je ne peux pas changer le passé, Ben, tout ce que je peux faire, c'est te dire que je suis désolée.

— Oui, eh bien, moi aussi.

Et avant même qu'elle ait eu le temps de se lever, il avait ramassé leurs plateaux, pour se diriger vers les poubelles.

En s'approchant de Daniel, elle se rendit compte qu'il ne lui avait finalement pas parlé de cette fichue réunion. Mais, à l'instant présent, elle s'en fichait éperdument.

# 9

Ben haussa les épaules, impuissant, tandis qu'un éclair de colère traversait les yeux de Tracy.

— Quoi ?! On doit rester ici une semaine après le rétablissement du dernier patient ? s'exclama-t-elle. Tu plaisantes ! Je ne peux pas m'absenter de mon travail aussi longtemps.

Il réprima un soupir. Son travail. Encore et toujours son travail.

A moins qu'il n'y ait autre chose. Elle avait évoqué d'autres soucis qu'elle aurait eu à gérer pendant leur mariage, et qui n'avaient manifestement rien à voir, ni avec ça, ni avec sa grossesse. Il réfléchit, essayant d'analyser le moindre détail dont il se souvenait. Mais rien ne lui vint.

Car sa tête était emplie du souvenir de leur baiser quelques jours plus tôt. Impossible de l'oublier. A dire vrai, leur brève et merveilleuse étreinte le hantait, empoisonnant ses rêves, l'envoyant chaque nuit dans l'étroit passage qui jouxtait la maison. Son dos le faisait souffrir, mais ce n'était rien à côté du tourment que lui infligeait son désir frustré, obsédant.

— L'armée veut s'assurer que l'épidémie est bien contenue, ils prolongent donc la quarantaine. Et à cause de notre escapade dans le village voisin, ils souhaitent vérifier que personne là-bas ne va montrer de symptômes non plus.

Il vit Tracy qui balayait la pièce du regard. Les lits se vidaient peu à peu, que ce soit parce que les patients allaient mieux ou à cause des deux autres décès qu'ils avaient déplorés.

— On va donc rester là à se tourner les pouces ?

Il acquiesça, ennuyé. Elle avait raison. Une fois que les patients restants seraient sous contrôle, il n'existerait plus aucun risque de contamination. Et ils seraient coincés là pendant une semaine, sans plus rien à faire.

— On portait des masques, là-bas, Ben, dit-elle au bout d'un instant, tout en ajustant la perfusion d'un patient.

— Pas tout le temps.

Il s'aperçut à son changement d'expression qu'elle savait pertinemment quand ils avaient oublié leurs masques protecteurs. Juste avant, et pendant, ce baiser fatal.

— Personne ne nous a vus, répliqua-t-elle à voix basse, même si elle s'exprimait en anglais, et que personne ne pouvait la comprendre.

— Apparemment, si, et le général l'a su.

— Je croyais que vous étiez copains comme cochons.

— On est amis, mais il ne déroge jamais aux règles.

— Oui, je l'ai appris à mes dépens, répliqua-t-elle aussitôt d'un ton sec. Ecoute, je ne peux pas rester ici *ad vitam aeternam*. Mon téléphone portable ne passe pas, je ne peux donc pas avertir les gens de « Projeto Vida » que je vais être retardée. Ils doivent au moins laisser Pedro rentrer.

Ben soupira. Depuis leur déjeuner de l'autre jour, ils n'avaient pas beaucoup revu l'assistant de Tracy. Les éviterait-il volontairement ? Il ne voyait pas pourquoi.

— Ils ne laissent sortir personne, et si j'étais toi je n'essaierais pas d'insister.

— C'est toi qui as tout manigancé ?

— Ne dis pas de bêtises, Tracy. Ça n'a rien à voir avec toi, ni avec moi non plus, d'ailleurs.

Elle ferma les yeux une seconde.

— Tu as raison, désolée.

— Je peux toujours leur demander de se mettre en contact avec ton bureau. Ils doivent bien avoir un téléphone satellite. Je sais que ça n'a pas été facile, ajouta-t-il en s'approchant pour lui prendre la main. Je n'aurais sans doute jamais dû te laisser venir. Je ne sais plus. En tout cas, je t'assure que je n'essaie pas de magouiller pour te rendre la vie plus difficile qu'elle ne l'est déjà. Figure-toi que c'est tout aussi pénible pour moi d'être coincé ici. J'ai mon labo, mes responsabilités. Mandy ne peut pas tenir la maison seule trop longtemps.

Il vit son regard se radoucir.

— J'apprécie beaucoup ce que tu as fait pour me permettre de venir, Ben. C'est juste un peu… bizarre, dit-elle un ton plus bas, en nouant ses doigts aux siens. Et je sais que ça n'a rien de facile pour toi non plus. Je suis désolée.

Alors qu'elle allait s'éloigner, il la retint par la main.

— Quoi qu'il arrive, j'ai été content de te revoir.

Les mots étaient sortis avant qu'il ne réfléchisse, et il comprit à sa réaction qu'ils l'avaient surprise.

— Moi aussi.

Il la dévisagea. Alors, quels étaient ces soucis qu'elle avait mentionnés ? Il parvint à grand-peine à contenir la question qui lui brûlait les lèvres. Car il savait qu'il n'obtiendrait pas de réponse. Pas tant qu'elle n'était pas prête à la donner. Si tant est qu'elle le soit un jour.

A l'évidence, elle lui cachait quelque chose, mais quoi ?

En tout cas, il n'avait aucune envie de retomber amoureux d'elle, et de se retrouver à passer ses journées à l'attendre, en espérant qu'elle ne repartirait plus. Il n'était pas masochiste à ce point. Oui, mais alors que faire ?

Pour commencer, il pouvait aborder les choses à sa façon « scientifique » : examiner les indices qu'il avait, sans qu'elle s'en rende compte. Comme il procédait avec ses prélèvements au labo, ajoutant colorants et cultures, les passant à la centrifugeuse, jusqu'à ce qu'ils lui révèlent leurs secrets.

Ses doigts toujours serrés dans sa main, il fixait ses grands yeux verts. Oui, c'était ça. Il allait l'étudier, l'examiner… l'embrasser, même, s'il le fallait. Jusqu'à ce qu'elle avoue. Et enfin ses folles émotions le laisseraient peut-être tranquille.

Le paradis.

Tracy s'immergea avec délice dans la mousse parfumée. Elle ne savait comment Ben avait réussi à récupérer l'un des containers à eau généralement posés sur les toits pour augmenter la pression d'eau, et à l'installer derrière la maison, ainsi que des paravents tout autour pour préserver un peu d'intimité, mais c'était parfait, comme baignoire. D'autant qu'il avait aussi acheté du shampoing, sans doute au magasin du village, pourtant fermé depuis le début de l'épidémie. En plus, il s'était posté devant le paravent, afin de s'assurer que personne ne viendrait la déranger.

Elle n'avait pas osé se déshabiller complètement, mais même en sous-vêtements l'expérience était suprêmement excitante.

Pourquoi avait-il fait tout ça ? Certes, ils étaient tous les deux épuisés, tous ses muscles étaient contractés par la fatigue et les efforts de ces derniers jours, à force de manipuler les patients inertes. Quoi qu'il en soit, elle lui laisserait la place dès qu'elle aurait fini. Même si ce serait pour lui moins agréable, dans une eau déjà utilisée et sans bulles — mais, dans un souci environnemental, il refuserait sans doute que l'on remplisse de nouveau la baignoire.

A moins que... Son soutien-gorge noir ne laissait rien transparaître. Quant à sa culotte, elle était moins échancrée que la plupart des maillots de bain brésiliens. Il pourrait peut-être la rejoindre. Après tout, Ben l'avait déjà vue beaucoup moins vêtue. Personne ne s'aventurerait derrière la maison, et la propriété était entourée de hauts murs bétonnés.

— Ben ?

Elle s'éclaircit la gorge. Sa voix était un peu plus douce que prévu. Avec un peu de chance, il n'aurait pas entendu.

— Oui ?

— Euh... Je me demandais... L'eau sera moins bonne après mon bain, alors... Tu ne voudrais pas... ?

Sa gorge trop serrée retint la fin de sa question. Le visage de Ben apparut devant le paravent.

— Pardon ?

— Puisque nous ne sommes nus ni l'un ni l'autre, on pourrait partager la baignoire.

— Merci, mais ça va aller.

Elle le regarda. Sa mâchoire était visiblement tendue, ce qui, ajouté à sa propre émotion, aurait dû lui servir de mise en garde.

Sauf qu'à présent, en voyant la sueur dégouliner le long de son cou musclé, elle se sentait encore plus coupable.

— Allez, arrête de jouer les martyrs. Tu as bien mérité une pause, et puis, ça va te rafraîchir.

— Ça, j'en doute fort, marmonna-t-il si bas qu'elle crut avoir mal compris.

— Regarde-toi, reprit-elle, alors qu'il s'approchait, mains sur les hanches et T-shirt trempé de sueur.

Evidemment, elle n'allait pas dire que voir son mari en sueur l'avait toujours excitée. Elle n'aurait jamais dû lui faire cette proposition, d'ailleurs, mais, ça non plus, elle ne risquait pas de l'avouer. Il la traiterait de couarde.

— Allez, Ben, cesse de te faire prier.

Lorsqu'il souleva le bas de son T-shirt, et le passa par-dessus sa tête, elle retint son souffle. Les pectoraux luisants, les abdominaux dessinés, l'adorable ligne de poils qui lui descendait sur le ventre... il était aussi hypnotique qu'avant.

Zut, elle n'avait pas pensé à ça. Dans sa tête, elle l'avait imaginé habillé, puis directement dans la baignoire, oubliant la phase déshabillage, et les conséquences pourtant prévisibles sur... ses propres réactions. Il posa la main sur la boutonnière de son pantalon camouflage.

— Tu es sûre ?

Elle déglutit.

— Tant que tu as quelque chose en dessous.

Il écarquilla des yeux canailles.

— Tu parles de vêtements ?

Elle rougit. Oh ! Bon sang ! Elle se souvenait qu'il lui arrivait de porter ses pantalons sans slip, juste pour la rendre folle. Heureusement, cette fois, un boxer apparut quand il baissa sa braguette.

— Plus maintenant, lâcha-t-il d'une voix rauque, comme s'il avait lu dans ses pensées.

La petite douleur qu'elle avait dans sa poitrine monta d'un cran. Il n'avait plus personne avec qui jouer à ça. Elle détourna les yeux. La vie était injuste. Cet homme méritait d'avoir une femme qui l'aime. C'était un amant exceptionnel, un super-mari, et il aurait fait un père génial.

— Tu n'es pas toute nue, sous ces bulles, hein ?

— C'est un peu tard pour t'en soucier, non ? Rassure-toi, ajouta-t-elle en faisant claquer la bretelle de son soutien-gorge. Je ne t'aurais pas invité à me rejoindre, autrement.

Il lui offrit un sourire un peu tendu, avant d'entrer dans la baignoire et de glisser sous l'eau dans un mouvement fluide.

Quelle idiote elle faisait, une fois de plus ! Mais alors que l'eau savonneuse léchait ses magnifiques biceps, elle ne pouvait se résoudre à regretter son invitation.

— Ça fait du bien ? demanda-t-elle. Dans le même temps, elle s'assura que sa poitrine restait au-dessous du niveau de l'eau.

Il répondit en plongeant la tête dans la mousse, pour émerger une fraction de seconde plus tard, une coulée de bulles dévalant sur son visage, son cou… son torse puissant…

— J'aurais dû y penser plus tôt.

Sa remarque la tira de son observation rêveuse.

— Pardon ?

Il secoua la tête en souriant.

— Rien. Oui, ça fait un bien fou. Tu as passé une bonne journée ? poursuivit-il en allongeant les bras de chaque côté de la baignoire pour la regarder fixement.

Elle lui adressa un timide sourire. Peut-être finalement qu'ils pouvaient avoir une conversation normale, malgré l'étrangeté de la situation.

— Fatigante. Et toi ?

— Intéressante.

— Le général Gutierrez a organisé une autre réunion ?

Elle fronça les sourcils. Si Ben l'en avait encore une fois tenue à l'écart, cette fois, elle allait lui dire le fond de sa pensée. C'étaient ses patients, à elle aussi, d'autant qu'elle avait été la première sur place.

— Non, non. Le plan est inchangé, à ce que j'en sais.

Il prit de l'eau dans ses paumes, et s'en aspergea le visage. Si c'était là une tentative pour rincer les bulles, elle était ratée, car à présent elles se ramassaient en une petite barbiche autour de son menton.

Elle lui fit signe en désignant son propre menton. Il s'en débarrassa, puis reprit sa posture initiale, les bras posés sur le rebord de la baignoire improvisée.

— Mais tu as passé une journée intéressante, reprit-elle en essayant de se faire aussi petite que possible. En quoi ?

Elle gardait les mains collées au fond de la baignoire pour s'empêcher de glisser vers lui. De plus, moins elle s'exposait et moins elle se sentait... exposée, justement.

— J'ai fait des recherches, dit-il en haussant les épaules.

— Sur nos cas ?

— Nos cas, oui, exactement.

Elle le scruta, soudain inquiète. Pourquoi avait-elle l'impression que le mot « cas » n'avait pas le même sens pour tous les deux ici ?

— Et tu es arrivé à des conclusions ? reprit-elle néanmoins.

— Pas encore, mais bientôt, j'espère.

Elle s'éclaircit la gorge, pressée de changer de sujet.

— Daniel est quasi guéri. Encore quelques jours, et il devrait pouvoir être libéré. Quant à Cleo, elle se plaint toujours de maux de tête, et ne se remet pas aussi vite qu'au début.

— Je l'examinerai tout à l'heure. J'ai pensé à ces deux gamins, ajouta-t-il avec une grimace. Tu sembles les aimer beaucoup.

Elle sentit son ventre se nouer.

— Comme je te l'ai dit, j'essaie de bien m'occuper de mes patients.

— Je sais.

— C'est terrible que leur mère n'ait pas...

Cette fois, c'était sa gorge, trop serrée, qui refusait de laisser sortir les mots.

— Je sais, Tracy. Je suis désolé aussi.

Il bougea, et sa jambe l'effleura. Elle eut l'impression qu'il l'avait fait exprès pour la réconforter. Mais son geste, même innocent, la fit tressaillir.

— Merci, dit-elle en l'effleurant à son tour.

Elle s'attendait à ce qu'il reprenne sa position initiale. Ce ne fut pas le cas. Son regard ne l'avait pas quittée. Un frisson la parcourut, quand son pied remonta le long de son mollet. L'avait-il fait exprès ? Rien dans son expression ne l'indiquait. Pire, une seconde plus tard, elle sentit quelque chose contre son autre jambe. Cette fois, ça ne pouvait plus être un accident !

Pour arranger le tout, les bulles commençaient à disparaître. Bientôt, elle verrait ce qui se passait sous l'eau. Et lui aussi. Alors, soit elle se lavait les cheveux et elle sortait de là fissa, soit elle restait et...

En avait-elle le courage ? Bonne question. Elle prit une longue inspiration.

Et jusqu'où était-elle prête à le laisser aller ? Autre bonne question.

# 10

Ben esquissa un sourire. Visiblement, Tracy ne savait pas comment réagir.

Il observait les émotions qui se succédaient sur son beau visage depuis qu'il l'avait effleurée la seconde fois. La surprise, l'hésitation, la compréhension, l'inquiétude et finalement l'incertitude. Il se pencha, et lui tendit la main.

— Tracy, dit-il de sa voix la plus enjouée. Je sais que ça n'a pas été facile de venir ici et de travailler avec moi. De mon côté, je n'étais même pas sûr de vouloir t'avoir à mes côtés. Mais c'était la meilleure chose à faire.

Il s'interrompit. Pouvait-il en dire autant de ce qu'il était en train de faire ? Difficile à dire mais, dès la seconde où elle l'avait invité à la rejoindre dans la baignoire, il s'était demandé si elle avait tout manigancé depuis le début. Surtout quand, en retirant ses vêtements, il avait surpris cette lueur dans ses yeux. Elle s'était vite reprise, certes, mais il avait eu le temps de reconnaître ce qu'il avait souvent vu lorsqu'ils étaient en couple : du désir.

Sauf qu'il n'était pas sûr de la stratégie à adopter. Elle était vulnérable. Fatiguée. Il ne voulait pas profiter de la situation. Il s'apprêtait à retirer sa main, quand elle fit un geste surprenant : elle glissa sa main dans la sienne.

— Je sais que c'était la meilleure chose à faire. Et ça aussi.

Sans un mot de plus, elle serra sa main, un geste qui la fit glisser vers lui. Elle se retrouva alors pratiquement les quatre fers en l'air, les pieds sur ses cuisses, et l'arrière de ses fesses contre lui. Ce qui ne manqua pas de réveiller immédiatement sa libido.

Un puissant désir le parcourut, éludant toutes les questions éthiques qui l'encombraient un instant plus tôt. Elle venait d'admettre qu'elle le désirait. Enfin, il l'espérait.

— Quand dois-tu être rentrée à ton bureau ?

— Je suis en congé jusqu'à demain, répondit-elle, les yeux rivés sur sa bouche.

Toujours presque collée à lui, elle n'avait pas bougé.

Il la regarda à la dérobée. Jusqu'à demain. Ils avaient donc toute la nuit. Il s'obligea à prendre une longue, longue inspiration.

— On aurait dû s'installer ce genre de baignoire, dans notre cour, elle est presque aussi grande qu'une piscine. Le seul problème, c'est que tu es encore un peu trop loin.

— Tu trouves ? demanda-t-elle en lui caressant le dos de la main. J'ai fait la moitié du chemin, c'est à ton tour, je crois.

— Tu as raison, dit-il en glissant à son tour vers elle. C'est mieux, là ?

— Carrément, répondit-elle en souriant.

Relâchant sa main, elle passa les doigts sur ses épaules. Des décharges électriques lui traversèrent le ventre. Il l'entoura de ses jambes, la faisant venir tout contre lui, jusqu'à ce qu'ils se retrouvent poitrine contre poitrine. Elle dut pencher la tête en arrière pour le regarder.

— Nous y voilà donc, murmura-t-il. Et qu'est-ce qu'on fait maintenant ?

— Tu poses la question ?

— Non, mais j'ai préféré vérifier qu'on était sur la même longueur d'onde, répondit-il doucement.

— Même longueur d'onde, même programme.

Il sourit. C'était la confirmation dont il avait besoin. Il passa la main derrière sa nuque, et plongea dans le vert de ses yeux. Puis il fit ce qu'elle lui avait demandé, accomplissant la moitié du chemin. Plus que la moitié.

Et au moment où leurs lèvres se joignaient, il aurait juré qu'il travaillait encore à son plan, analysant toutes les informations à sa portée. Cela ne dura toutefois qu'une seconde, car très vite son instinct de mâle prit le dessus, lui dérobant ce qu'il lui restait de ses capacités de réflexion. Une chose cependant était claire : l'attirance était toujours là. Et elle le suppliait de ne pas tout gâcher, en réfléchissant trop.

Donc il cessa de penser. Il serra une mèche de cheveux dans son poing, et immédiatement un petit bruit s'échappa des lèvres de Tracy, un bruit qu'il reconnut. Ça l'avait toujours excitée, lorsqu'il la dominait.

Enfin, c'est ce qu'elle voulait croire, car en réalité elle avait toujours voulu contrôler tous les aspects de sa vie, alors que lui prenait les choses comme elles venaient. Mais au lit c'était une autre histoire.

De sa main dans ses cheveux, il lui maintint la tête immobile et embrassa ses pommettes, glissant très lentement vers l'oreille.

— Ben.

Il ferma les yeux au son de son nom. Oh, oui ! Cela faisait quatre ans qu'il n'avait pas entendu ce murmure rauque, mi-supplique mi-gémissement. Et cela le rendit aussi fou qu'avant. Il referma doucement les dents sur son lobe, pendant que sa main libre s'égarait dans le creux de son cou, descendant le long de son dos, jusqu'à ce que son soutien-gorge l'interrompe. En un clic, il s'en était débarrassé.

Un gémissement accueillit son geste autoritaire, mais il la maintenait toujours fermement dans sa main. Il tira sa tête un peu plus en arrière, exposant sa gorge et la veine qui battait follement. Il la lécha avidement, appuyant sa langue contre sa peau, dont chaque pulsation lui envoyait d'exquises sensations dans le bas-ventre. Incapable de contenir son désir plus longtemps, il susurra :

— J'ai envie de toi. Ici et maintenant. Dis-moi oui.

Elle se mordilla la lèvre, mais ne le fit pas trop attendre.

— Oui.

— Oui, souffla-t-il en relâchant son étreinte.

Il fit glisser la bretelle de ses épaules, et le soutien-gorge coula bientôt au fond de la baignoire. Il écarta les dernières bulles, jusqu'à découvrir enfin ses seins.

— Magnifiques, dit-il en les prenant dans sa paume. Mets-toi à genoux, chérie.

Elle obtempéra. Une goutte d'eau resta accrochée à la pointe dure de son sein gauche. Qui pourrait l'en blâmer ? Certainement pas lui. Il se pencha pour la prendre dans sa bouche, provoquant un halètement familier qui l'encouragea à continuer. Bientôt, ce fut elle qui enfonça les doigts dans sa nuque. Il s'écarta et planta les yeux dans les siens.

— Demande-le, Tracy.

Elle entrouvrit les lèvres, mais pas un son n'en sortit. Elle avait compris ce qu'il voulait. Les mains toujours nouées derrière sa nuque, elle arqua le dos jusqu'à ce que son téton lui effleure de nouveau la bouche, et lui en caressa doucement la lèvre inférieure.

— Oui, murmura-t-il contre sa peau. J'adore quand tu fais ça.

Il ouvrit la bouche, et elle se tendit encore plus, offerte. Lorsque ses lèvres se refermèrent sur son téton érectile, il la sentit se raidir, et elle poussa un petit cri. Alors il lui donna ce qu'elle attendait, utilisant ses dents, puis sa langue pour lui offrir le même plaisir qu'elle lui avait donné. Il adorait savoir ce qu'elle désirait, et qu'elle vienne le quémander. Il passa les mains dans son dos, sous le tissu de son slip, et lui prit les fesses à deux mains. Glissant encore un peu plus loin vers son intimité, il rencontra une humidité qui n'avait rien à voir avec l'eau. Une vague de désir brûlant déferla sur lui.

Même s'il savait qu'il jouait avec ses propres limites, il trouva le point sensible, et enfonça un doigt profondément en elle. Puis un deuxième. Et la façon dont elle se coulait sur lui le rendait fou de désir. Il la maintenait d'une main, pendant que de l'autre il explorait des sentiers connus, adorant la façon dont son souffle allait en rythme avec ses mouvements.

Elle ne serait plus longue. Et il était prêt pour elle. Plus que prêt. Il mourait d'envie de prendre la place de ses doigts.

Tout en mordillant plus fort son téton, il maintenait la même pression dans les profondeurs de son adorable corps. Comme dans son souvenir, elle poussa un gémissement plus fort et se figea soudain, avant de trembler de la tête aux pieds. Puis elle explosa autour de ses doigts en une série de spasmes qui le bouleversèrent. En une fraction de seconde, il l'avait soulevée sur son érection, repoussant le tissu de sa culotte, pour enfin explorer sa douceur. Il la pénétra avidement, profondément.

Oh, bon sang ! L'air quitta ses poumons en même temps que les souvenirs affluaient. Sauf que tout était encore mieux aujourd'hui. Son sexe encore pulsant et délicieusement étroit, sa tête renversée en arrière, sa sombre chevelure luxuriante retombant sur ses épaules nues alors qu'elle le chevauchait. Encore et encore, elle s'enfonçait, s'écartait, revenait plus profond encore, jusqu'à ce qu'il n'en puisse plus, et la rejoigne dans un grognement rauque. Au paradis.

# 11

Tracy secoua la tête, affligée. Un désastre. Voilà ce qu'avait été leur séance d'hier dans la baignoire. Debout devant le minuscule miroir de la salle de bains, elle examinait ses seins. Attentivement, comme elle ne l'avait pas fait depuis longtemps, préférant éviter de regarder en face ce qu'ils représentaient.

Et pourtant, hier, ils lui avaient apporté tant de plaisir !

C'était bien là le paradoxe qu'elle essayait d'ignorer en oubliant qu'ils existaient. Sauf que Ben les lui avait révélés de nouveau. Combien de temps allait-elle encore fuir la réalité ?

A présent que la colère s'était apaisée, elle devrait lui dire enfin la vérité. Il méritait de savoir à quoi elle avait dû faire face. Mais au fond à quoi bon, puisqu'ils n'étaient plus ensemble ?

Elle prit ses seins dans ses paumes, comme il l'avait fait, dérivant vers le souvenir de ses lèvres sur ses tétons, sur…

Levant les yeux au ciel, elle laissa retomber ses mains. Si génial qu'ait été ce moment, faire marche arrière et se réembarquer dans un mariage malheureux n'avait pas de sens. Elle refusait catégoriquement de voir Ben souffrir de nouveau.

Mais était-ce vraiment à cause d'elle ? A cause de ce qu'elle était devenue ? Une ombre, trop effrayée pour rester plus de deux semaines au même endroit, et que les murs de sa maison rendaient claustrophobe.

Sachant tout cela, comment avait-elle pu laisser arriver leur intermède d'hier ? Elle s'adressa un regard sévère dans le miroir. Bonne question.

Même si elle admettait volontiers que c'était une erreur, si elle pouvait lister les raisons pour lesquelles ils n'auraient jamais dû le faire, elle n'arrivait pas à regretter ces moments volés. Elle avait toujours su que ce qu'elle ressentait pour Ben était puissant, que jamais elle ne ressentirait la même chose pour un autre homme. Et ces instants n'avaient fait que le lui confirmer.

Conclusion évidente : pas question que cela se reproduise.

Elle enfila rapidement ses vêtements, dos au miroir maintenant, comme d'habitude. C'était une chose d'admettre ses problèmes, c'en était une autre de changer son comportement.

Quand elle arriva à leur hôpital de fortune, Daniel était assis sur une chaise près de son lit, la tête baissée. Il ne pleurait pas, mais se ceignait la taille comme s'il souffrait.

— Daniel, dit-elle en s'accroupissant à côté de lui, qu'est-ce qu'il y a ? Tu as mal quelque part ?

Il secoua la tête, mais ne bougea pas.

— Qu'est-ce que c'est, alors ?

— Où est-ce qu'on va aller ? lança-t-il au bout de plusieurs secondes.

Il leva enfin la tête, balayant l'endroit du regard. Elle l'imita et remarqua plusieurs lits vides, refaits et propres, comme s'ils attendaient de nouveaux patients. Sauf qu'il ne devrait pas y en avoir. On n'avait déploré aucun décès ces derniers jours, et les personnes qui étaient tombées malades après l'arrivée des secours avaient développé des versions nettement moins sévères de la maladie.

— Ici, reprit Daniel, c'était notre salle à manger… avant que maman… avant qu'elle… Quand Cleo et moi on ira mieux, où est-ce qu'on va aller ? reprit-il après une longue inspiration.

Elle le regarda tristement. Décidément, le sort de ces enfants lui brisait le cœur. Après la maladie, ils allaient devoir affronter la vie sans le seul parent qu'ils aient jamais connu. Et comme ils n'avaient pas a priori d'autre famille, et que leur maison servait actuellement d'hôpital temporaire, ils n'avaient littéralement pas d'endroit où vivre, lorsqu'ils seraient guéris. Certes, les militaires leur trouveraient sûrement un orphelinat, une fois la période de quarantaine passée. Mais en attendant ? Personne n'était autorisé à entrer ou à sortir du village.

Elle réfléchit un instant. Ben ne cessait de répéter qu'il adorait ces enfants, peut-être était-ce l'occasion de le tester.

— Nous allons demander à ce qu'ils installent deux hamacs de plus dans la chambre où le Dr Almeida et moi nous dormons. Du moins en attendant mieux. D'accord ?

Une fois la proposition faite, elle se mordit la lèvre. Cet aménagement risquait un peu trop de ressembler à une famille, et donc de donner à Daniel et à Cleo l'idée qu'ils pourraient rester ensemble de façon permanente. Et ça, ce n'était pas prévu du tout.

De plus, elle n'était pas le moins du monde certaine que Ben serait ravi de partager sa chambre avec un préadolescent et une enfant, surtout après le sourire coquin qu'il lui avait offert ce matin. Un sourire qui l'avait mise en transe. Pour la première fois, il avait même passé toute la nuit dans son hamac. Elle ne put s'empêcher de sourire à cette idée. Ce qui s'était passé dans la baignoire y était-il pour quelque chose ?

— Les soldats vont nous laisser aller avec vous ? demanda Daniel, le regard soudain plein d'espoir.

Elle hocha la tête. Trop tard pour faire marche arrière, maintenant.

— Je pense, oui, mais avant il faut que tu ailles mieux. Donc il faut que tu te reposes encore.

Elle laissa échapper un soupir. Que dire ? Que faire ? Ces pauvres petits n'avaient plus rien, ni famille ni maison. Elle était passée par là, elle aussi, et le moins qu'elle puisse faire, c'était de les aider de son mieux. Avant de repartir. Elle serait leur famille temporaire, comme une famille d'accueil, en fait. Jusqu'à ce qu'ils leur trouvent quelque chose de plus stable.

Comment allaient-ils s'y prendre avant qu'elle reparte à São Paulo ? Cela, c'était encore une autre histoire, et elle préférait ne pas y penser. Pas pour le moment, du moins.

A cet instant, Ben entra dans la pièce, haussant les sourcils lorsqu'il les aperçut tous les deux assis côte à côte. Elle se leva et jeta un regard vers Daniel, pour remarquer avec horreur que l'enfant arborait un immense sourire. Avant qu'elle ait eu le temps d'ouvrir la bouche, il s'exclamait :

— Tracy dit que Cleo et moi, on pourra rester avec vous, quand on sera guéris.

Les yeux de Ben la poignardèrent.

— Ah oui ? Elle a dit ça ? Quand ?

— Là, tout de suite. Je lui ai dit qu'on n'avait plus d'endroit où aller, et que Cleo avait peur... Et moi aussi, avoua-t-il après une fraction de seconde. Qu'ils nous séparent.

L'expression de Ben se fit orageuse.

— Tracy ? Tu peux m'expliquer ?

— Euh... Je... Je lui ai dit qu'on allait trouver une solution.

— Trouver une solution, répéta-t-il.

Inconscient de ce qui se jouait, Daniel ajouta :

— Oui, pour que Cleo et moi on ne soit pas tout seuls, et qu'on puisse rester ensemble.

Elle secoua la tête. Oh ! Là ! Visiblement, le petit avait mal compris sa proposition, croyant qu'elle suggérait de les garder de façon permanente. Ben allait péter un plomb !

— Eh bien, Daniel, je suis content d'être mis au courant de ses projets. Je te l'emprunte une minute, ajouta-t-il en la prenant par le bras.

— D'accord, je dois aller annoncer la bonne nouvelle à Cleo, de toute façon. Un docteur la fait marcher dehors.

Justement, la fillette et son médecin approchaient.

Ben attira Tracy vers la porte. Elle dut littéralement courir, tant il marchait vite. Ce qui en disait long sur son état de nerfs. Mais une fois qu'elle se serait expliquée, il comprendrait.

Il l'entraîna à l'ombre de la maison.

— Pourrais-tu me dire ce qui vient de se passer, là ? Tu veux que ces gosses restent avec nous quand nous partirons d'ici ? Ça va être un peu compliqué, vu qu'on ne vit plus ensemble, non ?

— Mais non, bien sûr que non. Il m'a mal comprise. Je voulais juste dire ici, au village. Qu'ils pouvaient venir dormir dans notre chambre, quand ils auraient quitté l'hôpital. Ils n'ont nulle part où aller, ajouta-t-elle en lui prenant la main pour la serrer. Je ne savais pas quoi lui dire.

— Alors tu lui as dit qu'ils pouvaient rester avec nous. Ça t'inquiète à ce point, de rester seule avec moi, Tracy ?

Elle le dévisagea une seconde avant de pouvoir répondre.

— De quoi est-ce que tu parles ?

— Je parle de ce qui s'est passé entre nous hier, répliqua-t-il. Je crois qu'il est un peu tard pour te préoccuper de ta vertu, ou de ta réputation, si tu préfères l'appeler comme ça.

Elle le regarda, navrée. Elle n'avait jamais rien entendu d'aussi ridicule.

— Tu te trompes, ça n'a rien à voir. Mais alors rien du tout.

— Pourquoi, alors ?

Etait-ce son imagination, ou décelait-elle une touche de déception dans ses yeux pâles ?

— Ils n'ont nulle part où aller. C'était là, leur maison, je te rappelle. Et comme ils n'ont pas de famille, d'après ce qu'a dit Daniel, ils vont se retrouver à la rue.

Ben s'adossa au mur de la maison, passant une main dans ses cheveux déjà humides de sueur.

— Tu as raison. Je pensais...

Il ne termina jamais sa phrase, la laissant à ses conjectures. La soupçonnait-il de tenter une réconciliation par le biais de ces enfants ? Croyait-il qu'elle envisageait de revenir vivre dans leur ancienne maison ? Non, c'était impossible. Pas plus que lui elle n'avait laissé entrevoir le moindre signe en ce sens. A ce qu'elle en savait, il avait juste eu besoin de faire l'amour, et elle lui en avait donné l'occasion immanquable.

Elle soupira. Décidément, ça avait été une belle erreur, mais c'était fait, et elle ne pouvait plus rien y changer. Après tout, ils étaient adultes, avec des besoins. Et Dieu savait que les siens n'avaient pas été assouvis depuis longtemps, quatre ans, pour être exacte, puisqu'elle n'avait eu personne depuis Ben.

— On pourrait peut-être mettre un rideau, suggéra-t-elle en s'appuyant au mur face à lui. Tu serais d'accord ? Juste pour quelques jours ?

— Bien sûr, répondit-il d'une voix douce, apparemment distrait par autre chose. Je vais voir avec le général Gutierrez, et on va réfléchir à un endroit où les placer, une fois que la quarantaine sera levée.

— Merci, dit-elle en se haussant sur la pointe des pieds pour l'embrasser sur la joue. Désolée que Daniel te l'ai dit comme ça. Il m'a demandé, et je n'ai pas su quoi répondre d'autre. J'espérais pouvoir te parler en tête à tête, avant de prendre la décision.

— Comment vas-tu gérer le reste ? S'il t'a mal comprise, il va falloir lui parler.

— Je sais, répondit-elle dans un soupir. Prenons quelques jours pour y réfléchir, d'accord ? On attend qu'ils aient repris des forces, et on voit comment les choses s'organisent ici. Peut-être qu'un voisin pourra les prendre, qui sait ?

— Ça risque de poser un petit problème, répondit-il en lui prenant la main. Je venais justement t'annoncer quelque chose.

Une lumière rouge clignotante s'alluma dans sa tête.

— Ce sont les militaires ?

— Oui, j'ai assisté à une autre réunion aujourd'hui, articula-t-il, la mâchoire serrée. Les nouvelles ne sont pas bonnes. Et, quoi que tu en penses, je n'ai pas beaucoup d'influence.

— Que vont-ils faire ?

Ses joues la brûlaient. Elle avait entendu des histoires sur la junte militaire, des copinages avec les cartels de la drogue dans les favelas. Même si beaucoup de policiers étaient honnêtes, les ripoux ne manquaient pas.

— Rien n'est encore certain, ils sont toujours, à l'heure qu'il est, en pleine discussion avec le gouvernement.

Elle le dévisagea. Le calme avec lequel il annonçait cela lui donna la chair de poule. Elle repensa à Daniel et à sa prostration, quand elle l'avait rejoint tout à l'heure. Un mauvais pressentiment l'envahit.

— Quand Daniel m'a dit qu'ils n'auraient nulle part où vivre, j'ai pensé qu'il parlait du futur proche. Mais vous avez tous les deux cru que je proposais un arrangement permanent. Comment cela se fait-il ? demanda-t-elle en le voyant opiner du chef. Qu'est-ce qui se prépare, Ben ?

Elle voulut lui lâcher la main, mais il la retint.

— Tu te souviens que je t'ai dit qu'ils devaient lever la

quarantaine dans une semaine ? Que nous, le personnel médical et militaire, serions autorisés à partir, quand tous les cas de peste seraient éradiqués ?

— Je m'en souviens, bien sûr.

— Tu as regardé autour de toi, récemment ? Les rescapés ?

Elle réfléchit. Une jeune mère lui avait dit que son mari essayait de regrouper toutes leurs possessions. Tracy en avait déduit qu'ils voulaient partir un temps, pour essayer d'oublier les horreurs qu'ils avaient vécues ici. Se serait-elle trompée ?

— Je connais un couple qui se prépare à partir. Donc les militaires doivent prévoir de lever la quarantaine pour tout le monde en même temps.

— Oh ! ça ! Pour la lever, ils vont la lever. Les gens dont tu parles ne sont pas les seuls à préparer leur grand départ. Tout le monde fait pareil, partout on barricade les fenêtres, on ramasse les *acerolas*.

Elle le regarda, interrogative. Elle avait en effet remarqué que les gens récoltaient les baies dans leurs paniers.

— Alors, tout le monde va partir ? Ils vont entièrement barricader le village ?

— Non, pas le barricader.

— Quoi, alors ?

Il inspira profondément.

— Ils prévoient de détruire le village.

— Le détruire ? Mais comment ?

— De la même façon qu'ils détruisent les corps. En brûlant tout, jusqu'à ce qu'il ne reste plus de cet endroit que des cendres.

# 12

Ben soupira, affligé. Une famille. Il en avait toujours rêvé, mais pas comme ça. Pas au détriment de quelqu'un, et encore moins d'un village tout entier. Jamais il n'oublierait le cri de Tracy, lorsqu'il lui avait appris ce que les militaires comptaient faire.

Appuyé au mur, il la regardait aider Daniel à accrocher son hamac. Elle tira sur la corde, pour s'assurer qu'il était bien fixé. Il avait proposé de les aider, mais elle l'avait repoussé, arguant que Daniel avait besoin d'occupation.

Peut-être qu'elle aussi, manifestement.

Il essayait de lire, sur son corps et dans les regards furtifs qu'elle lui jetait, ce qu'elle ressentait. Ils n'avaient pas eu l'occasion de reparler, depuis qu'elle avait dû retourner travailler, mais son malaise était palpable. Ils savaient pourtant tous les deux que ce genre de chose arrivait dans beaucoup de pays, quand on était confronté à une épidémie mortelle. Et chaque fois les gouvernements devaient prendre la même terrible décision : circonscrire la maladie pour le bien de la population.

Dans leur cas, il n'était pas convaincu que c'était la seule solution, mais dans un Etat aussi pauvre que Piauí c'était la plus simple. Santa Teresa était éloigné des sentiers battus, il serait trop coûteux pour l'armée de venir faire des vérifications périodiques, vu qu'ils n'avaient pas isolé la source initiale de l'infection. Et si elle reprenait, et se propageait à une ville comme Teresina, la capitale de l'Etat, des centaines de milliers de personnes seraient en danger.

Mais il y avait autre chose qui le travaillait : l'étincelle qui s'était rallumée dans son ventre, quand Daniel avait parlé de vivre tous les quatre. Une étincelle qui serait difficile à éteindre. Cependant, il le faudrait bien, car Tracy n'avait pas l'intention de faire de cet arrangement quelque chose de permanent.

Il secoua la tête. Et lui non plus, d'ailleurs.

Pourtant, il avait espéré profiter de Tracy un peu plus longtemps, avant que leurs chemins ne se séparent de nouveau. Pourquoi il en avait envie, il l'ignorait. Peut-être pour comprendre ce qui l'avait poussée à l'inviter à la rejoindre dans cette baignoire.

Enfin, c'était le cadet de ses soucis, maintenant. Les autorités s'inquiétaient que la nouvelle ne soit annoncée dans la presse — apprendre que les troupes de votre propre pays brûlaient un village tout entier, ça n'était pas du meilleur effet pour le gouvernement. Ils essayaient donc d'être aussi discrets que possible. Ils avaient fait passer le mot, que des allocations seraient accordées à tous ceux qui accepteraient de quitter le village avant la levée de la quarantaine. S'ils réussissaient à déplacer tout le monde avant de craquer l'allumette, personne ne saurait rien avant longtemps. Il n'aurait sans doute pas dû en parler à Tracy, mais étant donné leur histoire, et sa méfiance vis-à-vis des militaires, il était difficile de faire autrement. Ça aurait été lui donner une nouvelle raison de le haïr. Et de cela il n'avait aucune envie.

Pour sa part, du moment que personne n'était blessé, ce n'étaient que des murs. Evidemment, Tracy pensait différemment. Ils s'étaient souvent disputés à ce sujet par le passé. Il avait tendance à voir l'aspect scientifique des choses, quand elle s'attachait plutôt à l'aspect émotionnel. Mais c'était aussi l'une des choses qu'il aimait chez elle. Tracy constituait un parfait équilibre par rapport à son point de vue, plus froid et analytique. Avec le recul, il devait admettre aussi que ça ne collait pas avec la façon dont il avait agi, ce fameux jour. S'il avait attendu qu'elle rentre à la maison pour lui parler calmement, lui faire part de ses inquiétudes, les choses auraient pu tourner autrement.

Peut-être. Mais il n'y avait pas moyen d'en être sûr.

Quoi qu'il en soit, il n'avait pas voulu lui mentir, cette fois. Ça l'aurait rendue furieuse, or il n'avait pas du tout envie de la mettre dans de mauvaises dispositions. Surtout depuis ce bain rafraîchissant improvisé. Il ne put s'empêcher de sourire. Qui s'était avéré très chaud, au bout du compte.

Daniel sauta sur le hamac pour en tester la solidité, mais le cordage le renvoya directement au sol, où il resta un instant, pantelant. Il était encore faible. Ben se précipita vers lui, devançant Tracy.

— Doucement, mon garçon. Tu as besoin de reprendre des forces, avant de jouer les cascadeurs. Par ailleurs, tu as passé dix jours sur un lit, il faut te réhabituer à dormir dans un hamac.

Daniel le laissa l'aider à se relever, puis il se frotta le bas du dos avec une grimace comique.

— Je me sens tellement mieux que j'ai tendance à oublier tout ça, dit-il, l'air penaud. Où Cleo va-t-elle dormir ?

— On va installer un autre hamac au-dessus du tien, un peu comme des lits jumeaux. Et comme tu es plus grand tu dormiras dans celui du dessus.

Tracy s'approcha de lui.

— Bonne idée, je me demandais comment on allait réussir à tous entrer là-dedans.

Il lui décocha un sourire peiné.

— Tu pourrais dormir au-dessus, mais...

Il laissa volontairement sa phrase en suspens, sachant qu'elle comprendrait le sous-entendu.

Il la fixa un instant. Il ne s'était pas trompé, visiblement, car deux taches rosées se formèrent sur ses jolies joues, et elle se détourna soudain, pour allumer le ventilateur qu'ils avaient rapporté de la pièce voisine.

— Voilà qui va repousser les insectes, puisque toutes les moustiquaires sont utilisées à l'hôpital.

— De toute façon, on ne les utilisait jamais, à la maison, dit Daniel.

Il acquiesça. Depuis que sa sœur était morte de la dengue, Tracy était un peu obsessionnelle avec les moustiquaires. Bien plus que la plupart des Brésiliens. Il ne pouvait l'en blâmer, d'ailleurs.

Le jour où il était rentré chez eux découvrant leur lit enveloppé dans une immense toile lui revint soudain à la mémoire.

Evidemment, l'intention était tout sauf romantique, pourtant, il avait trouvé cette intimité très excitante. Quand il lui avait fait l'amour le soir même, dans ce lit à baldaquin improvisé, Tracy était encore plus animale qu'à l'habitude. C'était la nuit où elle était tombée enceinte.

Une douleur vive le traversa, tel un coup de poignard dans le cœur. Au même instant, il croisa son regard. Elle lui décocha un sourire un peu triste, et rougit plus vivement encore. Elle aussi se rappelait, apparemment. Au moins pouvait-il se réjouir que ces souvenirs déclenchent un sourire, et non de l'amertume.

Il se redressa. Bref, mieux valait ne plus repenser à tout ça.

Quant à ces deux enfants, il préférait ne pas songer non plus à ce qui les attendait, si le village était détruit. Car il n'y avait rien qu'il puisse y faire.

Le petit semblait persuadé qu'il pourrait, avec sa sœur, vivre désormais avec eux.

Si seulement c'était aussi simple. Enfin...

Il se secoua intérieurement. Les pensées revenaient en boucle dans sa tête. De façon évidente, ce « bain » avait détraqué quelque chose dans son cerveau. Il n'était tout de même pas en train d'envisager d'adopter les enfants de quelqu'un d'autre ?!

Oh là ! Stop ! Il s'obligea à se recentrer sur la conversation entre Tracy et Daniel.

— Nous non plus, on n'avait pas de moustiquaire, Tracy. Et puis ce n'est pas la saison de la dengue.

— Je sais.

Il eut la sensation qu'elle voulait ajouter quelque chose, mais la présence de Daniel rendait les confidences compliquées, sinon impossibles. Idem pour toute autre espèce d'intimité qu'ils auraient pu partager. Il soupira. Dommage, il aurait bien aimé discuter avec elle. De... choses et d'autres.

Peut-être même s'excuser pour ses actes passés. Mais allait-il cesser un instant de ruminer ?

— Ils vont me laisser voir Cleo ? demanda Daniel.

Bizarrement, le petit s'était remis plus vite que sa sœur, qui devait rester à l'infirmerie encore un jour ou deux. Connaissant

Tracy, elle allait passer la nuit auprès d'elle sur une chaise, au cas où l'absence de son frère la contrarierait.

— Je ne vois pas pourquoi ils ne te laisseraient pas la voir, répondit Tracy en jetant un coup d'œil à sa montre. Il n'est que 7 heures, soit trois heures avant le couvre-feu.

Depuis la veille, les militaires avaient instauré cette nouvelle règle, soi-disant pour empêcher les pillages. Mais ça n'avait pas de sens : pourquoi craindre les pillages dans un village que l'on prévoyait de raser ? Non, en fait, il était plus facile de contrôler les informations qui circulaient, de cette manière.

— D'accord, répondit Daniel. Vous avez encore besoin de mon aide ?

— Non, sois juste de retour avant 10 heures. Dis à Cleo que je vais bientôt venir la voir. On mangera quelque chose avant la nuit, d'accord ? Tu as besoin de reprendre des forces.

L'inquiétude qui perçait dans sa voix serra le cœur de Ben. Elle aurait fait une mère géniale, si son travail n'avait pas occupé tout son temps.

Enfin, travail ou pas, il n'était pas très fier de son propre comportement d'alors. Ce qui ne faisait qu'augmenter sa détermination à faire la paix. Avec Daniel dans leur chambre, il ne savait pas quand il en aurait l'occasion, mais il essaierait. Il esquissa un sourire, soulagé. Et le plus tôt serait le mieux.

Tracy regarda la porte se refermer sur Daniel. Elle n'en croyait toujours pas ses oreilles : ils allaient brûler le village. Sans que personne n'ait quoi que ce soit à y redire ?

Elle avait espéré que l'un des habitants d'ici serait disposé à prendre Daniel et Cleo, mais là… Ils risquaient de se retrouver dans un orphelinat, dans un bidonville… ou pire, peut-être.

— Que vont devenir ces enfants, Ben ?

Elle remonta ses cheveux en une queue-de-cheval, et les attacha avec l'élastique qu'elle avait autour du poignet. Malgré le ventilateur, l'air était chaud et poisseux.

— Je n'en sais rien, répondit-il en sortant deux bouteilles d'eau du petit réfrigérateur qu'il avait ramené de son labo.

Il lui en tendit une, et avala une grande gorgée d'eau fraîche de la sienne. Tracy pressa le plastique froid contre sa peau brûlante. Elle ferma les yeux, faisant rouler la bouteille plusieurs fois de sa joue jusqu'à son front. Un peu apaisée, elle l'ouvrit et but longuement.

— Merci, ça fait un bien fou.

— De rien. Combien de temps crois-tu qu'il va y rester ?

— Qui ? Daniel ? Un certain temps, je dirais. Il est très proche de sa sœur.

— Ça se voit, oui.

Elle le regarda, presque choquée. Il n'envisageait tout de même pas de tenter quoi que ce soit en l'absence du gamin ?

— Pourquoi cette question ?

— Ce qu'il a dit m'a fait penser à leur avenir, et je me disais qu'on aurait pu essayer de réfléchir à quelque chose.

— Que pouvons-nous faire ?

— Je ne suis pas sûr, dit-il en se passant une main dans la nuque. Peut-être que l'une des familles du village pourrait les adopter ?

— J'y ai pensé aussi, mais je ne vois pas comment. Ça va être la débandade, ils seront tous déracinés, devront partir vivre ailleurs. Alors, je ne les vois pas s'ajouter deux bouches à nourrir, dans ces circonstances. Tu sais comment c'est ici, Ben. Les gens ont tout juste de quoi survivre. Ils vont perdre leur maison, toute leur vie en fait, et ils auront autre chose à penser que deux pauvres orphelins. Même s'ils les aiment bien.

Elle s'interrompit, le cœur serré. Comment allait-elle pouvoir les quitter ? Les regarder dans les yeux et monter dans la voiture de Ben ?

Un long silence s'installa.

— Depuis que Daniel a mal compris ce que tu lui as proposé, une idée me trotte dans la tête, dit enfin Ben dans un souffle.

— Ah bon ? Quoi ?

Il n'eut pas le temps de répondre, car Daniel fit irruption dans la pièce, blanc comme un linge.

— Venez vite ! Cleo est malade, très malade.

# 13

Tracy caressa la tête de Cleo en attendant le verdict.

— Presque trois cents, annonça Ben en consultant le résultat. Pas étonnant qu'elle se sente mal.

Son niveau de sucre était au plus haut. Il leva les yeux vers Pedro, qui se tenait à la tête du lit. C'était lui qui avait envoyé Daniel les avertir.

— Elle s'est souvent plainte de maux de tête, expliqua Pedro, mais je croyais que c'était à cause de la peste. Elle est diabétique ?

— Est-ce que quelqu'un a remarqué qu'elle avait l'haleine fruitée ? C'est l'un des symptômes du diabète, on aurait dû s'en rendre compte.

Tracy se raidit, trouva le ton inutilement accusateur.

— On était focalisés sur la peste, Ben, répliqua-t-elle. On ne cherchait rien d'autre.

— Ce n'était pas une critique, juste une question. Tu veux bien rappeler Daniel ?

Elle hocha la tête. Le pauvre. Ils l'avaient mis dehors sans grand ménagement, alors qu'ils s'occupaient d'une Cleo prise non seulement de violents maux de tête mais aussi de crampes d'estomac. Ben avait mis un temps fou à parvenir à la piquer au doigt, pour mesurer son taux de sucre. Il leur faudrait aussi un échantillon d'urine, afin de s'assurer que le sang de la fillette n'était pas envahi de cétones. Si elle manquait d'insuline pour casser le sucre, son corps allait se mettre à transformer les graisses en énergie. Un processus qui fabriquait des cétones, à un niveau rapidement toxique.

Elle observa la fillette. Cleo s'était un peu calmée, mais elle était toujours agitée, sa tête tournant de droite et de gauche sur l'oreiller.

Dès que Daniel entra dans la pièce, Ben l'interrogea :

— Est-ce que ta sœur fait du diabète ?

Sa question sembla dérouter le petit.

— Du diabète ? Ça vient de la maladie qu'elle avait ?

Tracy se mordit la lèvre, navrée. Evidemment, l'enfant n'avait pas la moindre idée de ce qui lui était demandé. La plupart de ces gens ne recevaient pas de soins médicaux réguliers, hormis les interventions d'urgence.

— Tu penses que la peste a pu affecter son taux de glucose ? demanda-t-elle.

— Possible. Certaines maladies graves peuvent déstabiliser les constantes. A moins que son pancréas ne soit touché. La peste ne reste pas toujours confinée aux poumons. Prions pour que cette évolution ne soit que temporaire, mais en attendant il faut lui injecter de l'insuline, et surveiller son taux de sucre en permanence.

— Et si ce n'est pas temporaire ?

— Prenons les choses une par une, répondit-il d'un ton calme, en retirant ses gants. Si le glucose ne se stabilise pas de lui-même, nous devrons la transporter quelque part où ils la traiteront.

— L'hôpital de Teresina est bon.

— Mais elle ne vit pas à Teresina, répliqua Ben, sans lever les yeux de son carnet à spirale.

— Elle ne vit plus nulle part.

— Mais je croyais qu'on allait vivre avec vous !? demanda Daniel d'un ton inquiet.

Zut ! Elle avait oublié qu'il était dans la pièce. Elle jeta à Ben un regard paniqué, et lui sut gré d'arrêter d'écrire pour venir à son secours.

— On est en train d'organiser tout ça.

Elle laissa échapper un soupir. Oh ! Bon Dieu ! Comment allaient-ils se dépêtrer de cet écheveau ? La chance pour qu'un villageois accepte de les prendre était déjà maigre, alors si en plus Cleo faisait du diabète, aucun des habitants de Santa Teresa n'aurait les ressources nécessaires pour prendre en charge ses soins.

Elle aurait bien proposé de prendre les enfants elle-même, mais sa santé pouvait évoluer à tout moment. Il allait d'ailleurs falloir qu'elle fasse quelque chose pour les résultats de ses tests, comme en discuter avec un médecin.

Elle ferma les yeux un bref instant. Ou bien elle pourrait en parler avec Ben. Lui expliquer à quoi elle était confrontée, et lui demander de prendre les enfants à sa place, en attendant mieux.

Et s'il refusait ? Alors, là, elle ne savait pas ce qu'elle ferait. Pas question qu'elle abandonne Cleo, pas, du moins, sans avoir tenté tout ce qui était en son pouvoir, pour s'assurer que la fillette était entre de bonnes mains.

Ils lui transfusèrent sa dose d'insuline, et la branchèrent au moniteur pendant deux heures, jusqu'à ce qu'enfin son taux de sucre baisse. Une heure avant le couvre-feu, et sachant qu'ils ne dormiraient sans doute pas beaucoup, Tracy proposa à Ben d'aller prendre un café à la cafétéria, Pedro et Daniel pouvant rester auprès de Cleo.

Sous la tente, Ben lui tendit une tasse du liquide noir et épais, résidu du service du soir. Elle y versa du sucre pour en ôter l'amertume, alors que Ben avalait le sien, nature.

— Il n'a pas le même goût que le mien, dit-il avec une petite grimace.

— Tu as toujours fait du bon café, répondit-elle en souriant.

Ils se dirigèrent vers l'une des tables au fond de la pièce, et Ben attendit qu'elle se soit assise pour l'imiter. Elle garda sa tasse serrée entre ses mains un moment avant de se lancer :

— Ben..., commença-t-elle, puis elle prit une longue inspiration. Tu pourrais peut-être les prendre, non ?

— Les prendre où ? On ne leur connaît aucune famille.

Ça s'annonçait compliqué, mais il fallait qu'elle le fasse.

— Non, je voulais dire que tu pourrais les prendre avec toi, le temps que Cleo aille mieux. Au moins, tu serais sûr qu'elle reçoit le traitement dont elle a besoin.

Il fronça les sourcils, et la dévisagea pendant plusieurs secondes sans un mot.

— Quoi ? demanda-t-il enfin.

Elle baissa les yeux, mal à l'aise. Elle ne pouvait plus reculer, à présent.

— Tu as toujours dit que tu voulais des enfants. Eh bien, voilà la solution idéale, tu n'as même pas besoin d'une femme pour te les faire.

— Je n'ai pas besoin d'une femme pour me les faire ? reprit-il, l'air furieux. C'est comme ça que tu envisages la grossesse ? Comme une sorte d'obligation ?

— Oh ! Ben, bien sûr que non. Je voulais ce bébé autant que toi, dit-elle en reposant sa tasse. Mais les circonstances n'étaient pas... Bref, ça n'a plus d'importance, à présent.

— Quelles circonstances ?

— Je ne veux pas parler de ça. Je cherche une solution pour ces enfants.

— En demandant à quelqu'un d'autre de s'en charger ? Et qu'est-ce qu'ils feraient, pendant que je suis au travail ? ajouta-t-il après un soupir exaspéré. Cleo ne peut pas vérifier ses constantes toute seule, si ?

— Daniel est presque ado, et il a fait preuve de beaucoup de maturité. Si elle est diabétique, il pourra t'épauler. Tu as vu comme ils sont bien élevés, dit-elle encore. Ils pourraient...

— Je n'arrive pas à croire que tu essaies de me mettre ça sur le dos, Tracy, l'interrompit-il. Si le sort de ces enfants t'importe tant, pourquoi ne les prends-tu pas, toi ?

Elle détourna la tête. Et si elle devait être opérée, qui les surveillerait ? Il ne s'agissait pas simplement d'une mammectomie, elle voulait une reconstruction après ça. Or chaque étape du processus prenait du temps. D'hospitalisation et de rétablissement. Physique et émotionnel.

Elle prit une longue inspiration. Bon, cela suffisait, elle allait être honnête. Autant que possible.

— Je ne peux pas les prendre, Ben. Si j'en avais la possibilité, crois-moi, je serais la première à en être ravie. Ils ont survécu à cette terrible maladie, en dépit des statistiques, ce n'est pas juste de les abandonner au système.

— L'orphelinat, ce n'est tout de même pas la prison.

— Teresina est pauvre. J'ai visité leurs orphelinats, j'y ai même fait des interventions, tu te souviens ?

Il se leva, et ramassa leurs tasses vides.

— Allons marcher un peu. Je ne veux pas que Daniel nous surprenne en train de nous disputer sur son destin.

Elle acquiesça gravement. Le destin. Il avait raison, ce qu'il allait décider, ici et maintenant, scellerait le destin de ces deux enfants.

Elle se leva à son tour, pressant le pas pour le rattraper.

— Tu ne veux pas y réfléchir, au moins ? demanda-t-elle une fois dehors.

Il lâcha un long soupir.

— Je ne sais pas quoi te dire, Tracy. Ça m'aiderait de savoir pourquoi tu es dans l'impossibilité de les prendre toi-même.

— Je travaille beaucoup. Ma carrière...

— Arrête ! s'écria-t-il, visiblement à bout. Arrête avec ta carrière, tu sais ce que j'en pense. Et je te signale que j'en ai une aussi. Comme des millions de parents. Sauf que la plupart veulent aussi passer du temps avec leur famille.

Elle reçut ses paroles comme une claque. C'était donc ainsi qu'il la voyait ? Elle savait qu'il n'aimait pas qu'elle soit partie si souvent, et avait compris que ça tenait beaucoup à la façon dont ses propres parents les avaient traités, son frère et lui. Mais l'entendre aussi brutalement, ça faisait mal.

— Je voulais passer du temps avec toi, répliqua-t-elle.

Elle avait prononcé ces mots avec un calme qui la surprit elle-même.

Elle aurait dû lui avouer la vérité depuis bien longtemps. Mais alors qu'elle cherchait le meilleur moyen de le faire, il lui avait envoyé ces fichus militaires, et alors la colère avait pris le dessus. Elle s'était convaincue qu'il ne méritait pas de savoir, après ce qu'il lui avait fait, qu'elle s'en fichait bien de ce qu'il pensait. Ou qu'il perçoive son attitude à travers le filtre de son enfance.

Abandonné par ses parents. Abandonné par sa femme.

Elle ferma les yeux, essayant d'effacer l'image de Ben, seul dans leur maison, pendant qu'elle fuyait ses démons.

— OK, si tu ne peux pas, je trouverai quelqu'un d'autre.

— Qui ?

— Peut-être Pedro.

Il fronça aussitôt les sourcils.

— Tu demanderais à ton assistant de se charger de deux gamins dont tu ne veux pas toi-même ?

— Ce n'est pas que je ne veux pas d'eux, répondit-elle, les yeux remplis de larmes. Tu sais, parfois, je me demande à quoi notre enfant aurait ressemblé, et je... Je peux peut-être les prendre un peu, le temps de trouver une solution.

Elle se mordit la lèvre, incapable de contrôler le tremblement de son menton. Ben fit un pas vers elle, et elle dut lever la tête vers lui. Il écarta délicatement quelques mèches de cheveux collés à ses tempes. Puis sa main glissa dans sa nuque.

— Je n'ai pas dit non, j'ai dit que je voulais y réfléchir. Donne-moi un jour ou deux, OK ? reprit-il plus doucement.

Elle hocha la tête, le cœur battant la chamade.

— Comment fais-tu ça ? demanda-t-il en se penchant, effleurant sa joue de la sienne.

Le picotement familier de sa barbe lui donna une brusque envie de pleurer.

— Faire quoi ?

— Me convaincre de faire des trucs de fou.

— Je... Non !

— Non ? Et la baignoire, alors ? murmura-t-il, la faisant frissonner des pieds à la tête.

Elle se sentit rougir. Ah, oui, il avait raison sur ce point.

— Ça vient peut-être du climat. La chaleur te rend dingo.

— Non, non. C'est toi qui me rends dingo.

Elle tourna la tête pour rencontrer son regard. Elle ne savait pas s'il considérait ça comme une bonne ou une mauvaise chose. Et soudain elle espéra de toute son âme que c'était une bonne chose. Qu'il repensait à leur vie commune avec plaisir, malgré la tristesse qu'elle lui avait causée.

— Tu sais quoi ? dit-il, l'effleurant cette fois de ses lèvres. Les enfants peuvent venir vivre à la maison, jusqu'à ce que Cleo aille mieux, et qu'on leur trouve un foyer.

Elle l'écarta, même si elle n'avait pas la moindre envie qu'il arrête ses caresses.

— Tu les prendrais ?

— Je crois que tu as raté la fin de la phrase. J'ai dit « on ».

— C'est-à-dire ?

— Je ne vais pas m'en charger seul. S'il s'avère que Cleo est diabétique, il va falloir faire des allers et retours chez un spécialiste, il faudra la surveiller de près.

— Daniel...

— Daniel est fiable, mais c'est encore un gosse. Il vient de perdre sa mère, ce n'est pas juste de lui imposer ce fardeau.

— Je suis d'accord.

— Donc l'équation ne fonctionne que si on partage de façon équitable. Entre toi et moi. Alors, jusqu'à ce qu'on leur trouve un foyer, tu vas devoir revenir à Teresina. Avec moi.

# 14

— Quoi ?

Si Ben s'était attendu à la colère de Tracy, en faisant cette proposition, il n'avait pas un instant prévu, en revanche, la douleur qu'il lut dans ses yeux.

— Ça ne sera pas si dur. C'est l'histoire de six mois, un an maximum. Une année scolaire, en fait. Et puis, à Teresina, tu seras plus proche de l'Amazone, puisque « Projeto Vida » opère depuis Manaus.

Elle leva les yeux vers lui.

— Ben, je... je ne peux pas.

Devant l'expression de son visage, il se figea. Que lui cachait-elle ?

— Pourquoi ? Et je te préviens, si tu prononces le mot « voyage », tu peux oublier ma proposition. Je veux bien faire des efforts pour ces gamins, mais tu dois me dire pourquoi, toi, tu ne pourrais pas sacrifier une année de ta vie pour m'aider à donner à Cleo le meilleur traitement possible.

Elle se détourna et se dirigea vers un énorme manguier, dont elle frappa le tronc du bout des doigts. Il n'allait pas la laisser s'en tirer à si bon compte. Il la rejoignit, et lui posa les mains sur les épaules. Elle fit volte-face.

— Tu veux savoir pourquoi je ne veux pas m'engager à passer une année à Teresina ? Pourquoi j'ai tant voyagé alors que je portais notre enfant ?

— Oui, répondit-il, sans la quitter des yeux, même lorsque les premières larmes apparurent.

— Parce que j'ai le gène BRCA1, et que j'ignore quand, ou même si, ce truc va se déclencher.

— BRCA... L'un des marqueurs du cancer du sein ? demanda-t-il, interloqué, après quelques secondes de réflexion.

Soudain, une multitude d'informations se pressèrent à sa mémoire : la mort prématurée de la mère de Tracy, celle de sa grand-mère. Puis vint le choc. Elle avait subi des tests ? Forcément, jamais elle n'en serait venue à cette conclusion sans preuve certaine.

— Depuis quand le sais-tu ?

— Un moment, répondit-elle, alors que ses yeux verts se détournaient. Après le décès de ma mère, articula-t-elle au bout d'un instant.

Il la dévisagea. Un soupçon horrible l'envahit. Sa mère était morte peu après leur mariage. Tout d'un coup, pas mal de choses devenaient claires : sa boulimie de mouvement, sa disparition, un mois environ avant leur séparation.

— Pendant ta grossesse, c'est ça ?

Elle hocha la tête.

— Tu as subi des tests génétiques, sans m'en dire un mot ?

— Je ne voulais pas t'inquiéter. Et quand j'ai vu qu'ils étaient positifs... J'essayais de trouver le moyen de te le dire, mais tu as envoyé les militaires. J'étais en colère, je me sentais trahie. Et puis j'ai perdu le bébé.

Il serra les dents. Et puis elle avait perdu le bébé.

Une fureur noire éclata en lui, bloquant les paroles terribles qu'il aurait voulu lui jeter au visage. Et dire qu'elle avait eu le toupet, voilà une semaine et demie, de l'accuser d'avoir agi dans son dos ! Alors qu'elle était partie courir le pays en emportant son secret avec elle.

— Oui, j'ai agi dans ton dos, lança-t-il avec peine, et j'ai eu tort. Mais tu en as fait autant, non ? Tu as fait ces tests sans m'en parler, alors qu'ils risquaient d'avoir un impact sur notre vie, notre avenir de couple. Comment as-tu pu me cacher ça, Tracy ?

— Tu as raison, je suis désolée, murmura-t-elle en lui prenant la main, qu'il avait serrée tout en parlant. Au début, j'avais peur, je me demandais ce que ça impliquait pour notre bébé et, si c'était une fille, si je risquais de lui transmettre le gène. Et puis je me suis inquiétée de l'impact que ça aurait sur notre couple. Je… je ne voulais pas de ta pitié.

— Je t'assure que ce que je ressens en ce moment, ça n'a rien à voir avec de la pitié.

Il se passa nerveusement une main sur le front. Tout en haut de sa liste, il y avait la colère. Parce qu'elle avait souffert en silence ; parce qu'elle ne lui avait pas fait suffisamment confiance pour partager ça avec lui.

— J'aurais sans doute dû te le dire. Je le sais, maintenant.

— Sans doute ? Sans doute ? Je n'en reviens pas, tu n'en es même pas sûre ?

— OK, j'aurais dû te le dire.

— On était censés être un couple, Tracy. Une équipe. Je partageais tout avec toi, moi.

— Je comprends que tu sois en colère, mais quand tu auras pris le temps d'y réfléchir…

— Je n'ai pas besoin de temps pour y réfléchir.

Il essaya de se défaire de son étreinte, mais elle le retint par les poignets.

— Mets-toi à ma place, Ben. Ma mère était morte d'un cancer six mois après notre mariage. Je suis tombée enceinte plus vite qu'on ne l'avait prévu, et j'ai commencé à m'inquiéter. Je me suis fait tester sur une impulsion, pour me rassurer. Je ne m'attendais pas à ces résultats…

— Il n'empêche, tu les as gardés pour toi.

— Oui.

Il la dévisagea. La colère l'abandonnait peu à peu, faisant place à une immense lassitude.

— Ça explique tout.

Et pourtant, ça n'expliquait rien. Des millions de femmes étaient confrontées à ce genre de décision, et la plupart ne décidaient pas de se taire. Sauf que Tracy avait eu à affronter la perte de leur bébé par-dessus le marché. Sans oublier ce qu'elle avait considéré comme une trahison de sa part.

La prenant dans ses bras, il la serra fort contre lui.

— Je suis désolée, Ben, répéta-t-elle.

Les mots étaient étouffés, mais ils venaient du cœur, il le sentit. Il ne répondit rien, laissant les émotions tourbillonner en lui, jusqu'à ce qu'elles s'apaisent.

Rien ne changerait ce qui s'était passé. Elle avait pris sa décision, à présent, il devait prendre la sienne.

— C'est pour ça que tu ne veux pas te charger de Daniel et Cleo, n'est-ce pas ? reprit-il doucement.

— Oui.

Il détourna la tête un bref instant. Il avait beau chercher les mots, il ne trouvait rien. C'était peut-être ça, qu'elle avait ressenti ? Il lui saisit l'avant-bras et l'écarta pour la regarder dans les yeux. De nouvelles larmes avaient coulé sur ses joues.

— Tu n'es pas condamnée à mort, Tracy, dit-il en essuyant du pouce la trace humide. Tu es porteuse du gène, ça ne veut pas dire pour autant que tu développeras la maladie.

— Ma mère et ma grand-mère l'ont eue.

— Je sais, mais toi, tu es au courant, donc tu es plus forte.

— Je vais peut-être devoir prendre des mesures préventives.

Elle y avait déjà fait allusion.

— Tu penses au tamoxifène ?

Il avait entendu dire que certains médicaments utilisés pour les chimiothérapies étaient donnés en mode préventif de nos jours ; de la même façon qu'eux-mêmes avaient administré des antibiotiques aux personnes exposées à la peste. Dans l'espoir de tuer les cellules cancéreuses, avant qu'elles n'aient l'occasion de se développer et de se multiplier.

— Certaines femmes font ce choix, oui.

— Mais pas toi.

Il la fixa. Il n'avait pas besoin de poser la question, il devinait au ton qu'elle avait employé que sa décision était prise.

— Non, pas moi. J'ai pesé le pour et le contre de la chirurgie prophylactique.

— La chirurgie… Tu envisages de subir une mastectomie ?

Machinalement, il baissa les yeux sur sa poitrine, puis les releva vers elle.

— Exactement. Je n'ai pas encore idée du timing mais, si la nature m'en laisse le temps, c'est ce que je ferai.

Merde !

Leur exquise séance dans la baignoire lui revint à l'esprit. Ses seins, leur douceur sous sa paume, sa langue. A quoi pensait-elle, alors qu'il lui mordillait les tétons ?

Il contracta les mâchoires. Elle avait dit qu'elle ne voulait pas de sa pitié. Et au fond elle avait raison, c'était à elle de prendre la décision. Qu'il soit d'accord ou non, ce ne serait pas lui qui devrait vivre avec ça ensuite.

Et dire que, pendant tout ce temps, il ne s'était rendu compte de rien. Il était surpris qu'elle n'ait pas subi l'intervention immédiatement après leur rupture, mais préféra s'abstenir de le mentionner.

— Tu comprends à présent ce qui me retient, pour Daniel et Cleo. J'ai pris rendez-vous chez un médecin, à São Paulo.

— Donne-toi du temps, Tracy. Ni toi ni moi ne sommes obligés de prendre des décisions drastiques maintenant. On est encore sous le choc de l'épidémie, ajouta-t-il en lui passant une mèche de cheveux derrière l'oreille. Cela dit, je préfère être honnête : je ne pense pas pouvoir prendre en charge le traitement de Cleo tout seul. Je suis souvent à l'extérieur, parfois plusieurs jours d'affilée.

— Un peu comme moi, avant ?

— A la différence que je n'ai personne qui m'attend à la maison, répliqua-t-il sèchement.

Il cilla. Elle venait de l'atteindre en plein cœur.

— Et moi oui, dit-elle en soupirant.

Il lui caressa le lobe de son pouce, et vit ses pupilles se dilater à ce contact.

— Accorde-moi six mois, un an tout au plus, Tracy, et je prends les enfants. Je ne te demande pas de renouveler tes vœux, ni même de nous remettre ensemble. On peut se contenter de… travailler ensemble. Pour le bien de ces enfants, jusqu'à ce que Cleo soit totalement guérie, et qu'on leur ait trouvé un foyer digne de ce nom.

— Je ne sais pas. Donne-moi un jour ou deux pour y réfléchir, d'accord ?

— Accordé. Mais n'oublie pas que le temps est compté. Dans une semaine, Santa Teresa n'existera plus. Et Cleo, comme tous les autres, sera mise dehors.

# 15

Tracy, tout en marchant, observait Cleo. L'insuline, c'était à la fois une bénédiction, la santé de la petite fille s'étant quasi immédiatement améliorée dès sa première dose, et une malédiction, puisqu'elle risquait de devoir en prendre toute sa vie.

Voilà pourquoi son corps avait mis plus longtemps à récupérer, le sucre s'était accumulé comme une toxine, infectant ses tissus aussi sûrement que la peste. Heureusement, l'insuline fonctionnait, et aujourd'hui la fillette parvenait à marcher du village jusqu'à une clairière, où Daniel, Ben et Tracy avaient une affaire importante à régler. Comme une parfaite petite famille.

— Est-ce que je vais revoir ma maman ? demanda Cleo d'une voix tremblotante.

— Bien sûr, ma chérie, mais d'abord tu vas avoir une longue vie, répondit Tracy.

Elle sentit son cœur se serrer. Et elle ferait tout pour cela. Y compris emménager à Teresina ?

Une pierre plate dans une main, un marteau et un burin dans l'autre, Ben s'arrêta près d'un arbre.

— Ici, ça vous convient ?

— Superbe, répondit Tracy. Qu'en dites-vous, les enfants ?

Cleo hocha la tête, mais Daniel gardait lèvres serrées et le regard perdu au loin. Il était comme ça depuis que sa sœur avait demandé si leur maman aurait une tombe, elle aussi, comme leurs grands-parents.

— *O que foi ?* lui demanda Cleo, qui s'était approchée de lui pour le prendre par la main. *Estás triste ?*

Il secoua la tête.

— *Vovô está por aí.*

Tracy le regarda avec tendresse. C'était donc ça. Il voulait que la tombe de sa mère soit auprès de celle de ses grands-parents.

— Tu peux nous montrer où c'est ? lui demanda-t-elle doucement.

Sans un mot, il les conduisit à quelque vingt mètres de là, où ils découvrirent une tombe usée par les ans. Posant ses outils au sol, Ben redressa de son mieux la pierre sur laquelle étaient inscrits les noms de Louisa et de Jorge Silva. Malgré la pierre de guingois, la tombe avait visiblement été entretenue.

— Parfait, dit simplement Tracy.

Daniel opina du chef, imité par Cleo.

Toujours agenouillé au sol, Ben sortit la feuille où les enfants avaient noté le nom de leur mère, puis il ramassa ses outils. Le premier coup de marteau résonna dans le silence, et Cleo sursauta. Tracy lui passa une main autour des épaules et ils restèrent là, silencieux, alors que les coups se répétaient. Au rythme de la mort. Et de l'espoir.

Le front mouillé de sueur, Ben continuait, lettre après lettre, jusqu'à ce que le nom de Maria Eugenia da Silva Costa apparaisse en entier sur la pierre, suivi de ses dates de naissance et de décès.

Quand Ben leva les yeux vers Cleo, elle s'agenouilla à ses côtés. Du bout des doigts, elle suivit le tracé des lettres une à une. Daniel ne bougea pas. Plusieurs fois, il s'était passé la main sur le visage, comme pour en chasser la sueur, mais une larme ou deux s'étaient sans doute glissées dans le mélange.

Tracy tendit un bouquet de fleurs sauvages à Cleo et la regarda, avec Ben, le déposer devant la croix. Ils se relevèrent, et Ben fit signe à Daniel de s'approcher.

— Nous voulons nous souvenir de Maria Eugenia, commença Ben d'une voix grave, et rendre grâce. Nous la remercions d'avoir mis au monde ces deux enfants, de les avoir élevés et d'en avoir fait de bonnes personnes. Nous laissons ici la marque de son nom, à la mémoire de son passage sur terre, en symbole de son importance et de l'amour qu'elle a reçu. Nous ne l'oublierons pas.

Cleo se cacha le visage dans ses mains, et ses petites épaules se secouèrent en silence. Daniel restait muet. Ben s'agenouilla entre eux, sa silhouette aux larges épaules flanquée de deux enfants en deuil.

Tracy se raidit. L'une des larmes qu'elle retenait depuis plusieurs minutes menaçait de s'échapper sur sa joue. Ça n'était pas le moment, ces enfants avaient besoin de soutien, d'adultes forts, qui les aident à traverser une terrible épreuve.

Elle prit Daniel dans ses bras et le serra longuement. Puis elle s'agenouilla auprès de Cleo et, alors qu'elle écartait une mèche de cheveux de son petit front moite, son regard croisa celui de Ben.

Soudain, elle sut qu'elle n'aurait pas besoin de temps pour prendre sa décision. Que représentaient six mois, voire un an, dans une vie ? Surtout si cela lui permettait de changer durablement celle de ces enfants ? Après tout, c'était pour ça qu'elle était venue ici. Si dur que ce soit de s'imaginer vivre avec Ben au quotidien, elle allait s'installer à Teresina.

Debout dans l'encadrement de la porte, Ben balaya du regard leur hôpital de fortune une dernière fois. Les lits étaient vides, les portants à perfusions, démontés, et les véhicules des militaires étaient partis un à un, pour ne laisser qu'un petit contingent, qui exécuterait les ordres du général Gutierrez. Ben avait insisté pour rester, afin de s'assurer que les ultimes villageois avaient bien quitté le village.

C'était à présent chose faite. Peut-être à cause de l'horreur qu'ils avaient vécue ici, les habitants avaient finalement semblé presque heureux de partir. Et, hormis Daniel et Cleo, tous avaient trouvé des parents pour les héberger. Santa Teresa était devenu un village fantôme.

Et bientôt sa femme allait emménager de nouveau chez lui, accompagnée de leur nouvelle petite famille. Il ne savait pas trop ce qui l'avait poussée à accepter, au final. Mais c'était sur la tombe de Maria Eugenia qu'elle avait eu le déclic. A l'heure qu'il était, elle était avec les enfants, qui rassemblaient des objets que leur valeur sentimentale rendait impossibles à abandonner. Telle qu'il connaissait Tracy, elle devait parlementer avec le soldat que le général Gutierrez avait laissé sur place, essayant de lui extorquer la permission de les emmener. Or son ami prenait son travail au sérieux, et il ferait son possible pour empêcher tout élément pathogène de quitter le village. Les tissus et autres vêtements, par exemple, devaient bouillir avant d'être mis dans des coffres, tamponnés après approbation.

Ben aperçut Pedro qui se dirigeait vers la maison. Il ne savait pas qu'il était encore là mais, vu le chaos qui régnait ici depuis quelques jours, pas étonnant qu'il ne s'en soit pas rendu compte. Il s'apprêtait à le suivre, lorsqu'il vit Tracy sortir de la maison. Pedro lui dit quelque chose, et elle haussa les épaules. Mais quand l'assistant posa la main sur son épaule, un pincement désagréable noua le ventre de Ben, qui se précipita.

La première voix qu'il perçut fut celle de Pedro.

— Tu n'es pas sérieuse !? « Projeto Vida », c'est toute ta vie, tu ne peux pas tout abandonner. Et le bateau ?

Tracy secoua la tête, et répondit quelque chose qu'il ne comprit pas. Il pressa le pas.

— Pourquoi personne ne peut s'occuper d'eux ?

— Ils n'ont personne, Pedro. Je dois le faire. Vous pouvez tenir le fort jusqu'à mon retour.

Il tressaillit. Jusqu'à son retour. Pourquoi cette phrase lui retournait-elle le ventre ?

En le voyant approcher, Pedro retira sa main de l'épaule de Tracy, mais n'interrompit pas pour autant sa tirade.

— Tu crois que tu pourrais revenir quand ?

— D'ici six mois, un an maximum, répondit-elle avec un regard vers la maison. S'il te plaît, pas trop fort, on n'a pas encore parlé de ça aux enfants.

— Pourquoi est-ce que tu n'emmènes pas les enfants à São Paulo ?

— Tu sais que c'est impossible, avec les heures que nous faisons. Sans compter que nous passons rarement plus d'une semaine au bureau, avant de repartir en vadrouille.

Ben sentit l'anxiété l'envahir. Elle n'envisageait tout de même pas de garder le même emploi du temps ? Il aurait besoin d'une partenaire active pour l'aider avec Cleo, pas d'une parente absente.

— Il y a un problème ? demanda-t-il, s'efforçant de sourire.

— Non, non, nous passons en revue quelques détails.

Il hocha la tête. Ça n'était pourtant pas ce qu'il avait cru entendre.

— Tout va bien se passer, reprit-elle en serrant Pedro dans ses bras. Appelle-moi quand tu seras arrivé, je pense que le réseau fonctionnera de nouveau sur la route.

— En parlant de la route, dit Ben, les yeux rivés sur Pedro, il faut qu'on y aille. Vous avez besoin que l'on vous dépose quelque part ?

— Non, j'ai proposé mon aide pour le nettoyage, quelqu'un m'emmènera à l'aéroport ensuite.

— Je croyais que tu trouvais les militaires « flippants » ! s'exclama Tracy en souriant.

— Ils ne sont pas si terribles, une fois qu'on les connaît.

— Bob, moi, j'ai un coffre de linge à faire bouillir, ensuite, on pourra y aller, annonça-t-elle au militaire qui ne se tenait pas loin.

Comme s'il venait enfin de se rendre à l'évidence, à savoir que son projet d'emménagement à Teresina était sérieux, Pedro tourna les talons.

Ben le suivit des yeux, songeur. Peut-être devrait-il donner à Tracy une dernière chance de changer d'avis. Sauf qu'il n'en avait pas la force. Pas avec deux enfants dans la balance.

Et peut-être aussi qu'un jour il parviendrait à se convaincre que c'était eux, la seule raison de sa proposition.

— Où sont les lits ?

Ben trouva Daniel planté au milieu de sa nouvelle chambre, le sac à dos contenant tous ses vêtements encore accroché à ses frêles épaules. Au moins ses joues avaient-elles retrouvé quelques couleurs.

— Contre la porte.

L'enfant n'avait probablement jamais dormi sur un matelas à

ressorts de sa vie. A l'hôpital, ils avaient installé des paillasses, et la plupart des maisons de Santa Teresa étaient équipées de *redes* — des hamacs. Ben aimait beaucoup cette coutume, d'ailleurs. C'était même très confortable. Et pour y faire l'amour...

Mieux valait ne pas repenser aux divers voyages durant lesquels ils avaient essayé, avec Tracy. Il s'assit sur le lit.

— C'est là-dedans que nous dormons.

— Mais il n'est pas suspendu. Je ne vais pas avoir chaud ?

Il esquissa un sourire. Bonne remarque.

— C'est pour cela que nous avons aussi des ventilateurs, répondit-il en désignant le plafond. Tu as plusieurs vitesses.

— Ah...

Daniel semblait circonspect. Ben lui sourit de nouveau.

— Je te propose d'essayer une semaine, et si tu détestes on ira t'acheter un *rede*. OK ?

— Maman nous avait tissé le nôtre elle-même.

La gorge serrée, Ben hocha la tête. A l'heure qu'il était, les militaires avaient dû tout brûler, y compris le hamac de Daniel et de Cleo.

— On ne pouvait pas les emmener, tu le sais.

Ils avaient pu stériliser quelques napperons et serviettes brodées par Maria Eugenia, mais avaient dû laisser beaucoup d'affaires et de souvenirs sur place.

— Je comprends, dit enfin Daniel, avec un autre regard autour de lui. Mais pourquoi est-ce qu'il n'y a qu'un lit ?

Autre changement. Les enfants avaient toujours partagé la même chambre, mais ici il y avait suffisamment de place pour avoir chacun la leur. Difficile à expliquer à un enfant qui n'avait jamais connu cela.

— C'est que Cleo aura son lit dans la chambre juste à côté.

Tracy y était déjà avec la fillette. Ça faisait beaucoup de changements, pour ces deux enfants. Il en était conscient, et préférait expliquer les choses au fur et à mesure, afin de leur laisser le temps de s'adapter.

Suite à l'épidémie, le gouvernement avait eu pas mal de choses à gérer, alors sa demande d'autorisation de garder Daniel et Cleo avait été rapidement acceptée. Juste une rapide vérification de leur casier judiciaire à Tracy et à lui, et un entretien prévu dans les jours à venir qui ne serait qu'une formalité. Voilà tout. Et puis qui sait ? Peut-être des parents éloignés ou perdus de vue se manifesteraient-ils.

Le problème, c'était qu'en seulement deux semaines il s'était déjà beaucoup attaché à ces enfants. Trop, en fait. Il se mordit la lèvre. Pourquoi avait-il laissé Tracy l'embarquer dans cette aventure ? La question suffisait à faire battre son cœur un peu plus fort, comme s'il se réveillait d'un long sommeil.

Comme si elle avait senti qu'il pensait justement à elle, Tracy fit son apparition dans l'encadrement de la porte, suivie de près par Cleo.

— Ça y est, nous, on est installées. Et vous ?

Daniel leva les yeux vers la banderole qu'avait accrochée Rosa, quand Ben l'avait appelée pour lui annoncer la nouvelle : « *Bem-vindo, Daniel !* » Le même signe de bienvenue avait bien sûr été accroché dans la chambre de Cleo. Avec le premier sourire que Ben lui voyait depuis qu'il le connaissait, Daniel hocha la tête.

— Je crois que nous serons très bien, ici.

— Moi aussi.

Ces douces paroles venaient de Tracy, qui elle aussi arborait un timide sourire. Elle s'approcha et lui prit la main, qu'elle serra brièvement avant de la relâcher. Puis elle prononça le plus joli mot qu'il ait jamais entendu :

— Merci.

# 16

— J'ai une surprise pour vous dehors.

Tracy laissa échapper un petit soupir. Elle observait Ben, qui les avait tous réunis dans le salon. Une surprise, pourquoi pas ? Tout plutôt que songer à la chambre qu'elle partageait jadis avec lui.

Elle interrogea Rosa du regard, qui se contenta de hausser les épaules. Si la gouvernante avait été surprise de la voir de retour, elle n'en avait rien montré. Elle l'avait juste serrée si fort dans ses bras qu'elle avait bien failli l'étouffer, avant de se tamponner le coin des yeux avec son tablier.

— Une surprise ! s'écria Cleo. Qu'est-ce que c'est ?

— J'ai acheté un réservoir d'eau, répondit-il en anglais, les yeux rivés sur Tracy. Je me suis dit qu'on pourrait en faire une piscine. Je l'ai fait livrer quand tu as accepté de venir ici.

Elle croisa son regard. Une bouffée de chaleur la parcourut, l'empêchant de répondre aux enfants, qui demandaient la traduction. Les souvenirs du dernier réservoir d'eau qu'elle ait vu étaient encore plus frais que ceux qui émanaient de la chambre au bout du couloir.

— On aurait pu acheter une piscine gonflable.

— Je me suis dit que ce serait plus solide. Je n'ai pas les moyens d'installer une piscine en dur, mais ça permettra aux enfants de recevoir des copains, quand ils s'en seront faits.

— C'est adorable, Ben. Je suis sûre qu'ils vont être ravis.

Repassant au portugais, elle se tourna vers les enfants impatients.

— Je ne peux rien vous expliquer, ça gâcherait la surprise.

Elle s'écarta pour les laisser suivre Ben dans la cour. Un énorme réservoir à eau était posé sur le sable. Daniel l'effleura des yeux, puis regarda autour, visiblement en quête de la surprise. Cleo semblait tout aussi perdue.

— Où elle est, la surprise ?

Elle ne put s'empêcher de sourire. Evidemment, pour eux, une « *caixa de água* » n'avait rien d'excitant. C'était un réservoir d'eau, point barre.

— Elle est là, répondit Ben en s'approchant.

La façon dont les deux paires d'yeux s'écarquillèrent les fit éclater de rire tous les deux.

— Quoi ? Ma surprise ne vous plaît pas ? Venez voir, leur dit-il en les faisant passer de l'autre côté, où il leur tendit un magazine montrant une famille en train de s'amuser dans une piscine gonflable. Quand on l'aura remis en état, ce réservoir va devenir une piscine.

— *Una piscina ?* s'exclama Cleo d'une voix incrédule. Nous allons avoir une piscine ?

— Vous allez devoir m'aider à transformer ce réservoir en piscine, oui. Et il faudra aussi veiller à l'entretenir ensuite.

— *Beleza !* cria Daniel, fou de joie, qui faisait le tour du réservoir en sautillant. J'aurai de l'eau presque jusqu'au cou !

— Oui, et tu devras faire attention à ta sœur, dit aussitôt Ben, parce qu'elle n'aura pas pied. Vous devrez toujours vous baigner en présence d'un adulte, d'accord ? D'ailleurs, je vais y faire installer une bâche. Cleo, il y a un sac là-bas, tu ne veux pas aller voir ?

La fillette se précipita, et ils entendirent bientôt un hurlement de bonheur.

— Une bouée ! Non, deux bouées !

— Une pour chacun, murmura Tracy. Tu as pensé à tout.

— Non, pas tout à fait, dit-il d'un ton énigmatique.

— Je ne comprends pas.

— Sans doute, mais peu importe, répondit-il, laconique, avant de s'éloigner.

Elle l'entendit parler aux enfants, puis ils s'éparpillèrent dans la cour, essayant de trouver la meilleure place pour la piscine. Ils se mirent finalement d'accord pour un endroit près de l'acérola.

Dès que les enfants eurent découvert tous les secrets de la future piscine, ils partirent explorer le reste de la cour, laissant Ben et Tracy seuls.

Il la dévisagea. Quand elle leva les yeux vers lui, leur vert était doux, comme lorsqu'il lui rapportait un bouquet de fleurs, jadis, ou l'emmenait faire une longue promenade au parc. Il sentit malgré lui sa gorge se nouer. Dieu, que ce regard lui avait manqué !

Il tendit la main, paume vers le haut, et attendit en retenant son souffle de voir si elle allait la prendre. Sa peau fraîche vint glisser sur la sienne. Il referma les doigts.

— Tout ça te convient ? demanda-t-il, les yeux toujours rivés aux siens.

— Oui.

Depuis qu'elle avait accepté de venir vivre avec lui, il s'était plus d'une fois senti coupable. Surtout après la façon dont ils s'étaient séparés. Avec un soupir, il ouvrit la main et la libéra. Il n'avait jamais vraiment su ce qu'elle pensait, pendant les journées noires de leur mariage. Et il n'était pas certain de vouloir le savoir. Cela risquait d'élargir encore le fossé qui s'était creusé entre eux.

— Je vais aller donner un coup de main à Rosa pour le dîner, annonça-t-elle, avant de se hausser sur la pointe des pieds pour lui donner un doux baiser. Ils adorent leur surprise, ça se voit. Merci.

Il ne la lâcha pas du regard. Elle lui sourit, et les coins de ses yeux se plissèrent. Qu'il aimait la voir comme ça ! L'envie de l'embrasser le traversa, une fois de plus. Mais, après la façon dont il avait tout gâché par le passé, pas question de faire quoi que ce soit pour lui rappeler de mauvais souvenirs. Pas au moment où il avait l'impression d'avancer avec elle. Peut-être qu'avec le temps ils pourraient oublier tout ça et redevenir amis. Peut-être.

Le Dr Crista Morena palpait l'abdomen de Cleo, les sourcils froncés par l'inquiétude.

— Vous savez, le diabète de type 1 peut intervenir à tout âge. Vous n'avez aucune information sur elle ?

— Uniquement ce que nous avons pu observer durant l'épidémie de peste, répondit Ben. Vous pensez que son pancréas a pu être touché ?

— Certains cas peuvent être déclenchés pas une infection virale, expliqua-t-elle en remettant le stéthoscope autour de son cou. Le corps essaie de se défendre, vous voyez. Je vais lui faire faire d'autres tests sanguins, mais celui que nous avons établi lors de votre première visite est à 220. Il m'en faudra un autre à jeun, je vous donnerai des testeurs pour les faire chez vous.

— Son taux de sucre fluctue sans raison apparente, intervint Tracy. Son pancréas doit produire de l'insuline.

— Si c'est un type 1, elle est peut-être dans la phase dite de la lune de miel. Vous lui avez administré de l'insuline pour faire baisser le taux de sucre, c'est ça ?

— Oui.

— Cela permet parfois à l'organe de se reposer, en stimulant ce qu'il reste de cellules bêta, qui envoient alors de petites quantités de l'hormone. Mais, si c'est un type 1, cette phase n'est qu'un répit temporaire, car les cellules finiront par ne plus rien produire du tout.

Ben cilla. Si elle avait raison, Cleo devrait être sous surveillance toute sa vie. Ce qui était temporaire deviendrait permanent. A voir ses mains serrées sur ses genoux, Tracy en était manifestement arrivée à la même conclusion.

Après tout, c'était elle qui avait eu l'idée de prendre les enfants, au départ. Oui, mais il avait accepté. Et puis le rire de Cleo lui faisait un bien fou. Voir ses yeux écarquillés, quand elle avait appris qu'elle aurait sa propre chambre, avec une couette rose… Il n'échangerait ces instants pour rien au monde.

Il aida la fillette à descendre de la table d'examen. Elle se précipita directement dans les bras ouverts de Tracy. Ben sentit sa gorge se serrer. Tracy était naturellement maternelle. Aurait-elle levé le pied, si leur enfant était né ? D'après ce qu'il en avait vu, non. D'après ce qu'avait dit Pedro, elle avait fait pas mal de voyages durant l'année. Certes, elle sauvait des vies, mais à quel prix pour elle-même ?

Le Dr Morena leva les yeux de son dossier.

— J'ai cru comprendre que vous aviez été pédiatre ? demanda-t-elle à Tracy. Nous en cherchons justement un, ici, à la clinique. Ça vous intéresserait ?

— Comment savez-vous ça ? répliqua-t-elle en tournant vers lui un regard qu'il ne parvint pas à déchiffrer.

— Ben a dit que vous étiez médecin, lorsqu'il a appelé pour le rendez-vous.

Il soutint son regard. Les battements de son cœur s'accélérèrent, alors qu'il attendait sa réaction. Il n'avait pas mentionné ce détail intentionnellement au Dr Morena, il ne savait même pas qu'elle en parlerait à Tracy.

— Je n'ai plus pratiqué la médecine pédiatrique depuis pas mal d'années. Je m'occupe des tribus indigènes, maintenant.

— Mais vous traitez aussi les enfants, dans ces tribus, non ?

— Bien sûr.

— C'est comme le vélo, répondit simplement le médecin en refermant son dossier. On n'oublie jamais vraiment comment s'occuper de ces petits bouts. Et vous savez visiblement vous y prendre avec eux, ajouta-t-elle en désignant Cleo, lovée sur ses genoux. En tout cas, appelez-moi, si vous êtes intéressée.

# 17

« Comme faire du vélo. »

Tracy balaya la pièce du regard. Les paroles du Dr Morena résonnaient encore dans sa tête quelques jours plus tard, devant l'entrée de son ancienne chambre. Se retrouver dans cette baignoire avec Ben lui avait fait le même effet. Des réactions et des émotions qui étaient naturellement remontées à la surface.

Elle s'aventura un peu plus avant dans la chambre, passa une main sur le couvre-lit beige. Le même qu'avant. Bizarre qu'il n'en ait pas acheté un nouveau.

Après un coup d'œil vers la porte, elle s'allongea sur le matelas, et observa le plafond. Personne n'en saurait rien. Ben était au travail, et Daniel avait emmené Cleo se promener dans le quartier. Quant à Rosa, elle était en courses, ce qui lui laissait deux bonnes heures toute seule.

Elle n'avait pas l'intention de rester longtemps, juste assez pour satisfaire sa curiosité. A dire vrai, cela faisait deux jours qu'elle résistait à l'envie d'entrer dans cette pièce.

Et comment se sentait-elle, maintenant qu'elle y était ?

A la fois excitée et effrayée. Il ne manquait plus que Ben. Sauf que, s'il la voyait là, il serait dingue. Depuis leur arrivée, ils avaient tacitement signé une trêve, et elle ne voulait surtout pas risquer de la briser. Mais voilà, la porte ouverte avait été comme une invitation impossible à refuser. Une invitation à revivre un peu du passé.

Elle roula sur le ventre, et enfouit le visage dans l'oreiller, pour inspirer profondément son odeur masculine. Oui, Ben dormait toujours de ce côté-là du lit.

Etre là lui donnait une impression de danger, de voyeurisme. Et c'était incroyablement érotique. Ils avaient tant de fois fait l'amour dans ce lit ! Dans toutes les positions, elle le chevauchant, ou lui, ses mains puissantes emprisonnant les siennes au-dessus de sa tête, ou caressant son corps de mille façons, la faisant crier de plaisir.

Ces souvenirs brûlants lui parcouraient la peau, en même temps que leurs images envahissaient son esprit.

Elle se mordilla la lèvre. Oh, bon Dieu ! Ce n'était pas bien, vraiment pas bien.

« Comme faire du vélo. »

Il fallait qu'elle se lève, elle le savait pertinemment. Mais la tentation était trop forte : rester un peu plus longtemps, laisser son imagination prendre le contrôle, se souvenir...

Comme cette fois où elle s'était allongée sur le lit, un peu comme aujourd'hui. Mais nue. Elle attendait, les couvertures repoussées, pour que Ben la découvre ainsi en rentrant du travail.

Ses tétons se durcirent au simple souvenir de la porte d'entrée qui s'était ouverte, puis refermée. Du bruit délicieux de son soupir ravi, quand il était arrivé dans la chambre. Sans un mot, il avait posé ses lèvres chaudes sur son cou. Et quand elle avait voulu se retourner vers lui, elle avait entendu cet ordre murmuré à son oreille : « Ne bouge pas. »

Elle avait obéi, le laissant explorer son corps et lui chuchoter tout ce qu'il avait envie de lui faire. Il avait passé les mains sous elle pour lui prendre les seins, et lorsqu'il avait trouvé et délicatement serré les tétons sensibles elle avait lâché un gémissement d'aise.

A ce souvenir, elle ne pouvait empêcher ses mains de rejouer la scène. Oh, oui, il l'avait caressée comme ça, juste là. Et elle s'était mordu la lèvre, alors que les sensations l'emmenaient de plus en plus haut vers le plaisir, qu'il la touchait exactement comme elle aimait, comme s'il ressentait ce qu'elle ressentait.

— Ben, souffla-t-elle dans le silence de la pièce.

Un soupir lui échappa, alors que sa main glissait plus bas, ses jambes s'écartant légèrement. Ça ne prendrait pas longtemps, elle était si excitée qu'une minute ou deux suffiraient à l'apaiser. A calmer le besoin presque douloureux qui grondait et montait en elle depuis leur séance dans la baignoire. Elle déboutonna son jean, et ses doigts trouvèrent la chaleur moite de son clitoris.

Elle ferma les yeux, puis les rouvrit. Elle devrait quand même fermer la porte, au cas où. Mais, quand elle tourna la tête dans sa direction, son regard rencontra la silhouette familière. En une fraction de seconde, elle avait retiré sa main. Sauf que ses joues brûlantes trahissaient à coup sûr son embarras.

— Que... qu'est-ce que tu fais là ? balbutia-t-elle.

— Je pourrais te poser la même question, mais ça me paraît assez clair.

Il fit un pas en avant, les yeux rivés sur elle. Leur chaleur était contagieuse. La porte se referma, la serrure cliqueta.

— Je faisais une...

Elle se retourna sur le ventre, prenant appui sur les coudes, mais comprit son erreur en suivant son regard. Même elle sentait la douloureuse pression de ses tétons durcis contre le fin tissu de son T-shirt.

— Une sieste ? poursuivit-il, planté au pied du lit. Tu as dû faire de beaux rêves, alors.

Elle se sentit rougir de plus belle.

— Pourquoi as-tu fermé la porte à clé ? demanda-t-elle, de l'air le plus naturel qu'elle put.

Elle n'osa pas le regarder, car elle connaissait parfaitement la réponse.

Sans un mot, il la saisit par les chevilles, et la tira vers le fond du lit.

— C'est pourtant clair, non ? dit-il enfin, d'une voix grave. Je vais terminer ce que tu as commencé.

Ben ne savait pas trop ce qu'il espérait en rentrant plus tôt à la maison pour passer le week-end avec Tracy et les enfants. En tout cas pas la trouver dans son lit, le visage enfoui dans son oreiller, les mains glissées entre ses jambes.

Et quand il l'avait entendue murmurer son nom, il avait su. Elle fantasmait sur lui. Sur eux.

Ce constat avait eu un effet immédiat sur lui. Il désirait cette femme comme jamais. Soudain, elle avait tourné la tête, et leurs regards s'étaient croisés. Il avait vu dans le sien le feu qui y brûlait avant. Elle le ressentait encore, comme lui.

Son corps tout entier avait pris feu alors, son désir violent prenant le contrôle de ses sens.

Il se pencha sur le lit, et posa ses mains de part et d'autre de ses épaules, la dévorant du regard. Ses cheveux en désordre, éparpillés sur le lit, après qu'il l'avait tirée vers lui, son corps mince moulé dans un jean et un minuscule T-shirt.

— Dis-moi que tu as envie.

Elle se mordilla la lèvre.

— On ne devrait pas…

— Peut-être, mais j'ai envie. C'était à moi que tu pensais ?

— Oui, murmura-t-elle.

Il se pencha, refermant sa bouche sur le téton qu'il distinguait clairement sous son T-shirt, mordant, adorant sentir sa chaleur contre sa langue. Il releva la tête, lui tirant un gémissement déçu.

— Est-ce que tu m'imaginais ici ? (Du genou, il lui écarta les jambes et vint se coller à elle.) Là ?

— Oui, articula-t-elle.

— Laisse-moi venir, alors, lui chuchota-t-il à l'oreille.

Elle sembla hésiter un instant, puis noua les mains derrière sa tête et l'attira vers ses lèvres. Leurs bouches se trouvèrent comme instinctivement, et il lâcha un long gémissement en acceptant son invitation, pénétrant sa bouche de sa langue pour la goûter. Retrouver ce goût qu'il aimait tant. Il entama alors avec la langue un mouvement de va-et-vient qui enflamma une autre partie de son corps.

Il essayait de retenir le désir brûlant qui l'avait envahi. Mais bientôt même ces baisers ne lui suffiraient plus. Et le petit son qu'elle émit disait la même chose.

Ça avait toujours été comme ça entre eux. Les flammes brûlaient plus fort et plus vite qu'ils ne le voulaient, les obligeant à lutter l'un contre l'autre, à combattre l'inévitable, sachant que tout serait fini bien trop vite à leur goût.

Il s'écarta, le souffle court.

— Retire ton T-shirt, murmura-t-il. Je veux te voir.

Elle obtempéra sans hésiter, dans un geste gracieux qui lui donna une furieuse envie de lui arracher le reste de ses vêtements pour s'enfoncer en elle. Mais il valait mieux pour sa santé physique et mentale qu'il évite de la toucher quelques minutes.

— Le soutien-gorge, intima-t-il.

— Demande-le poliment.

Il s'éclaircit la gorge. Elle le taquinait, sachant qu'au point où il en était il ferait tout ce qu'elle lui demanderait.

— S'il te plaît.

Elle défit l'agrafe, et fit glisser les bretelles sur ses épaules, offrant ses seins, avec une impudeur qui lui donna l'eau à la bouche. Elle était belle à couper le souffle. Dieu, qu'il avait envie d'elle !

— Touche-toi, comme quand je suis entré. S'il te plaît, ajouta-t-il avec un sourire canaille.

Elle rougit violemment, et il se demanda si elle allait partir en courant, mais elle finit par couvrir ses seins de ses mains. Sa tête retomba en arrière alors qu'elle se caressait doucement. Décidément, cette femme lui faisait un effet dingue. Il glissa une main dans l'enchevêtrement de ses cheveux et l'embrassa. Longuement. Profondément. Buvant littéralement à sa bouche.

Puis il releva la tête, et la regarda rouvrir les yeux.

— Fais glisser tes pouces sur tes tétons. Lentement. Comme je meurs d'envie de le faire.

De nouveau, elle marqua un temps d'arrêt, puis ses deux pouces entamèrent des cercles lents sur ses boutons érectiles. Tout en gardant les yeux fixés sur lui.

— Comme ça ?

— Oh, oui, c'est parfait, répondit-il d'une voix devenue incroyablement rauque. Ne t'arrête pas.

Le long gémissement qui franchit ses adorables lèvres envoya une vague brûlante dans son ventre. Et plus bas. Il se positionna entre ses jambes, qui pendaient toujours hors du lit, les écartant un peu plus encore.

— Dès que tu t'es allongée sur ce lit, tu l'as senti, pas vrai ? Tout ce qu'on faisait. Tu m'as imaginé là, comme ça.

— Ben…

— Chut. On est seuls, et on en a tous les deux envie.

Quand il glissa les doigts jusqu'à la ceinture de son jean, elle se mordit la lèvre et s'immobilisa.

— Hé ! Je ne t'ai pas dit de t'arrêter, dit-il en lui prenant les mains, l'invitant à continuer à se caresser les seins. Elle gémit de nouveau, soulevant les hanches à sa rencontre.

— Mais je veux que tu le fasses, toi. S'il te plaît.

— Bientôt, dit-il en déboutonnant son jean pour le faire glisser le long de ses jambes. Je ne veux pas en perdre une miette.

— Les enfants…

— … trouveront porte close, rétorqua-t-il en souriant. Car tu es fatiguée, tu as besoin de te reposer.

Il posa la main sur son ventre, s'attardant autour de son nombril, puis descendit suivre la ligne de sa culotte noire, accordée à son soutien-gorge en dentelle.

— Tracy, dit-il en lui reprenant les mains, pour les poser sur la bande de satin. Enlève-la.

Elle passa les pouces sous l'élastique et fit glisser le morceau de tissu le long de ses hanches, par-dessus ses fesses. Il prit le relais et descendit jusqu'aux pieds.

Puis il lui enveloppa les cuisses et les écarta, caressant du pouce leur peau incroyablement douce à l'intérieur. Il monta ensuite doucement, observant ses yeux s'assombrir au fil de sa progression. Enfin, il atteignit son sexe, moite, ouvert. Il y plongea avec délice, provoquant un gémissement rauque, lorsqu'il appuya sur son point favori.

Sa chair se resserra autour de son pouce, et elle arqua le dos pour accentuer la pression de son doigt.

— Ben, s'il te plaît. Viens.

Il ferma les yeux. Pas question. Pas encore. Mais il ne tiendrait pas beaucoup plus longtemps, il tremblait littéralement de désir.

D'une main, il baissa sa braguette et se libéra. Ils iraient doucement plus tard, après tout. Il lui saisit les hanches et l'attira vers lui, avant d'empoigner ses magnifiques fesses à pleines mains pour la soulever. Enfin, il plongea en elle, regardant son expression changer, alors qu'il progressait centimètre par centimètre.

Enfoui en elle, il savoura son étroite chaleur, et s'évertua à ne plus bouger pendant quelques secondes. Sauf que Tracy ne l'entendait pas ainsi. Elle noua les jambes autour de sa taille, plantant ses talons dans le bas de son dos, et l'attira à elle. Arquant les hanches, elle entama un délicieux va-et-vient, imposant son rythme. Et, même s'il restait parfaitement immobile, elle glissait sur lui, le faisant entrer, ressortir pour mieux entrer de nouveau.

Il serra les dents, essayant désespérément de se retenir, mais en vain. Rien ne pouvait arrêter l'avalanche une fois déclenchée. Dans un cri rauque, il lui serra alors les hanches et s'enfonça plus fort, plus profondément, provoquant une cadence effrénée, jusqu'à la sentir venir autour de lui dans un cri. Comme en écho, il se déversa en elle.

Le cœur battant, il continua de bouger jusqu'au dernier spasme de son plaisir. Les jambes molles, il l'accompagna contre les draps, la faisant pivoter sur le côté pour la serrer fort contre lui. Peu à peu, il sentit sa respiration s'apaiser contre sa joue.

Il prit lui-même une longue inspiration. L'instant de vérité approchait. Allait-elle se sauver ou accepter ce qui s'était produit entre eux ?

— C'était aussi bon que dans ton rêve ? demanda-t-il en l'embrassant sur le front.

— Mieux, répondit-elle en riant doucement. Sauf que dans mon rêve tu étais nu.

— Ah ! Alors, il va falloir travailler ce point-là.

Elle soupira contre sa gorge, puis lécha la sueur accumulée dans le petit creux.

— Ils vont bientôt rentrer.

— Oui.

— A la maison, je veux dire.

Quelque chose se serra dans la gorge de Ben à la mention de ce mot : « la maison ». C'était donc ainsi qu'elle considérait de nouveau cet endroit ?

Il devait avancer avec précaution, ne pas s'emballer trop vite, ne pas s'installer dans une routine trop confortable. Car Tracy considérait sa présence ici comme temporaire. Elle avait été suffisamment claire sur le sujet. D'ailleurs, s'il n'y avait pas eu les enfants, elle ne serait même pas là. Le fait qu'elle n'avait pas envisagé de partager son lit en disait long sur son état d'esprit. Si agréable qu'ait été leur interlude dans la baignoire, et même si elle avait eu l'air d'apprécier ces instants volés dans son lit, elle ne souhaitait pas reprendre leur relation.

La voir se caresser sur son lit, leur lit, l'avait bouleversé. Tout comme l'aveu qu'elle fantasmait sur lui — et non sur Pedro ou quelque autre inconnu — en se touchant.

Oui, il avait adoré ça. Un peu trop.

Il laissa échapper un soupir. Il allait bien falloir qu'il revienne sur terre, car Tracy ne changerait pas d'avis. Or, malheureusement, chaque jour qui passait le lui confirmait un peu plus, c'était précisément ce qu'il voulait, lui.

# 18

Tracy remplit la seringue d'insuline.

— Tu es en train de devenir une vraie pro, dit-elle à Cleo, en lui adressant un sourire rassurant.

C'était sa dixième piqûre, pourtant, son taux de glucose restait fluctuant. Sans qu'ils sachent encore si c'était la « lune de miel » dont avait parlé le Dr Morena, ou si son pancréas allait enfin se remettre à produire son insuline.

— Mais ça fait encore mal.

— Je sais, chérie, parfois, on doit être courageux, même si ça fait mal.

Elle laissa errer son regard. Comme son départ quatre ans plus tôt ? Avec le recul, elle savait que ses raisons de quitter Teresina étaient nombreuses : la colère, le chagrin, le choc. Si Ben n'avait pas agi comme il l'avait fait, elle aurait peut-être ravalé tout ça, et essayé de faire fonctionner leur mariage. Mais maintenant ?

Ils n'avaient pas parlé de ce qui s'était produit entre eux deux jours plus tôt. Une partie d'elle était mortifiée de s'être fait surprendre sur son lit mais, à côté de ça, ce qui avait suivi était allé au-delà de ses rêves les plus fous. Dès le début, quand, avec cette arrogance qu'elle trouvait si sexy, il lui avait ordonné de se caresser. Si la porte d'entrée n'avait pas claqué, ils auraient recommencé. Au lieu de ça, ils s'étaient précipités pour récupérer ses vêtements épars, entre deux ricanements paniqués, et s'étaient glissés hors de la chambre pour se retrouver nez à nez avec Rosa, les bras chargés de courses.

Bien meilleur acteur qu'elle, Ben avait, avec un sourire tranquille, débarrassé la gouvernante de ses sacs, et l'avait aidée à tout ranger. Mais les coups d'œil brûlants qu'il lui avait jetés ne cachaient rien de l'envie qu'il avait de retourner au lit avec elle.

— Prête ? demanda-t-elle en remontant le short de Cleo.

— Je... Je crois.

D'un geste rapide, qui devait éviter au maximum à la fillette de souffrir, elle enfonça l'aiguille. Hormis un bref halètement, Cleo n'émit pas un bruit. Une fois le liquide injecté, Tracy retira la seringue et lui remit sa protection, avant de la jeter dans la poubelle qu'ils avaient spécialement installée pour les déchets médicaux.

— Tu vas travailler pour le Dr Morena ?

Elle cilla. Ainsi la petite avait entendu leur conversation dans la salle d'examens. Tracy n'avait pas plus la réponse à cette question qu'à celle que lui avait posée Ben après l'amour.

Ils ne s'étaient pas retrouvés seuls depuis, néanmoins, il avait pris l'habitude de l'embrasser sur la joue tous les matins en partant au bureau. Elle aurait sans doute dû l'en empêcher la première fois, mais elle ne l'avait pas fait. Pire encore, ce matin, elle avait tendu la joue vers lui. A ce rythme-là, elle lui tendrait bientôt ses lèvres !

Mauvaise idée.

Jamais elle n'avait essayé de se convaincre qu'elle n'aimait pas Ben. Bien sûr, qu'elle l'aimait. Jamais elle n'avait cessé. Après l'épisode de la fièvre jaune, elle avait eu besoin de temps pour réfléchir à la meilleure façon de gérer tout ce qui lui arrivait. Sauf qu'elle avait pris trop de temps, et cacher ses problèmes était devenu une seconde nature. Une attitude bien plus simple que de rentrer à Teresina pour lui avouer la vérité.

Toutes ces années, il ne l'avait jamais appelée, jamais suppliée de changer d'avis. Ce n'était pas dans sa nature. Il était fort, quasi stoïque. Il avait dû apprendre à se débrouiller seul depuis l'enfance, puisque ses parents étaient rarement là. Et elle non plus n'avait pas été là pour lui.

Maintenant, il savait, cela changeait tout, non ? Etait-ce la signification de ces baisers sur la joue ? Elle n'aurait su dire si elle l'espérait. Evidemment, il n'y avait pas que ça qui lui plaisait chez elle, mais Ben adorait sa poitrine, elle l'avait vu mille fois dans ses yeux.

Elle se rendit compte qu'elle était plantée devant Cleo, qui la dévisageait à présent les sourcils froncés, attendant encore sa réponse. Elle se secoua intérieurement. Ah, oui, le Dr Morena...

— Qu'est-ce que tu penses de la proposition du Dr Morena que j'aille travailler à la clinique ?

La fillette sauta au bas du tabouret, et déroula la jambe de son bermuda.

— Ça veut dire que nous allons rester avec vous ?

Elle la regarda, émue. Elle n'avait pas le droit de lui donner de faux espoirs.

— Laisse-nous nous soucier de tout ça, d'accord ? dit-elle en l'embrassant sur le front. Tout ce qui compte, c'est que nous vous aimons tous les deux.

Ben franchit la porte, puis s'immobilisa au son des hurlements en provenance de la cour. Il lâcha aussitôt son attaché-case et appela Tracy mais, hormis les cris au loin, seul le silence lui répondit. Une étrange sensation de déjà-vu s'empara de lui : la fois où il avait découvert qu'elle était partie en rentrant. Sauf que personne ne criait, ce jour-là.

Il traversa la pièce en courant, et ouvrit la porte qui conduisait au patio. Le spectacle qui l'attendait était pour le moins inattendu. Apparemment, il arrivait au beau milieu d'une bataille, au vu des pistolets à eau que les occupants de la piscine se braquaient dessus. Il s'approcha de la terrasse encore en construction, et trois paires d'yeux se tournèrent vers lui au même moment. Il se rendit compte de son erreur quand Daniel cria : « *Arire-nele !* » Trop tard.

L'eau l'atteignait de toutes parts, trempant sa chemise.

— Hé, ça suffit ! cria-t-il.

En vain. Personne ne l'écoutait. Soudain, Tracy, vêtue d'un Bikini rouge cerise qui captura son regard pendant de longues secondes, sortit de la piscine. La voyant recharger son arme, il bondit sur le côté et sauta dans la piscine en lui saisissant la main au passage. Elle lâcha un cri de surprise, alors qu'il l'attirait au fond de l'eau avec lui. Il profita de cette fraction de seconde d'intimité pour planter un baiser sur ses lèvres, avant de la relâcher. Elle émergea en riant et toussant à la fois.

— Ce n'est pas du jeu !

— Parce que me tirer dessus sans sommation, c'était du jeu ? répliqua-t-il en ramenant ses cheveux trempés en arrière.

— Tu as vu les pistolets à eau, c'était ça, la sommation.

Il sourit. Planté au beau milieu de leur piscine de fortune, ses chaussures de travail sans doute fichues et sa chemise bleue toute neuve collée au torse, il n'aurait pas échangé sa place contre tout l'or du monde. Voilà ce dont il avait toujours rêvé, à la seule différence que dans ses rêves Tracy restait auprès de lui pour toujours. Mais il n'allait pas gâcher ce bonheur avec des regrets. Elle était là, pour l'instant, et il mourait d'envie de défaire le nœud qui retenait cet adorable Bikini. Dommage qu'ils ne soient pas seuls.

Daniel lui tira une dernière fois dessus, l'atteignant en plein dans l'œil. De nouveau, Tracy éclata de rire. Depuis quand ne l'avait-il pas entendue rire de bon cœur comme ça ? A l'évidence, bien trop longtemps.

Il plongea pour récupérer son pistolet au fond de la piscine, et retourna les attaques de son mieux. Elle restait à l'abri des tirs, vérifiant le nœud de son maillot de bain, un geste qui le déconcentra suffisamment pour que les enfants lui tombent dessus à bras raccourcis.

— Ce n'est pas du jeu ! cria-t-il en imitant sa femme.

Laissant Daniel et Cleo jouer ensemble, il la rejoignit.

— Tu me dois une nouvelle paire de chaussures, dit-il en lui déposant un baiser sur la joue.

— Promis, répondit-elle avec un grand sourire. C'était une super-idée, les enfants l'adorent. Je crois que je vais inscrire Cleo à des cours de natation. Elle ne sait pas nager.

Elle était repassée à l'anglais afin que les enfants ne la comprennent pas.

— Il faut qu'elle apprenne, tu as raison. Et Daniel ?

— Il a pris des cours à l'école, mais il n'a jamais pu s'entraîner. Ce ne serait peut-être pas du luxe s'il prenait quelques leçons, lui aussi.

— En effet, répondit-il en étendant ses jambes sous l'eau. Tu as mis de la protection solaire ?

— Indice 60. Les enfants aussi.

Il lui effleura le nez, déjà rosi par le soleil malgré le lait.

— Depuis combien de temps êtes-vous dans l'eau ?

— Environ une heure. On a dressé la liste des recettes que leur mère aimait faire, et j'ai eu l'idée de leur proposer une activité amusante ensuite, pour qu'ils associent les souvenirs de leur mère à quelque chose de gai.

— Très malin.

Il se tut, cherchant la meilleure façon de poser la question qui lui brûlait les lèvres depuis deux jours.

— Tracy, je voulais te demander. Au sujet de l'autre soir...

Il la sentit aussitôt se crisper.

— Je ne pense pas que le moment soit bien choisi, Ben.

— Je n'ai pas eu l'occasion de te parler seul à seule. Si je te le dis en anglais, ils ne comprendront pas, d'accord ?

— D'accord.

— Est-ce que tu m'en veux d'avoir... ?

Il s'interrompit. Décidément, la question était difficile à formuler.

— Non, bien sûr, que je ne t'en veux pas.

Il s'éclaircit la gorge.

— Pourtant, tu es un peu bizarre.

— C'est la situation qui est bizarre. Jamais je n'aurais cru revenir à Teresina, dit-elle en soupirant.

— Tu regrettes ?

— Non. Il faut que je te dise, j'ai appelé mon ancien médecin d'ici. Elle m'a pris un rendez-vous avec un chirurgien pour lundi.

Il la dévisagea, mille questions lui venant à l'esprit.

— Bon, on en reparle après le dîner, d'accord ? proposa-t-elle en désignant les enfants, d'un mouvement de tête.

Tous les deux les observaient sans doute depuis un moment, cherchant à comprendre de quoi il retournait.

— Alors, les militaires continuent à te suivre ? demanda-t-elle en portugais.

Il lui avait raconté avoir remarqué un véhicule sans plaques d'immatriculation garé sur le parking de l'hôpital. Il ne l'avait pas reconnu, et le conducteur était toujours le même.

— La voiture a disparu depuis deux jours, le général a dû décider que j'étais trop ennuyeux pour mériter son attention, répondit-il en faisant une grimace à l'attention des enfants.

— C'est qu'il te connaît bien mal, alors, docteur Almeida. Tu es très imprévisible, au contraire, répliqua-t-elle avec chaleur.

Il esquissa un sourire, ému par ses mots. Puis, dans un geste théâtral, il posa une main sur son torse, jouant les offusqués, et envoyant un clin d'œil à Cleo.

— Tu me trouves ennuyeux, toi ?

La fillette rit, avant de secouer la tête.

— Et toi ? demanda-t-il à Daniel.

L'enfant se gratta la tête avec la pointe de son pistolet.

— Non, ça va. Tu n'es pas trop ennuyeux.

— Tu vois ? Qu'est-ce que je te disais ? s'exclama Tracy en riant.

Ben se détendit. Il préférait de loin cette ambiance gaie et légère aux inquiétudes et aux questions sans réponse. Mieux valait en profiter, car la journée de lundi promettait d'être stressante.

Tracy regarda Ben avec tendresse. Il avait frappé à sa porte au beau milieu de la nuit. Elle n'avait pas été très surprise de le voir arriver, il voulait parler en tête à tête. En revanche, elle s'attendait moins à ce qu'il ferme la porte du pied, et reste planté là, à la regarder fixement.

Puis il l'avait prise dans ses bras, et embrassée comme jamais. Ils avaient fait l'amour dans son lit cette fois, et ça avait été tout aussi extraordinaire que les deux autres fois. Ensuite, il l'avait gardée longtemps contre lui.

— Quoi qu'il se passe lundi, on y fera face ensemble, OK ?

— Tu envisages de venir avec moi ? demanda-t-elle, inquiète.

— Tu serais d'accord ?

— Et ton travail ?

— Je peux m'absenter une heure ou deux, répondit-il en prenant une mèche de ses cheveux entre ses doigts.

— Bon. Je ne prendrai aucune décision définitive tant que le diabète de Cleo n'est pas stabilisé, mais j'ai besoin de savoir où j'en suis.

— Pourquoi maintenant ?

— Je ne sais pas, j'ai peut-être tenté de fuir la réalité jusque-là, pour m'éviter de prendre une décision.

— Et si je te demandais de revenir dormir dans ton ancien lit, tu répondrais quoi ?

— Cette nuit ?

— Pas seulement. A partir de maintenant.

Elle tressaillit. Grand Dieu ! La conversation était partie de son rendez-vous médical, pour aboutir à ce que Ben lui propose de reprendre leur mariage où ils l'avaient laissé. Du moins, c'est ce qu'elle avait cru comprendre.

— Je suppose que tu ne veux pas dire seulement « dormir » ?

Le coin de ses lèvres se retroussa.

— Il nous faudrait bien dormir aussi, au bout du compte.

Un frisson la traversa. Bon sang, elle venait juste de faire l'amour avec cet homme, et déjà elle avait envie de lui !

— Eh bien..., je ne sais pas trop. Est-ce que tu ronfles ?

— Question intéressante. J'émets quelques bruits de temps en temps, mais je ne les qualifierais pas vraiment de ronflements.

Il plongea les doigts dans ses cheveux, entamant un doux massage, qui la fit de nouveau frissonner.

— Je crois m'en souvenir. J'aimais bien.

— Ah oui ?

Son pouce s'égara dans son cou, juste sur le point où son pouls venait de s'accélérer.

— Hum.

Il se pencha, déposant de petits baisers partout sur son visage.

— Et moi j'aime bien ce petit bruit que tu viens de faire.

— Tant mieux, parce que si tu continues comme ça je risque d'en faire encore... Oh !

Elle ferma les yeux. Il venait de la mordiller dans le cou, et lui léchait maintenant la peau, de sa langue brûlante.

— Dis oui, chuchota-t-il.

— Oui.

Elle se laissa aller contre lui. Elle n'était plus trop sûre de ce qu'elle venait d'accepter, mais peu importait. Elle n'était plus en mesure de contrôler grand-chose, et elle lui faisait suffisamment confiance pour savoir qu'il ne lui demanderait pas plus qu'elle ne pouvait donner.

Il plongea vers sa bouche, sa langue gourmande fouillant chaque recoin, jusqu'à ce qu'elle en oublie même de réfléchir. Elle était prête à s'offrir à lui tout entière de nouveau, aussi longtemps qu'il voudrait d'elle.

# 19

Encore à demi endormi, Ben tendit le bras, et se rendit compte que Tracy n'était plus là. Quand il l'entendit parler doucement, il se réveilla brusquement.

— Mais j'ai un rendez-vous chez le médecin, lundi. Oui, sans doute, ajouta-t-elle après une pause. Ce n'est pas urgent.

Ben s'assit sur le lit, et balaya la chambre du regard. Personne. Elle devait être dans la salle de bains. Il n'avait pas l'intention de l'espionner, mais le fait qu'elle s'exprime à voix basse l'intriguait.

— Je ne veux pas m'absenter longtemps, Cleo n'est pas encore stabilisée.

Il sauta du lit et enfila son boxer.

— Pedro, je ne peux pas partir comme ça. Non, je sais, Rosa s'occupera d'eux, pendant que Ben ira travailler. Mais il faut que je lui montre comment faire les piqûres d'insuline.

Il cilla. La douce chaleur qui l'avait enveloppé durant la nuit se dissipa sur-le-champ. Pourquoi voulait-elle faire garder les enfants par Rosa, apprendre à cette dernière à faire les injections, si ce n'était parce qu'elle comptait s'absenter pour un moment ? Et pourquoi parlait-elle à Pedro dans la salle de bains, si ce n'était parce qu'elle lui cachait quelque chose ?

Ce ne serait pas la première fois. Cela faisait à peine une semaine qu'ils étaient installés, et déjà elle envisageait de partir ? Un tourbillon d'émotions l'envahit, la colère émergeant la première. Non, pas question qu'il se laisse embarquer dans cette voie de nouveau.

Il tourna la poignée et ouvrit la porte. La bouche de Tracy forma le même « O » qu'il avait trouvé si sexy la veille, sauf que ce matin il n'y voyait que la preuve de sa trahison.

— Pedro, ne quitte pas, s'il te plaît, dit-elle avant de poser la main sur le combiné.

Mais Ben prit la parole en premier.

— Tu t'en vas.

— Quelques jours, oui, répondit-elle. Le bateau médical a accosté près d'un village inondé. Ils déplorent déjà cinq cas de choléra, et comme tout le monde boit à la même source il va y en avoir des dizaines.

— Envoies-y quelqu'un d'autre, répliqua-t-il d'une voix froide et dure. Laisse Pedro s'en charger.

— Il n'est pas médecin, Ben. Moi, si. Matt l'a appelé, ils redoutent d'être débordés par...

— Tu n'es pas le seul médecin du pays, tu as des responsabilités ici.

— Rosa peut...

Il la fixa. Sa colère se mua en fureur.

— Rosa nous a quasiment élevés, mon frère et moi. Ces gosses ont besoin d'une présence stable, et pas que tu les envoies à quelqu'un d'autre, chaque fois que ton assistant a un rhume. Tu m'as promis six mois minimum.

— C'est seulement pour cette fois.

La main crispée sur la poignée, il ferma les yeux.

— Je vais être très clair avec toi, Tracy, lâcha-t-il enfin après une profonde inspiration. Soit tu laisses quelqu'un d'autre se charger de ça, et on commence à envisager un avenir. Ensemble. Soit je demande le divorce. Même si je dois me rendre à New York pour l'obtenir.

Elle blêmit.

— Qu... Quoi ? Et les enfants ? Je croyais que tu ne pouvais pas te charger d'eux tout seul ?

— A priori, je n'ai pas vraiment le choix. Je tiens mes promesses, moi. Et puis ce n'est pas comme si je n'avais jamais vécu ce genre de situation, je me débrouillerai. Mais termine ta conversation, ensuite, tu me donneras ta réponse, ajouta-t-il juste avant de refermer la porte.

Tracy posa un linge humide sur le front de sa patiente, puis, de sa main gantée, vérifia ses constantes. L'épidémie de choléra était presque finie, et des médecins de l'armée creusaient des rigoles, pour assécher les champs et évacuer les déchets afin de prévenir toute résurgence.

Ben ne risquait pas de l'envoyer chercher, cette fois, puisque c'était fini entre eux. Il le lui avait clairement dit.

Elle ignorait pourquoi le coup de fil de Pedro l'avait ainsi relancée dans l'action, peut-être était-elle programmée pour bondir au premier problème.

Elle secoua la tête, l'humeur morose. A moins que… Etait-elle encore en train de fuir ? Avait-elle besoin de bouger et de travailler, pour se sentir vivante ?

Non, elle s'était sentie vivante avec Ben aussi. Alors que ce voyage l'emplissait de vide. Contrairement à ce qu'elle ressentait autrefois, l'action ne l'épanouissait plus. Les enfants lui manquaient. Et Ben aussi.

La femme de Matt s'assit près d'elle sur une natte.

— Ça va, tu tiens le coup ?

Stevie avait rejoint « Projeto Vida » des années plus tôt, et y travaillait aux côtés de son mari. Ils avaient une fille, qu'ils avaient gardée sur le bateau, cette fois-ci, par précaution.

— Aussi bien que tout le monde.

— Tu en es bien sûre ? demanda encore Stevie en lui jetant un regard perçant.

— On est tous fatigués, je suis venue vous aider.

— Et tu nous aides. Comment va Ben ?

Elle détourna la tête. Les nouvelles allaient vite, apparemment.

— Je l'ignore, je n'y retourne pas.

— Je suis désolée.

— Moi aussi, répondit-elle en tapotant doucement sur l'épaule de sa patiente, lui murmurant qu'elle repasserait la voir plus tard. Comment vous faites ?

— C'est-à-dire ? demanda Stevie en se relevant à son tour.

— Comment Matt et toi parvenez à allier vie de couple et voyages incessants sur ce bateau ?

— On croit tous les deux en ce que l'on fait, répondit-elle en retirant ses gants.

Elles sortirent, et allèrent s'adosser à un arbre.

— Matt n'était pas sûr de vouloir revenir au Brésil. S'il avait choisi de rester aux Etats-Unis, je serais restée avec lui. Car c'est ce qui compte le plus. Etre ensemble.

— Tu penses que je n'aurais pas dû venir ?

— Non, fit Stevie avec un sourire doux. Tu es la seule à savoir ce qu'il te faut... ce que tu as dans le cœur.

— Je ne sais plus où j'en suis. Ben n'a jamais aimé que je voyage.

— Tu devais terriblement lui manquer, quand tu partais.

— Sans doute, mais il y a d'autres femmes qui voyagent.

— Autant que toi ? Je crois que tu dois écouter ton cœur, ajouta Stevie après un instant. C'est lui qui te dira ce que tu veux. Et pourquoi ce que tu fais t'attire autant.

Elle hocha lentement la tête. Peut-être parce qu'elle n'avait pas besoin de penser à autre chose, quand elle s'occupait des autres ? Mais était-ce vraiment une vie, de rentrer chez soi le soir si épuisée qu'elle n'avait plus la force de rien hormis dormir ?

Elle avait raté son rendez-vous chez le docteur, pour venir ici. N'aurait-elle pas pu prendre le vol suivant, à la place ? En fait, elle vivait toujours comme une célibataire sans engagements. Et, à force de faire passer son travail avant Ben, elle lui avait indiqué qu'il n'avait pas plus d'importance pour elle qu'il n'en avait eue pour ses parents.

Bon Dieu, quel gâchis elle avait fait de sa vie ! En se jetant ainsi à corps perdu dans son travail, non seulement elle avait mis sa santé en péril, mais elle avait aussi perdu l'être qui comptait pour elle le plus au monde : Ben.

Il était peut-être temps de ralentir. Elle pourrait déléguer un peu, à Pedro, par exemple, et reprendre la pratique de la médecine en clinique. Car désormais il y avait deux enfants qui comptaient sur elle, bien plus encore que tous les autres.

— Merci, dit-elle en embrassant son amie. Je viens de comprendre où est ma place.

— A Teresina ?

— Je ne comprends pas comment je ne l'ai pas vu plus tôt.

Sur ces mots, elle fit ce qu'elle aurait dû faire quatre ans plus tôt : elle alla demander à un soldat si elle pouvait s'embarquer sur le prochain bateau.

Ben avala une gorgée de café insipide, et reprit son travail en grimaçant. Cette semaine, il avait vraiment la tête ailleurs.

Bon sang, mais pourquoi lui avait-il imposé ce choix sans possibilité de retour ? A cause de ses parents, à qui il n'avait jamais pardonné ? Mais il était adulte, à présent, et il avait passé l'âge des rancœurs.

Il n'avait pas eu de nouvelles de Tracy depuis son départ, et il ne cessait de se reprocher de s'être montré aussi insensible, aussi obtus, lors de leur dernière conversation.

Par ailleurs, il n'était visiblement pas le seul à être bouleversé. Rosa lui avait fait une véritable scène, en découvrant que Tracy ne reviendrait pas.

— Je croyais avoir élevé un garçon intelligent, Benjamin Almeida. Je n'en suis plus aussi sûre.

— Tu n'aurais pas dû avoir à m'élever.

— C'était donc si terrible, ton enfance ?

Ces propos l'avaient fait réfléchir. Certes, ses parents pouvaient passer des mois loin de la maison, mais il gardait tout de même de bons souvenirs d'eux. Les rires... avant les larmes, quand ils repartaient. Heureusement, Rosa était là.

Au fond, il avait eu une sacrée chance. Et s'il avait laissé à Tracy le temps de s'expliquer, au lieu de tirer des conclusions hâtives, il aurait fait un meilleur mari, cette fois.

En fouillant dans son bureau, il finit par retrouver la vieille carte de visite qu'il avait gardée. Les yeux rivés sur le nom qui s'y inscrivait, il hésita un moment. Finalement, il décida de composer le numéro, avant de changer d'avis. Elle n'avait peut-être même pas de réseau, là où elle était.

Quand la sonnerie retentit, il eut l'impression étrange de percevoir un écho. A la troisième, elle répondit, et il comprit : la voix provenait à la fois du combiné et de... juste derrière lui ! Il fit volte-face sur son siège, pour rencontrer les yeux vert émeraude. Qui lui souriaient.

Le téléphone toujours collé à l'oreille, il la fixait, incrédule et muet.

— Tracy ? s'exclama-t-il enfin.

Il se retint de se précipiter pour la serrer contre lui comme un fou. A la place, il parvint à prononcer les paroles qu'il répétait dans sa tête depuis une demi-heure.

— Tu m'as manqué. Reviens à la maison, s'il te plaît.

Il vit ses beaux yeux se remplir de larmes.

— Tu m'as manqué aussi. J'arrive.

Elle raccrocha enfin son appareil, qu'elle aussi avait gardé à l'oreille, et s'approcha.

— Tu es revenue, murmura-t-il en l'attirant sur ses genoux.

— Oui, je suis revenue à la maison, répondit-elle en le prenant par le cou. Et cette fois je reste.

## *Un an plus tard*

Ben courait dans le couloir de l'hôpital Einstein de São Paulo. Dans la salle d'attente du service de chirurgie, il aperçut le père de Tracy, qui se leva en le voyant arriver. Ils se serrèrent la main, et Sam le prit dans ses bras.

— Je suis content que vous ayez pu venir, dit Ben. Comment va-t-elle ?

— Elle est toujours en salle d'opération.

Les quelques mois qui les séparaient du retour de Tracy et de leur déclaration d'amour mutuelle avaient filé à la vitesse du son, entre les examens médicaux de Cleo et ceux de Tracy. Le diabète de Cleo avait été confirmé, mais était désormais sous contrôle. Ils avaient même obtenu la garde des deux enfants.

Quant à Tracy, sa mammographie avait montré une zone

douteuse et, même s'ils ignoraient s'il s'agissait d'un cancer ou non, ils avaient décidé que le moment était venu.

— Si sa mère avait su qu'elle portait ce gène, dit Sam, elle aurait fait la même chose. Et je l'aurais soutenue.

— On ne devrait pas tarder à avoir des nouvelles, annonça Ben en regardant sa montre par pudeur.

Son beau-père avait les larmes aux yeux.

Il laissa échapper un soupir d'impatience. Quelques heures d'opération, qui pourtant paraissaient une éternité. Incapable de rester en place, il se leva et commença à faire les cent pas.

Enfin, un médecin en tunique verte, son masque chirurgical autour du cou, apparut dans le couloir.

— M. Almeida ?

Les deux hommes se précipitèrent à sa rencontre.

— L'opération s'est bien passée. Je n'ai repéré aucune cellule maligne, à priori, mais j'ai tout envoyé au labo par précaution.

— Tracy va bien ?

— Oui, répondit le chirurgien, avant d'ajouter, un peu hésitant : la reconstruction ne devrait pas poser de problème. Nous préférons la garder en observation une journée, aura-t-elle quelqu'un pour l'aider en rentrant à la maison ?

— Oui, répondirent-ils de concert, provoquant un sourire général. On va s'assurer qu'elle a tout ce qu'il lui faut, poursuivit Ben.

— Dans quelques minutes, quelqu'un viendra vous conduire à elle. Mais ne restez pas trop longtemps, elle a besoin de repos.

— Merci, merci pour tout, dit Ben en lui serrant la main.

Quelques minutes plus tard, une infirmière arriva.

— Allez-y en premier, suggéra-t-il à Sam.

— Ce n'est pas moi qu'elle voudra voir au réveil. J'ai tout le temps.

— Merci, Sam, je lui dirai que vous êtes là.

Dormir. Voilà tout ce dont Tracy avait envie. Pourtant, une douce chaleur l'enveloppa, et une voix qu'elle aurait reconnue entre mille murmura son nom. Malgré les frissons qui lui parcouraient régulièrement le corps, elle se détendit. Elle avait froid. On posa une couverture sur elle. Elle se concentra sur ses paupières, tentant de les convaincre de s'ouvrir. Elle voulait aussi toucher sa poitrine. Oh ! Non ! Des larmes venaient de s'insinuer entre ses paupières closes, et lui coulaient sur les joues.

— Tracy, répéta la voix chaude de Ben. Tout va bien. Je suis là, ajouta-t-il en mêlant ses doigts aux siens.

Elle tenta d'acquiescer, en vain. Elle voulait le croire, mais elle avait peur que l'année qu'elle venait de vivre n'ait été qu'un rêve. Un effort supplémentaire lui permit d'ouvrir les yeux. Le superbe visage qui s'accordait si bien à cette voix grave et si sexy apparut devant elle. Les épaules larges enserrées dans le tissu de son T-shirt. Ses cheveux bruns en bataille. Ses longs cils noirs. Sa gorge puissante. Ses mains douces.

Son mari était bien là, comme promis.

— Ben ? parvint-elle à dire malgré le mal de gorge causé par la présence du tuyau.

— Oui, mon amour.

Elle esquissa un demi-sourire. C'était bien lui, mais... il pleurait ? Parce qu'elle n'avait plus de seins ? Non, ils avaient pris la décision ensemble. Alors, est-ce qu'ils lui avaient trouvé quelque chose pendant l'opération ? Elle tenta de baisser les yeux vers sa poitrine, mais tout était caché sous les couvertures.

— Ils sont... ?

— Chut, tout va bien.

Elle referma les yeux, tentant de recouvrer ses esprits.

— Et les enfants ?

— Rosa te fait dire qu'ils vont bien. Tu leur manques.

— Ils me manquent aussi.

— Ton père est là, annonça-t-il encore, en écartant délicatement une mèche de cheveux de son front. Ils ne nous laissent te voir qu'un par un, et il a insisté pour que je vienne en premier.

— Il a eu raison.

Il porta sa main à sa bouche, et l'embrassa tendrement. Ses lèvres étaient aussi chaudes que sa voix.

— Je t'aime, Tracy, et je vais passer ma vie à te le montrer.

— Excellente idée, murmura-t-elle.

Une infirmière apparut sur le seuil.

— Il faut laisser Mme Almeida se reposer, à présent.

— Mme Almeida, répéta Tracy alors que ses paupières se refermaient.

Elle aimait porter ce nom. Presque autant qu'elle aimait celui qui le lui avait donné.

# Épilogue

Tracy contempla l'horizon, le cœur empli de joie. Le lever de soleil était magnifique : une boule de feu rougeoyante déposée sur la ligne d'horizon par la main de Dieu. La journée s'annonçait torride, comme presque tous les jours à Teresina. Et elle appréciait chacun d'eux. Les mains posées sur la barrière de la terrasse, elle laissa la chaleur du bois l'envahir. Elle adorait ces matinées-là.

Cinq ans avaient passé depuis son intervention chirurgicale, et pas de signe de cancer. Elle avait intégré l'équipe enthousiaste de Crista Morena et, deux fois par an, Ben et elle s'embarquaient sur l'Amazone pour faire du bénévolat. Ensemble. Jamais elle n'aurait cru cela possible.

Deux bras l'enveloppèrent, se glissant sous sa tunique pour lui caresser le ventre. Avec un soupir d'aise, elle prit les mains de son mari, et se serra tout contre lui. La tête renversée en arrière contre son torse, elle remercia encore une fois le ciel pour le bonheur qui lui était donné. Une seule ombre ternissait le tableau.

— Daniel me manque, dit-elle doucement.

Leur fils adoptif avait entamé son année universitaire aux Etats-Unis le mois précédent, très motivé par ses études de médecine, et espérant bien rentrer au Brésil bardé de diplômes, pour aider les communautés comme Santa Teresa. Elle sourit à cette pensée. Sa mère serait fière de l'homme qu'il était devenu.

Tous les quatre, ils étaient plusieurs fois retournés dans le village natal des enfants. Même si les bâtiments rasés témoignaient encore de ce qui s'était produit là-bas, l'endroit respirait aussi la joie. Le renouveau. Ils avaient fait installer une nouvelle pierre sur la tombe de Maria Eugenia, en plus du simple caillou que Ben avait gravé, que les enfants avaient insisté pour garder aussi. Et ils s'étaient promis de retourner la fleurir une fois par an.

Cleo, qui avait désormais treize ans, devenait une très jolie jeune fille, sensible et très maligne pour son âge. Encore quelques années et elle quitterait le nid, elle aussi.

— On peut lui téléphoner cet après-midi, suggéra Ben en déposant un baiser dans son cou.

— Oui, dès que Cleo sera rentrée de l'école. Le temps file à une allure, je n'arrive pas à le croire.

— Je rends grâce pour chaque instant passé avec toi, murmura-t-il, ses lèvres glissant de son cou vers le lobe de son oreille, qu'il mordilla délicatement.

Comme chaque fois qu'il la touchait, elle frissonna.

— Moi aussi.

Un petit cri leur parvint de l'arrière de la maison. Leur fillette de trois mois leur signalait qu'elle avait faim. Même si elle ne remplacerait jamais le bébé qu'ils avaient perdu jadis, ils avaient voulu avoir cet enfant. Elle avait mis un an pour convaincre Ben, inquiet qu'il était par les risques pour sa santé, mais il avait fini par accepter. Et Grace Elizabeth Almeida était venue illuminer leurs vies.

— On ferait mieux d'y aller, avant qu'elle ne s'énerve pour de bon, dit Ben en la faisant pivoter dans ses bras pour lui mordiller la lèvre. Dommage, j'espérais t'avoir un peu pour moi tout seul, pour une fois.

— Ne t'inquiète pas, on a tout le temps. Toute la vie.

Elle lui fit un grand sourire. Oui, son bonheur était vraiment complet. Elle avait tout ce qu'elle pouvait espérer. Elle avait découvert que bien des chemins menaient au bonheur, du moment que l'on avait celui qu'on aimait à ses côtés. Et, comme ses trois enfants le lui avaient appris, il y avait aussi bien des façons de fonder une famille.

CONNIE COX

# Une vie avec toi

*Traduction française de*
F. JEAN

BLANCHE

HARLEQUIN

*Titre original :*
WHEN THE CAMERAS STOP ROLLING...

*Ce roman a déjà été publié en 2018.*

# 1

Pour la cinquième fois en quelques secondes, le Dr Eva Veracruz jeta un coup d'œil en direction de l'horloge.

Depuis la cabine technique, elle observa ensuite le plateau.

Le public venu pour l'enregistrement de l'émission « Un docteur vous répond », remplissait le studio d'un bourdonnement chaleureux.

Ce qui était bon signe. Sauf que l'invité n'était pas encore arrivé. Ennuyeux, ça. Très ennuyeux, même.

— Phil, où est ta trouvaille — ce médecin top model censé faire monter en flèche notre taux d'audience ? demanda-t-elle à son producteur qui s'affairait non loin d'elle.

Ce dernier eut un haussement d'épaules évasif.

— Il va arriver.

— Nos téléspectateurs comptent sur nous pour obtenir de bonnes informations médicales et je veux que nous soyons dignes de leur confiance. Je croyais que c'était ce que tu voulais aussi ! Ce que je souhaite, et tu le sais bien, c'est un co-présentateur accompli qui possède à fond notre sujet. Je me moque bien de son physique !

— Si nos taux d'audience n'augmentent pas d'ici quelques semaines, nos téléspectateurs ne recevront plus aucune information, ni bonne ni mauvaise.

Eva soupira. « Un docteur vous répond » n'était peut-être qu'une émission de télévision locale, mais dans la région de La Nouvelle-Orléans, cela représentait une audience plus que respectable. D'ailleurs, des rumeurs de diffusion simultanée avaient couru, et elle les avait soutenues sans réserve.

Mais cela, c'était avant que la chaîne concurrente place un reality show dans leur tranche horaire. Des conseils de santé valables et fiables ne pouvaient pas rivaliser avec une émission dans laquelle des candidats mangeaient des insectes ou tombaient à l'eau, assommés par des poings géants !

Comme il fallait s'y attendre, leurs annonceurs n'avaient pas caché leur mécontentement. Comment allaient-ils vendre leurs crèmes contre l'érythème fessier des bébés, si personne ne regardait leurs publicités ?

Si leur émission ne parvenait pas à battre le reality show, mieux vaudrait bien vite renoncer à l'espoir d'une diffusion nationale — et pire encore : « Un docteur vous répond » se retrouverait purement et simplement rayé des programmes !

Phil afficha une moue pincée.

— Je connais mon travail. Je me suis renseigné sur le Dr O'Donnell. C'est un urgentiste respecté qui a acquis une renommée dans le dépistage des crises cardiaques chez les femmes.

— Mais est-ce qu'il sait parler à la télé ?

— Le rendre bon, c'est ton boulot, pas le mien.

Phil consulta l'horloge. C'était l'heure.

— Essaie de gagner du temps et garde un œil sur les coulisses, dit-il.

— Entendu.

Pendant que résonnait la musique du générique, Eva gagna le plateau, répétant mentalement ses phrases de lancement. Elle devait annoncer au public la présence de l'invité, mais si celui-ci ne venait pas...

Elle salua la foule d'un geste de la main, et aperçut son image sur les écrans. Ses boucles, qui encadraient son visage et formaient une cascade brune le long de son dos, étaient complètement indisciplinées — un effet de l'air matinal humide de La Nouvelle-Orléans. La touche de rouge que laissait apparaître sa blouse blanche rehaussait son teint mat, et la maquilleuse n'avait pas lésiné sur le rouge à lèvres pour rappeler l'écarlate de sa robe. Comme si ses lèvres pulpeuses avaient besoin d'être mises en valeur ! Même sans fard, elles semblaient déjà gonflées au collagène, alors qu'elle n'y avait jamais eu recours !

— Bonjour La Nouvelle-Orléans, annonça-t-elle d'une voix assurée, et bienvenue dans « Un docteur vous répond ». Je suis Eva Veracruz. Aujourd'hui, nous allons aborder un thème important — important pour vous, les femmes qui travaillez sans vous ménager. Nous allons parler des problèmes cardiaques possibles, et des signes et symptômes qui doivent nous alerter.

Du coin de l'œil, elle vit Phil lever les pouces, puis désigner des deux index une silhouette sombre dans les coulisses.

Aussitôt, elle modifia son lancement.

— Et notre invité connaît parfaitement notre sujet du jour. Applaudissons chaleureusement le Dr Mark O'Donnell, du service des urgences de la clinique de Crescent Street.

Les applaudissements polis du public redoublèrent d'intensité quand le Dr O'Donnell apparut. Eva retint un soupir. C'était exactement l'effet qu'avait escompté le producteur de l'émission.

L'homme, de fait, aurait pu poser pour une marque de sous-vêtements ! Il la dépassait de trois ou quatre centimètres, alors qu'elle frôlait le mètre quatre-vingt-dix sur ses talons vertigineux... Quant au vert océan de ses yeux, il ne pouvait être dû qu'à des lentilles de contact teintées ! Ses cheveux bruns aux reflets d'un roux sombre offraient un aspect vaguement rebelle, comme si leur coupe courte avait besoin d'être rafraîchie.

Ce n'était pas le type d'homme qui l'attirait habituellement ; elle préférait un aspect plus strict. Mais à dire vrai, cela faisait un certain temps qu'elle n'avait plus eu aucun type d'homme, ce qui expliquait peut-être l'intensité de sa réaction : non seulement son pouls s'était emballé, mais tout son métabolisme avait paru brusquement stimulé par l'arrivée de Mark O'Donnell. Elle se morigéna intérieurement. Qu'est-ce qui provoquait cette montée d'adrénaline ?

Le physique du nouveau venu, sans doute, mais aussi son attitude. Cet homme avait à l'évidence du caractère, et elle ne résistait pas aux fortes personnalités...

Consciente de ce penchant, elle saurait tenir le Dr O'Donnell à distance. Sans problème. Et quoi qu'il se passe, elle n'était pas prête à accepter un homme dans sa vie, car elle n'était pas complètement remise de sa dernière histoire.

Aussitôt après les dernières notes du générique, des informations enregistrées la veille apparurent sur les moniteurs : comment joindre le personnel des urgences locales, et, où écrire pour obtenir des informations sur les crises cardiaques. Pendant ce temps, Eva invitait du geste le beau médecin à la rejoindre.

En le voyant traverser le plateau d'un pas assuré, en maître des lieux, les spectateurs s'étaient redressés, attentifs, pourtant il ne daigna pas leur accorder le moindre regard. Eva fronça légèrement les sourcils. Quelle attitude suffisante ! Jamais elle ne tomberait amoureuse d'un homme aussi sûr de lui. De plus, à en juger par les vêtements qu'il portait, il n'avait aucun souci des convenances — le genre de séducteur qui brise le cœur de toute femme assez folle pour l'approcher de trop près. L'émission exigeait costume et cravate, et lui, portait une blouse blanche et un pantalon de chirurgien ! Vu la disposition de l'éclairage, le blanc de sa large blouse, ajouté au blanc de sa propre blouse blanche taillée sur mesure, allait rendre l'image livide ! D'ailleurs, le producteur s'agitait déjà derrière les caméras.

Rivée à son siège de présentatrice, Eva lutta contre un désolant sentiment d'impuissance, et d'un geste, invita le Dr O'Donnell à s'arrêter devant le siège en face d'elle.

— S'il vous plaît, pouvez-vous dire quelque chose pour que notre ingénieur du son effectue un dernier test micro ? demanda-t-elle.

Un instant, il demeura visiblement à court d'inspiration.

— Quelque chose, dit-il.

Eva ne put retenir un discret sourire. L'émission s'annonçait comme un véritable défi ! Cependant tout irait bien.

Elle ferait ce qu'elle avait à faire : Mark O'Donnell allait remplir son rôle d'invité. De son côté, elle soulignerait son côté novice devant les caméras en lui suggérant des réponses aux questions qu'elle lui poserait, et en comblant ses silences par des commentaires éclairants. Leur taux d'audience serait bon, et cela fournirait une rediffusion de plus pour leur période de congé.

Eva avait du mal à croire que deux années seulement s'étaient écoulées depuis qu'elle avait quitté le monde médical de la clinique, pour l'univers commercial de la télévision. Elle avait tellement appris en deux ans ! Son ambition naturelle la poussait à accéder au niveau suivant — la diffusion nationale. D'ailleurs, son agent aussi estimait qu'à présent, elle pouvait faire savoir qu'elle avait d'autres désirs, et qu'il valait mieux le faire avant que tout le monde n'apprenne la baisse d'audience de « Un docteur vous répond. »

Bien sûr, cela impliquerait qu'elle renonce complètement à exercer la médecine. Ce qui dans le fond, était plutôt une bonne nouvelle. Elle pourrait ainsi se lancer à fond et sans plus de regrets dans la voie qu'elle avait choisie récemment : devenir une vedette de la télévision.

Mais trouverait-elle la satisfaction et la paix, si elle ne pouvait plus se considérer comme un médecin ?

Bien sûr ! Elle n'allait quand même pas tourner le dos à une carrière dont elle avait toujours rêvé !

Elle chassa ces réflexions intempestives, pour se concentrer sur sa tâche présente. Elle avait une interview à faire, qu'elle allait mener avec brio, en bonne professionnelle qu'elle était.

— Bienvenue, docteur O'Donnell, dit-elle avec un grand sourire.

Une idée lui vint soudain. Au lieu d'échanger comme habituellement, une poignée de main avec l'invité, elle déboutonna sa propre blouse blanche et l'ôta en un instant, puis, s'adressant aux caméras, désigna d'un geste sa robe drapée sur le devant.

— Aujourd'hui, je porte une robe rouge, pour alerter sur les signes de la crise cardiaque chez les femmes. Alors chaque fois que vous verrez une robe rouge, révisez mentalement les premiers signes d'une crise cardiaque. Une réaction rapide de votre part sauvera peut-être la vie d'un proche. N'est-ce pas, docteur ?

L'invité la considéra longuement.

— Oui, répondit-il enfin.

Elle l'encouragea du regard. En vain. Laconique. Ton monocorde. Elle comprit alors quel genre d'interview-galère l'attendait. Eva aurait volontiers échangé ce régal pour les yeux contre un médecin beaucoup moins beau, mais bavard et bien documenté

— mais elle n'avait pas le choix. A force d'énergie, elle arriverait peut-être à en tirer quelque chose… et elle pourrait toujours se consoler en détaillant à loisir son physique avantageux.

D'un geste, elle l'invita à s'asseoir dans le fauteuil de l'invité, et remarqua une imperceptible hésitation. Politesse, ou nature encline à ne rien se laisser imposer ? Forte de son expérience en matière de langage du corps, Eva aurait plutôt opté pour la seconde hypothèse.

Consciente de l'étroitesse de sa robe — conçue pour ne pas gêner sous la blouse —, elle se plaça de façon à ce que la caméra ne descende pas plus bas que la naissance de ses seins.

Le Dr O'Donnell, lui, pourrait la regarder de la tête aux pieds : tel qu'il était conçu, le plateau ne laissait guère d'espace entre la présentatrice et son invité. D'où une impression d'intimité, destinée à inspirer confiance au téléspectateur.

— Bienvenue sur le plateau de « Un docteur vous répond », docteur O'Donnell. Dites-moi, voit-on beaucoup de cas de crises cardiaques chez les femmes ?

Elle le fixa, tout sourires. Elle avait opté pour une question large, qui lui permettrait de rebondir sur n'importe quel type de réponse. Selon les producteurs, sa vivacité d'esprit contribuait largement au succès de l'émission. Quand on avait passé trois ans et demi dans la plus importante clinique de traitement de la toxicomanie de La Nouvelle-Orléans, qui recevait les patients sans rendez-vous, on savait réfléchir vite, très vite…

Jusque-là, les producteurs avaient écarté sa suggestion d'une émission choc sur les toxicomanies, mais Eva projetait d'insister, quand son contrat serait renégocié, pour qu'on inclue une série sur ce thème. Cela irait de la prise de conscience des familles et de la prévention, aux conséquences de la drogue, aux différents types de traitements, et aux taux de réussite dans la lutte contre l'addiction.

Trop de gens avaient besoin de cette information, et trop de gens la fuyaient par peur.

Mais pour l'instant, il y avait un problème plus immédiat à régler : le Dr O'Donnell ne se montrait pas très coopératif.

Après la nuit qu'il avait eue, Mark devait lutter contre l'épuisement. En quête d'un regain d'énergie, il regarda la femme en face de lui, tout en cheveux soyeux, seins sculpturaux et lèvres faites pour...

— Est-ce qu'aux urgences, vous voyez beaucoup de femmes arriver conscientes qu'elles font une crise cardiaque ?

Il s'éclaircit la gorge. Il devait absolument faire un effort de concentration.

— Nous ne voyons pas arriver autant de femmes que d'hommes avec des crises cardiaques, mais cela ne veut pas dire qu'elles en font moins. Souvent, on ne diagnostique pas les femmes correctement.

Son hôtesse eut un hochement de tête d'encouragement, comme si elle s'adressait à un enfant.

— Et en fait, les maladies cardiaques sont la cause de mortalité numéro un chez les femmes, n'est-ce pas, docteur ?

— C'est exact.

Mark pensa aussitôt à la patiente qu'il avait reçue la veille. Elle était sûre d'avoir la grippe, mais il avait insisté — avec raison — pour qu'on lui fasse un électrocardiogramme.

— Indiquez-nous quelques-uns des symptômes que nous allons inscrire sur l'écran de nos téléspectateurs, dit-elle, pointant l'index en direction du moniteur.

Il laissa un instant errer son regard sur son interlocutrice. Cette femme, un médecin ? Elle n'était pas plus médecin que lui danseuse étoile... Quel était son prénom, déjà ? Edna ? Ella ? Eva. Ça lui allait bien, d'ailleurs, étant donné son physique des plus voluptueux.

Peut-être — mais ce n'était même pas sûr — possédait-elle un diplôme de journalisme ou de télévision. Est-ce qu'il existait des diplômes d'animatrice de talk-show ?

En tout cas, une chose était sûre : cette femme-là, avec ses longues boucles d'oreilles qui dansaient dans son cou, et le sillon entre ses seins, plus profond que le Grand Canyon, s'évanouirait à la vue du sang !

Mark lut le premier point mentionné sur le prompteur.

« Difficultés respiratoires. »

Il fixa l'œil de la caméra, comme le lui avaient appris les spécialistes des relations publiques de son université à l'époque où il jouait au football, et adressa un sourire à la lumière rouge.

— Voici les signes principaux de la crise cardiaque.

Il nota du coin de l'œil, l'air étonné d'Eva.

— Si vous avez l'impression que vous venez de courir un marathon alors que vous n'avez pas fait un seul pas, ou si vous n'arrivez pas à inspirer à fond, allez aux urgences. Il se pourrait que vous fassiez une crise cardiaque.

Son ton alerte amusa le public. Les rires prouvaient que le public écoutait, et donc, qu'il apprenait des choses.

Et l'éducation du public, c'était l'unique raison pour laquelle il avait accepté de participer à cette émission. Sa grand-mère chérie était morte d'une crise cardiaque. Si seulement elle s'en était doutée, si seulement son entourage y avait pensé, elle serait peut-être encore là pour lui et pour sa sœur.

Elle avait représenté la seule réalité dans le monde d'apparences que ses parents, membres de la haute société, avaient imposé à leurs enfants.

Le public attendait la formule suivante sur l'écran, et pour la commenter, Mark conserva un ton badin.

— Si vos genoux flageolent, si tout tourne autour de vous et si vous n'avez pas la force de lever le doigt pour le signaler, allez plutôt aux urgences. Vous êtes peut-être en train de faire une crise cardiaque.

Il se tourna vers son intervieweuse. Le « Dr Veracruz » s'était renversée dans son fauteuil, lui laissant visiblement la vedette... Il décida de poursuivre sur le même ton.

— Si vous avez la nausée et que cela n'est pas dû à un excès alimentaire dans le Quartier Français, allez aux urgences. C'est peut-être une crise cardiaque. Ou si vous souffrez d'indigestion, ne blâmez pas la spécialité créole trop épicée de votre belle-sœur. Filez aux urgences. C'est peut-être une crise cardiaque.

En manque d'inspiration, il se tut, pendant que les symptômes restants clignotaient sur les écrans.

Le Dr Veracruz lui adressa un bref coup d'œil, puis elle se redressa et fit un signe discret au cadreur, qui se recula pour les avoir tous les deux dans le champ de sa caméra.

Elle afficha alors un large sourire.

— Si vous souffrez de contractures douloureuses dans le dos comme si vous aviez dansé le tango toute la nuit, alors que vous n'avez même pas soulevé une tasse à café, allez aux urgences. C'est peut-être une crise cardiaque.

Et elle adressa à Mark un regard faussement complice, comme si leurs prises de relais avaient été prévues.

— Et le symptôme classique, reprit-elle. Si vous avez l'impression d'avoir un éléphant sur la poitrine, allez aux urgences. C'est peut-être une crise cardiaque.

Mark acquiesça de la tête pour indiquer qu'il allait enchaîner.

— Aux premiers signes de crise cardiaque, croquez une aspirine. Croquez-la, oui, avec les dents, car vous n'arriverez peut-être pas à l'avaler.

Eva reprit la parole.

— Et après avoir pris cette aspirine, allez à l'hôpital. Parce que...

Elle pointa l'index en direction du public, qui termina la phrase en chœur.

— C'est peut-être une crise cardiaque !

Mark joignit les mains et adressa à la caméra un regard soudain grave, afin de donner plus de force à son propos.

— Le deuxième grand problème avec les femmes atteintes de crises cardiaques, c'est qu'elles ne veulent pas déranger en signalant qu'elles se sentent mal. Suivez l'exemple des garçons, mesdames. Vous êtes assez importantes pour déranger. Même s'il s'agit d'une fausse alerte, vous en valez la peine. Vos proches vous préfèrent en vie et gênée par un banal embarras gastrique, plutôt que morte parce que vous n'avez pas voulu déranger. Alors au premier signe, allez immédiatement aux urgences.

Eva fixa la caméra avec la même gravité.

— Et surtout, ne conduisez pas vous-même. Vous mettriez les autres conducteurs en danger. Appelez une ambulance. Vous confirmez, docteur O'Donnell ?

— Absolument, répondit aussitôt Mark.

Il esquissa un sourire. Personne ne pourrait l'accuser de ne pas avoir l'esprit d'équipe !

— Et maintenant, reprit Eva, une petite pause.

On coupa les micros pendant la pause publicitaire, et Eva posa sur son invité un regard nouveau. Pourtant, elle ne put résister à l'envie de lui rappeler qu'il était arrivé en retard.

— Bon travail... Nous n'avons pas eu l'occasion de nous présenter, dit-elle. Eva Veracruz.

Ils échangèrent une poignée de main.

— Eva. Excusez mon retard. J'allais quitter l'hôpital quand on a amené une urgence.

— Ça arrive souvent, j'imagine ?

— En effet.

Il tapota sa cuisse recouverte d'un pantalon de chirurgien.

— Mais cette fois, il a fallu que je me change. Mon costume de ville est irrécupérable. Je me suis dit que vous ne seriez pas ravie de me voir arriver recouvert de sang et de viscères.

— Effectivement, je préfère cette tenue-là.

Pour la deuxième fois, elle dut revoir son opinion sur lui. S'il continuait ainsi, elle finirait même peut-être par l'apprécier.

— Il nous reste la petite séance de questions-réponses avec le public, et nous en aurons terminé. Ensuite, nous pourrions...

Le Dr O'Donnell l'interrompit, sans lui laisser le temps d'organiser un rendez-vous pour prendre un café.

— Comment faites-vous pour répondre à des questions médicales sans être médecin ?

— « Sans être médecin » ? Que voulez-vous dire ? demanda Eva, l'air faussement étonné.

Elle ne savait hélas que trop bien ce qu'il voulait dire, pour avoir si souvent entendu cette question.

Evidemment, elle ne correspondait pas à l'image traditionnelle du médecin. Et le maquillage de studio, et la coiffure élaborée, ne faisaient qu'aggraver les choses en mettant en valeur sa sensualité afin de booster l'audience.

Mais au fond, pourquoi devrait-elle brider sa féminité ? Il

était grand temps que les femmes cessent de prouver qu'elles pouvaient avoir à la fois un cerveau et des formes !

Phil agita la main pour attirer son attention.

— Eva. L'antenne dans...

Avec les doigts, il effectua le compte à rebours. Cinq, quatre, trois, deux. Puis il pointa l'index dans sa direction.

D'un geste, elle invita Mark à se lever, et fit de même, consciente que le bas de sa robe moulante avait remonté sur ses cuisses. D'ordinaire, sa blouse blanche dissimulait ce genre d'inconvénient. Mais si elle ajustait la longueur de sa robe maintenant, cela ne ferait qu'attirer l'attention sur le problème.

Micro en main, elle s'adressa à la caméra.

— Retour en direct sur le plateau de « Un docteur vous répond », pour les questions du public. Si vous voulez en faire partie, envoyez un mail à l'adresse qui s'inscrit sur votre écran. Votre question nous intéresse.

C'était la partie délicate du show, et elle exigeait de sa part une gestion précise du temps. Les producteurs gardaient cet exercice pour la fin, ce qui leur permettait de moduler le temps si les invités parlaient longuement. C'est ce qu'ils avaient fait pour Mark, qui avait présenté d'une manière originale les symptômes de la crise cardiaque. A présent, le public serait comme pendu à ses lèvres, et aurait des quantités de questions pour un homme aussi accessible.

Mais il y avait toujours dans le public au moins un spectateur qui se montrait trop... insistant. D'ordinaire, cette personne parlait pour ne rien dire, afin de rester aussi longtemps que possible sous les feux des projecteurs. La tâche d'Eva consistait à l'écarter en douceur, ce qui se révélait parfois difficile.

C'était la seule partie de son travail qu'elle aurait évitée si elle l'avait pu.

Elle se dirigea vers le public, et Mark la suivit sans attendre qu'elle l'y invite.

— Qui a des questions ? demanda-t-elle.

La première main à se lever fut celle d'un membre de l'équipe que le producteur avait posté dans le public. Il donnait le ton en posant une question intelligente mais brève. Eva n'aimait guère le subterfuge, mais la gestion de l'émission ne faisait pas partie de ses attributions, comme on le lui rappelait souvent. Elle était l'expert, la tête parlante, et non le patron ! Et son salaire couvrait de nombreux frais, y compris les frais annexes de la maison de retraite de sa grand-mère, ainsi que le remboursement de son énorme emprunt d'étudiante.

Au troisième rang, une femme à l'air épuisé s'agitait verticalement sur son siège, comme pour dire : « Je suis là pour vous raconter toute mon histoire médicale, et je vous mets au défi de m'arrêter ». Eva évita donc soigneusement de croiser son regard.

Mais avant qu'elle ait pu rejoindre l'assistant muni du micro, Mark plaça son propre micro devant le visage de la femme impatiente, pour ensuite passer un bras apaisant autour de ses épaules pendant que la caméra s'approchait.

— Que puis-je faire pour vous aujourd'hui ?

Eva crut que la spectatrice allait se trouver mal. C'était la dernière chose dont ils avaient besoin : quelqu'un qui s'évanouirait en direct ! Ils perdraient instantanément les annonceurs qui ne les avaient pas encore lâchés. Mais la femme se leva, et saisit le micro, prête à parler.

L'ingénieur du son actionna des curseurs pour baisser le volume avant que la voix de la femme fasse hurler les haut-parleurs des postes de télévision.

Mais Mark avait déjà posé sa main sur la main de la femme pour placer le micro à la bonne distance.

Eva le regarda faire, surprise. Etrange pour un animateur débutant !

Les joues trop roses, la femme s'éclaircit la voix.

— Déjà, quand j'étais petite...

Elle s'interrompit et se mit à pleurer. Aussitôt, Mark lui tapota l'épaule.

— Respirez à fond.

Elle lui adressa un sourire tremblant.

— Quand je suis énervée, j'ai l'impression que mon cœur va sortir de ma poitrine tellement il bat fort, et après, on dirait qu'il s'arrête, et j'ai des vertiges.

— Et vous ressentez ça, là, maintenant ? Est-ce que vous vous êtes déjà évanouie ?

— Une fois ou deux.

— Asseyez-vous.

Mark l'aida à se rasseoir et sortit son stéthoscope, puis il afficha un sourire qui dévoila des dents très blanches.

— Est-ce que je peux écouter votre cœur ?

Visiblement subjuguée, la femme acquiesça. Eva suivait la scène, non sans une pointe d'admiration. L'homme avait du charisme, cela ne faisait aucun doute.

Comme l'auscultation se prolongeait, le producteur ordonna à une caméra de zoomer sur elle, espérant qu'elle comblerait le blanc. Eva se tourna aussitôt vers l'objectif. Non, manifestement O'Donnell n'avait pas l'expérience du direct.

— Quand un médecin écoute votre cœur, il contrôle plusieurs choses, dont la régularité du rythme.

Elle se mordit légèrement la lèvre. Evidemment, c'était d'une affreuse banalité, mais à aucun prix il ne fallait casser le rythme du direct !

Elle s'adressa au public.

— Pendant que le Dr O'Donnell effectue son examen, est-ce que quelqu'un d'autre a une question ?

Assis devant elle, un homme encore jeune se leva.

— Il y a peu de temps de ça, mon fils Mike a développé les mêmes symptômes que cette dame. Son médecin a diagnostiqué un souffle au cœur, et il demande une série de tests avant d'autoriser Mike à jouer au football. Notre enfant a toujours fait du sport. Pour tout vous dire, c'est la seule chose qui l'intéresse à l'école. Comment faire comprendre à un adolescent plein d'énergie qu'il ne pourra sans doute plus pratiquer un sport qu'il adore, alors qu'il n'a jamais eu aucun problème auparavant ?

C'était le genre de question sans réponse très encourageante, mais Eva s'apprêtait à répondre de son mieux, quand Mark intervint depuis l'autre extrémité du studio.

— Faire du sport avec un problème congénital, particulièrement un souffle au cœur, c'est un sujet très controversé dans le monde médical, mais la plupart des médecins connaissent l'intérêt du sport dans le développement de nos enfants. Assurez-vous que votre médecin fasse le maximum pour que votre fils continue de fréquenter les terrains.

Ce n'était pas du tout la réponse qui convenait ! Eva fit signe à la caméra de se rapprocher d'elle.

— Le Dr O'Donnell a souligné que ce sujet fait l'objet de nombreuses discussions. Pour ma part, je ne mettrais pas la vie de mon enfant en danger pour du sport scolaire. Cependant, je comprends très bien votre inquiétude. Il est très difficile de préserver la sécurité de nos enfants, tout en leur laissant vivre une vie qui les comble et en développant les compétences dont ils auront besoin pour devenir des adultes accomplis. C'est un choix auquel nous sommes souvent confrontés en tant que parents.

Devant elle, le producteur s'était baissé sous l'objectif de la caméra, l'index pointé en direction de sa montre. Ensuite, il signala du tranchant de la main qu'il fallait absolument couper. Etonnée, Eva coula un regard discret en direction de l'horloge du studio... Comment était-ce possible ? Elle n'avait jamais autant débordé dans cette séquence !

— C'est donc une question à laquelle chaque parent doit répondre pour ses enfants, poursuivit-elle. Souvenez-vous, vous ne pouvez pas prendre soin de vos enfants si vous ne prenez pas d'abord soin de vous-même. Alors si vous pensez que vous êtes en train de faire une crise cardiaque, allez aux urgences. Merci d'avoir suivi « Un docteur vous répond ». et n'oubliez pas : vous avez des questions, nous avons des réponses. A demain !

Elle jeta un coup d'œil au producteur. Elle se sentait plutôt satisfaite d'être revenue au sujet du jour — les crises cardiaques chez les femmes —, alors pourquoi celui-ci faisait-il la moue ?

L'horloge lui fournit la réponse. Ils avaient dépassé d'une minute le temps imparti. Les petites lumières rouges des caméras s'éteignirent, et Eva se demanda quelle publicité ils avaient supprimée. Ils devraient affronter la colère d'un annonceur, et lui proposer un créneau supplémentaire pour compenser, alors que le show avait un besoin vital de tous ses sponsors. Si la production leur infligeait de nouvelles coupes budgétaires, ils en seraient bientôt réduits à enregistrer avec leurs téléphones portables !

Eva se retourna vers Mark O'Donnell pour le remercier — par pure politesse. Elle évita de s'attarder sur ses épaules, qu'on devinait larges et musclées sous la blouse blanche.

— Merci pour..., commença-t-elle.

— Vous n'étiez pas sérieuse tout à l'heure, je pense ?

Elle le regarda, étonnée. De quoi voulait-il parler ?

— Si, bien sûr. Je suis toujours sérieuse.

Son mari l'avait toujours encouragée à se montrer plus enjouée, mais ce n'était pas sa nature. Son mari... Elle arrivait enfin à penser à lui sans un pincement au cœur... Cette pensée, ou peut-être le petit numéro que l'invité avait effectué devant son public à elle, la firent soudain sortir de ses gonds.

— A quoi exactement faites-vous allusion, docteur O'Donnell, quand vous parlez de sérieux ? A votre retard d'une heure, qui nous a empêchés de préparer ensemble l'émission ? Ou à la manière dont vous vous êtes mis à improviser au lieu de vous en tenir au conducteur prévu ? Ça aurait pu se terminer en catastrophe ! Nous avons dû déployer des trésors d'imagination. Et votre remarque sur le fait que je ne suis pas un vrai médecin...

Elle marqua une pause pour reprendre sa respiration, le cœur battant jusque dans ses tempes.

— Vous trouviez que je n'étais pas sérieuse quand vous avez décidé d'ausculter une personne du public, pendant que tout le monde, assis, attendait patiemment ? Nos téléspectateurs ont dû adorer ce palpitant moment d'action. Et comment avez-vous pu dire à ce père de laisser son fils faire ce qu'il voulait, contre l'avis du médecin traitant du gamin ! Comment avez-vous osé ?

Les lèvres de Mark frémirent.

— Comment j'ai osé ?

— Oui. Comment avez-vous osé désavouer un autre médecin ?

— Le fils en question n'aura rien à redire à ça.

— Et qu'en savez-vous ?

Cette fois, Mark O'Donnell s'esclaffa.

— Le médecin du garçon, c'est moi. J'ai demandé à mon ami de venir, pour me soutenir moralement. Et il a dit que s'il sentait l'émission faiblir, il poserait une question. Il l'a fait. Je lui dois une bière… Je pense qu'à vous aussi je dois une bière, Eva, pour me faire pardonner mes gaffes involontaires.

— Vous êtes bien la dernière personne avec laquelle j'aurais envie de boire une bière ! répliqua-t-elle, exaspérée.

Il afficha une moue faussement contrariée.

— Zut. Cela signifie « Non merci », c'est ça ?

— Pas « Non merci ». « Même pas en rêve », plutôt.

— Bon. Dans ce cas…

Il consulta sa montre.

— Il faut que je me sauve. Je pensais que ce serait amusant, mais apparemment, je me suis trompé. Enfin… je ne regrette pas l'expérience.

Il se tournait pour partir, mais il marqua une pause et esquissa un petit sourire.

— Pour un toubib de télé, vous vous débrouillez très bien.

# 2

— Tu plaisantes, j'espère.

Furieuse, Eva arpentait la salle de réunion, ce qui faisait danser ses boucles d'oreilles. Henry, son agent affichait une moue inquiète, et son producteur regardait prudemment ailleurs.

Mais assis devant la table, Stan, le producteur délégué, braqua sur elle un regard peu aimable. Il avait bien trop l'habitude des divas de l'écran, pour se laisser déstabiliser par cet accès d'humeur.

— On tourne une série de trois semaines sur le sport au lycée pour faire monter l'audience et habituer notre public aux reportages sur le terrain, et ensuite, si les taux d'audience sont bons, tu auras ta série sur la toxicomanie. C'est ce que tu as demandé, et maintenant, tu te plains ?

— Je n'ai pas demandé à travailler avec cette personne. Nous ne sommes pas compatibles !

— Ce n'est pas ce que disent nos enquêtes. Les gens ont adoré le Dr O'Donnell, et ils ont adoré vous voir ensemble.

Eva s'arrêta pour fixer Stan droit dans les yeux. Avec ses hauts talons, elle le dominait nettement, ce qui lui procura une légère satisfaction.

— J'ai travaillé dur pour toi. J'ai largement fait mes preuves. O'Donnell papillonne sur le plateau avec son sourire sexy, et vous le suppliez d'accepter un reportage sur le terrain, alors que moi, j'essaie d'en négocier un depuis des semaines ?

Phil, son producteur quotidien — et habituellement, son allié —, tenta de la calmer.

— Avec des annonceurs qui se retirent, aucun de nous n'a beaucoup de marge pour négocier. Il faut que nous frappions un grand coup pour compenser la réduction de notre diffusion de cinq jours à trois, ce qui est peu.

— Quoi ? On nous déprogramme ?

Eva, sous le choc, vit Henry s'affaisser sur son siège.

— Tu ne le savais pas ? lui demanda soudain celui-ci d'une voix faible.

Le producteur et le producteur délégué braquèrent sur l'agent un regard de reproche.

Elle les foudroya du regard, avant de lancer un clin d'œil discret à Henry.

— Henry n'y est pour rien. Hier, nous devions nous voir, tous les deux, et j'ai dû annuler.

Elle retint un soupir. Abuelita, sa grand-mère, avait passé une mauvaise journée. Elle était désorientée et difficile avec tous ses soignants. Dans son état normal, la gentille petite dame qui l'avait élevée n'aurait jamais haussé le ton, mais la démence sénile était une terrible maladie. Et une maladie qui coûtait cher.

Elle avait donc besoin de ce travail : cela, il ne fallait pas qu'elle l'oublie. Bien sûr, l'argent qu'elle pourrait gagner en reprenant son activité de médecin, couvrirait largement tous les besoins de sa grand-mère, et il lui resterait encore de quoi vivre confortablement. Mais elle ne pouvait pas. C'était impossible. Même pas pour Abuelita.

— Parle-lui, Henry, demanda Stan.

— Bon. Laissez-nous un moment.

Les producteurs sortis, Eva s'assit et se renversa dans son fauteuil, en proie à un sentiment désagréable.

— Il y a autre chose que tu ne m'as pas dit ?

Mark O'Donnell regardait son neveu s'entraîner sur le terrain de lycée où il s'était lui-même exercé autrefois. Les coachs avaient changé depuis, mais pas la discipline.

Sans le sport et des entraîneurs efficaces, notamment pour poser des limites, Mark ne savait pas où il aurait pu finir.

Maintenant, avec un peu de chance, il fournirait à Aaron une meilleure figure paternelle que celle de son père absent.

— Alors elle a accepté ? demanda-t-il à Henry.

L'agent avec qui il venait de signer un contrat, était aussi venu assister à l'entraînement.

Mark esquissa un sourire. Il avait pensé qu'Eva Veracruz refuserait tout net ce reportage imposé. D'ailleurs, il ignorait les raisons pour lesquelles il avait lui-même accepté. Cela avait peut-être un rapport avec le fait que sur un plateau, il se sentait étrangement bien. Mais peut-être encore, cela était-il surtout dû à Eva ? Il secoua la tête, agacé contre lui-même. Question tout à fait inutile, dans la mesure où l'émission et Eva formaient un tout.

— Elle a accepté, répondit Henry, sourire aux lèvres. Elle enregistrera les émissions en direct le lundi et le mercredi, et vous travaillerez en duo le vendredi. Le reste du temps, et pendant les trois semaines qui viennent, elle vous suivra pendant que vous effectuerez votre travail bénévole au lycée. Elle observera comment vous-même, en partenaire du système scolaire, vous travaillez avec les parents pour maintenir nos jeunes athlètes en bonne santé à la fois sur et en dehors du terrain. Pour ça, le producteur délégué veut commencer à tourner mardi.

Le doute assaillit soudain Mark. Il avait du mal à croire qu'il acceptait de faire ça. Mais il avait besoin de casser la routine dans laquelle il était en train de tomber, et c'était un excellent moyen de le faire.

Ceci dit, comment les garçons réagiraient-ils en voyant Eva dans leurs vestiaires ?

— J'ai toujours du mal à croire qu'Eva Veracruz a son diplôme de médecin, même après avoir lu sa biographie sur le site de la chaîne, dit-il.

« CÉLIBATAIRE, SEXY ET CHIC » : c'était le titre de sa biographie. Le Dr Eva Veracruz était née à La Nouvelle-Orléans, et elle avait obtenu son diplôme de médecin à l'université de l'Etat. Cela faisait deux ans qu'elle animait le show, succédant ainsi au Dr Todd Marsiglia...

Mark se souvenait de l'émission du Dr Marsiglia — un show de remplissage monotone diffusé avant le journal de la mi-journée.

— A-t-elle seulement exercé avant de se tourner vers la télévision ?

Henry, qui était aussi l'agent d'Eva, eut un haussement d'épaules.

— Je ne peux rien vous dire. Confidentialité. Et je ne vous conseille pas de lui poser des questions là-dessus. Eva a des problèmes avec ça.

— C'est le genre de femme qui a des problèmes avec tout, de la couleur de ses ongles de pied à la couleur de ses cheveux, reprit-il avec morgue.

Henry lui adressa un froncement de sourcils désapprobateur — fait inattendu de la part d'un homme dont les revenus dépendaient de son aptitude à la négociation et au compromis.

— Eva n'est pas comme la plupart des hommes se l'imaginent : superficielle.

— J'ai déjà vu des femmes dans son genre — des femmes qui coûtent cher à entretenir. J'ai été marié pendant trop longtemps à une femme de ce type.

Il se maudit aussitôt. Réflexion de crétin. C'était devenu une habitude. Apparemment, son ex n'avait pas détruit que son amour-propre — elle avait aussi fait de lui un impulsif sans cervelle.

Avant qu'il ait pu corriger sa remarque trop hâtive, Henry eut un de ses haussements d'épaules évasif, et orienta la conversation vers un autre sujet.

— Vous m'avez interrogé sur la confidentialité pour les étudiants. L'équipe aura besoin d'autorisations signées pour chaque personne qui sera filmée. Pour les mineurs, il faudra l'accord signé d'un parent ou autre responsable légal, sinon nous ne pourrons pas diffuser le film. En cas de besoin, vous aurez le droit de recourir au caractère confidentiel de vos échanges.

— Je comprends. Merci de vous être renseigné pour moi.

— Ça fait partie de mon travail. Contrairement à certaines idées préconçues que vous avez sur nous, les agents ne s'occupent pas que de la paperasse.

Mark leva la main.

— Je m'en souviendrai. Promis. Dorénavant, plus d'idées préconçues.

— Ce serait bien de vous en souvenir.

Et ce serait bien aussi de porter des chaussures adaptées quand on marche sur un terrain de sport ! Mais cela, Mark se retint de le dire tout haut, et il regarda en silence Eva qui s'avançait dans sa direction. Pour empêcher ses talons de s'enfoncer dans l'herbe, elle marchait à tout petits pas sur la pointe des pieds, ce qui accentuait le balancement de ses hanches.

Il avait toujours adoré les femmes tout en courbes. Son épouse l'avait en principe guéri de ce dangereux penchant, mais apparemment pas autant qu'il le croyait.

Au prix d'un réel effort, il effaça de son visage toute expression admirative, et se tourna de nouveau vers le terrain d'entraînement où son neveu effectuait des pompes en punition d'une quelconque bêtise — insolence ou autre. Malheureusement, Aaron ressemblait à ce qu'il avait lui-même été à cet âge, et s'il ne changeait pas, il aurait des problèmes sérieux.

Mark adressa à l'entraîneur un hochement de tête approbateur, que l'homme ne remarqua pas car toute son attention était concentrée sur Aaron. Sans les efforts d'hommes comme celui-là, jamais Mark ne serait devenu celui qu'il était. Comment aurait-il tourné autrement ? Il serait bien, bien pire, c'était sûr.

Aaron avait bon cœur, mais c'était aussi une tête brûlée pleine d'insolence — ingérable pour la sœur de Mark et son nouveau mari. Cela faisait donc trois mois que l'adolescent vivait chez « tonton Mark ».

Et en trois mois, la note d'épicerie de celui-ci avait triplé, sa facture d'électricité doublé, quant à sa vie sociale, elle s'était soudain retrouvée réduite à néant.

Ce qui expliquait sans doute pourquoi la beauté hispanique debout devant lui, l'intéressait beaucoup — trop, même, à son goût.

Pourtant, il était grand temps qu'il s'octroie une sortie. Qu'est-ce qu'il avait fait du numéro de téléphone de cette jolie petite prof d'histoire ?...

Eva braqua vers lui son écritoire à pince.

— C'est pour les chiffres que je le fais, et pour rien d'autre.

— Quels chiffres ?

— Les taux d'audience. Que ce soit bien clair : ce n'est pas mon idée de travailler avec vous, mais je suis professionnelle et j'ai l'intention d'obtenir le meilleur résultat possible. Alors, j'espère que vous m'accorderez la même courtoisie « professionnelle ».

Mark comprit aussitôt ce à quoi elle faisait allusion.

— Par « courtoisie professionnelle », vous sous-entendez que je dois admettre votre compétence médicale ?

— Ce serait un bon début.

— Je me suis renseigné sur vous. Vous êtes compétente.

Eva le toisa.

— Moi aussi je me suis renseignée sur vous. Vous faites beaucoup de bénévolat pour les lycées locaux, celui-ci en particulier. Et vous êtes très apprécié par les éducateurs et entraîneurs par ici. Je suis impressionnée par votre travail.

Mark lui rendit son regard, étonné. Un compliment ? C'était inattendu !

— Merci.

— Mais il faut que vous compreniez bien que sur ce projet, c'est moi qui décide. Compris ?

— Compris.

Mark se mordilla nerveusement l'intérieur de la joue. Obéir, cela allait contre sa nature. Mais ses années de sport lui avaient appris quelque chose : on pouvait mener le jeu sans être le capitaine en titre...

Apparemment, son ton faussement docile n'avait pas convaincu Eva, car elle posa les poings sur les hanches, ce qui fit saillir davantage ses seins superbes.

— Ces trucs que vous avez appris au lycée pour faire tomber la pression dans une interview de cinq minutes, ils ne vous sauveront pas quand vous aurez trente minutes à remplir.

Quelle femme ! Mark songea à un mannequin pour maillots de bain — pas les mannequins décharnés des magazines féminins, mais le genre de mannequin des revues de sports pour hommes, assez pulpeux pour remplir agréablement les mains d'un homme digne de ce nom.

Mieux valait se concentrer, plus haut, sur ses lèvres. Zut. Ces lèvres rouges et bien pleines étaient aussi perturbantes que les deux boutons du haut de son chemisier, prêts à craquer.

Peut-être ferait-il mieux de la regarder dans les yeux alors...

— Vous m'écoutez, O'Donnell ? C'est un sujet qui me passionne.

Les yeux noirs d'Eva étincelaient comme pour souligner ses paroles. Il eut un petit sourire. Aucun doute, c'était une femme passionnée.

— Pas de problème, docteur Veracruz. La passion, j'adore.

Un pli de contrariété barra le front d'Eva, annonciateur d'un nouveau sermon. Il aurait adoré la regarder le sermonner — beaucoup, même —, mais il respectait ce qu'elle avait dit.

— Accordez-moi une deuxième chance : je vais mieux formuler ma réponse.

Il leva la main pour gagner du temps, tout en se concentrant. Il avait le cerveau plus vif d'habitude...

— Je dois le reconnaître, si vous n'étiez pas intervenue pour m'aider pendant que j'exposais les symptômes de la crise cardiaque, je me serais noyé, répondit-il avec sincérité. Pour tourner correctement cette série, je vais avoir besoin de votre expérience.

Eva le regarda, sous le charme. Elle fondait intérieurement quand un homme avouait qu'il avait besoin d'elle, mais pas question de ça dans le cas présent. Mark O'Donnell devait faire et ferait exception. C'était le genre d'homme auquel une femme intelligente ne pouvait se permettre de succomber, sous peine d'avoir le cerveau liquéfié et le cœur brisé.

En plus, et au cas où elle l'aurait oublié soudain, elle ne s'était pas encore remise de la perte du dernier homme auquel elle avait donné son cœur.

Par réflexe, ses doigts palpèrent l'endroit de l'alliance absente qui occupait une place spéciale dans son coffret à bijoux. Cela faisait presque deux ans... Le chagrin violent du début s'était lentement transformé en une tristesse diffuse, mais permanente.

Levant la tête, elle surprit Mark en train de regarder ses mains. Décidément, rien ne lui échappait...

— Rupture difficile ?

— En quelque sorte. Je n'ai pas vraiment envie d'en parler.

Elle se redressa. Evoquer ses souvenirs avec Mark O'Donnell ? Sûrement pas. Un autre jour, peut-être, et avec un autre homme !

Assise dans un car de la régie sur le parking des autobus, l'équipe de tournage attendait son signal. La mi-septembre, chaude et humide, rendait l'attente pénible... Eva leur adressa un grand geste de la main, et tous les techniciens descendirent du gros véhicule, tirant l'équipement derrière eux.

Mark les regarda d'un air contrarié.

— Qu'est-ce que c'est ?

— Nous sommes venus pour faire des images de remplissage, prendre le pouls de l'endroit, peut-être faire une interview improvisée ou deux, ce genre de choses.

— J'ai accepté de faire ce tournage avec vous, et je vois que vous avez déjà tout préparé ?

— C'était prévu de toute façon, avec ou sans vous.

— Est-ce que je dois me considérer comme une pièce rapportée facultative, ou comme un bonus ?

— Comme vous voudrez, mon ange, répliqua Eva, sarcastique.

Mark ouvrit des yeux étonnés.

— « Mon ange ? »

Elle se mordit la lèvre. A la seconde où elle avait prononcé ces mots, elle les regrettait déjà. Mais elle savait comment se comporter avec des hommes comme celui-ci. Elle le fixa droit dans les yeux, d'un air de défi.

— Vous n'allez pas porter plainte contre moi pour harcèlement sexuel, quand même ?

— Pas si vous promettez de m'embrasser la prochaine fois que vous m'appellerez « mon ange ». Après tout, si vous m'adressez des mots doux, il serait normal que j'en tire quelque bénéfice, non ?

— Bon.

Elle eut une fois de plus envie de retirer ce qu'elle venait de dire. Elle n'aurait pas dû. Mais cela faisait bien longtemps qu'elle n'avait pas fait quelque chose de déraisonnable ! En plus, il lui fallait bien s'avouer que malgré ses réticences, Mark O'Donnell l'intriguait.

Et peu d'hommes l'intriguaient...

Le regard candide, elle se pencha en avant. Il réagirait à ces signaux corporels.

— Je suis prête à tout pour éviter toute la paperasse consécutive à votre plainte, dit-elle d'une voix trop suave.

Et sans attendre de réponse, elle se tourna vers son équipe qui s'installait, de façon à avoir une bonne vue d'ensemble sur le terrain qui servirait de toile de fond.

Surprise, elle vit une perle de sueur descendre entre ses seins. C'était sûrement dû à la chaleur, car aucun homme n'avait jamais fait monter sa température corporelle, et celui-là ne ferait pas exception !

En revanche, un bon maquillage serait nécessaire pour dissimuler sur leurs visages les effets de la température... Que dirait le Dr Mark O'Donnell d'une bonne couche de poudre ?

Il s'était éloigné, et Eva vit la maquilleuse de l'équipe se diriger vers lui. Il la repoussa d'un geste de la main, puis il se dirigea vers la tente dressée à une extrémité du terrain, et au même instant, un des entraîneurs siffla.

Les garçons se précipitèrent vers la tente, et formèrent en chahutant une file d'attente.

Pendant qu'ils recevaient, au choix, une boisson énergétique ou de l'eau, Mark en tapota quelques-uns sur l'épaule, en désignant de l'index un banc à l'ombre. Presque au bout de la file d'attente, un des garçons les plus imposants sembla protester, et même à distance, Eva vit distinctement Mark se raidir et toiser l'adolescent.

La tension ne dura que deux secondes. D'un pas pesant, le garçon passa devant le banc et se dirigea vers le bâtiment. Il était en colère, cela se voyait.

Eva balaya l'équipe du regard. Ce petit incident semblait avoir vidé les joueurs de leur énergie : les épaules des adolescents s'étaient affaissées, comme s'ils avaient tous été personnellement touchés par la remontrance de Mark !

L'équipe de tournage, elle, semblait impatiente de commencer.

— Prête, Eva ? demanda son cadreur, un vétéran des terrains de sports, apparemment ravi de travailler loin des studios.

Elle saisit le gros micro directionnel que tenait l'électricien, et se campa sur ses deux pieds.

— Prête, lança-t-elle.

Phil effectua le compte à rebours.

— Trois, deux, un...

Eva afficha son sourire de télévision, résistant dans le même temps à l'envie de chercher Mark du regard. Apparemment, elle allait travailler sans partenaire.

— Comme nous vous l'avions annoncé, nous nous trouvons dans un lycée local, afin de nous intéresser à son programme sportif. Avec une température aujourd'hui approchant les quarante degrés, beaucoup d'entre vous se demandent sans doute pourquoi l'équipe de football s'entraînerait. D'autres se souviennent du temps où ils jouaient eux-mêmes au football dans leur lycée, et des premiers entraînements de l'année scolaire. Et la question que nous nous posons tous aujourd'hui dans « Un docteur vous répond », c'est « Nos ados doivent-ils se dépenser physiquement avec cette chaleur ? »

Avant qu'Eva ait pu donner son avis sur la question, son cadreur se recula et changea l'orientation de sa caméra.

Intriguée, elle se tourna pour voir quel était son nouveau centre d'intérêt.

Assis sur ses talons, Mark observait les visages des garçons assis sur le banc. Ceux-ci avaient ôté leurs protections d'épaules.

Les autres garçons, sans protections non plus, faisaient des abdominaux sur le terrain pendant que leurs entraîneurs circulaient parmi eux.

Un des entraîneurs glapit un ordre, et tous les adolescents basculèrent sur le ventre pour faire des pompes.

Debout non loin du micro, le producteur pointa l'index en direction d'Eva et articula silencieusement « Prête ? » Elle acquiesça discrètement et afficha de nouveau son visage de présentatrice.

— Comme vous le voyez derrière moi, les garçons de cette équipe sont sous surveillance. Il s'agit de prévenir déshydratation et coups de chaleur. En effet, la chaleur peut entraîner un certain nombre de problèmes, le plus grave étant la crise cardiaque, qui peut endommager le cerveau, ou, dans des cas extrêmes, entraîner la mort.

— Coupez !

Eva acquiesça, satisfaite. Elle venait d'enregistrer une bonne transition. En studio, elle pourrait lister les différents signes et symptômes liés à la chaleur, et les mesures médicales d'urgence à prendre. Le tout serait accompagné sur l'écran de plusieurs résumés brillamment colorés, et de ces graphiques qui plaisaient à son public. C'était son émission, pensa-t-elle avec délectation. Elle avait travaillé dur pour faire évoluer le show en une émission éducative mais distrayante.

Elle laissa échapper un soupir. Et maintenant, il fallait qu'elle partage avec un homme sur lequel elle ne pouvait pas compter... Même pas capable de rester tranquille trois minutes pour une interview sur le terrain !

D'un pas rapide, Mark revint vers Eva, et il fronça les sourcils en voyant que l'équipe était en train de tout remballer. D'un coup d'œil, il consulta sa montre, que pour une fois il avait mise ce matin. Aux urgences, le temps suivait son propre rythme, totalement indépendant de celui des aiguilles. Apparemment, la télévision ne fonctionnait pas comme le vrai monde.

— La prise est déjà finie ?

Elle le toisa.

— Oui. Vous l'avez ratée.

— Je ne me suis absenté que quelques minutes !

— Nous n'avions besoin que d'une courte séquence. Maintenant, il faut que l'équipe retourne au studio pour faire le montage, régler le son et préparer l'émission de demain.

Elle afficha un sourire condescendant.

— Vous ne pouvez pas savoir tout ça, vous n'avez pas l'expérience.

Il se redressa. Elle avait raison, mais c'était quand même vexant.

Cette énergie qu'il avait mise en toutes choses, mais surtout pour être le premier de la classe, et plus tard, pour affronter toutes les situations, c'était sa force. Un atout précieux qui lui avait permis de toujours garder le cap, quand son univers était chaotique autour de lui. Il savait comment faire pour gagner. Mais il avait aussi appris à se montrer beau joueur.

— J'espère apprendre beaucoup de vous, dit-il au bout d'un instant.

Elle inclina la tête sur le côté, le regardant fixement.

— J'ai du mal à vous cerner.

Il ouvrit les bras.

— Il n'y a rien à « cerner ». Tout est là, sous vos yeux.

— C'est tout ? Rien sous la surface ? Superficiel, alors ?

— Vous jouez mieux sur les mots qu'un ténor du barreau.

— J'appelle un chat un chat.

— Esprit mordant, langue bien pendue. Il y a des hommes qui aiment cela chez les femmes.

— Vous, vous n'aimez pas.

— Ce n'est pas ce que j'ai dit.

Mark retint un sourire : il adorait, au contraire.

Mais voilà : son ex était effectivement une star du barreau, et il savait tirer les leçons des expériences — mauvaises en particulier.

— Alors que dois-je comprendre ?

— Ecoutez, je souhaite simplement retirer le maximum de ce passage à la télé. On ne sait jamais, ça peut servir un jour.

Un adolescent à la stature imposante s'approchait d'une foulée bondissante, et Eva reconnut le garçon qui avait été exclu du terrain.

— Eh, tonton. Pizza à gogo ce soir, d'ac' ? On s'en va ?

Mark approuva d'un petit signe de la main.

— J'arrive. J'espère seulement que la pizzeria est ouverte.

Eva, surprise une fois de plus, détailla le garçon avec attention. Il était presque aussi grand et large d'épaules que Mark — l'air de famille était frappant.

Mais quand il s'arrêta devant elle, Eva vit dans ses yeux une lueur froide qu'elle interpréta sans peine. Tempérament imprévisible. Elle réprima une légère inquiétude.

— Aaron, dis bonjour au Dr Veracruz.

— Salut.

Le garçon tendit une grande paume moite, et Eva lutta contre son instinct naturel qui lui soufflait de s'éloigner.

Dans une telle situation, son mari lui aurait sûrement conseillé d'aller au-devant de sa peur. Mais quand Chuck était là, elle était rarement effrayée par quoi que ce soit. Jusqu'au jour où...

Elle serra fermement la main tendue.

— Contente de faire votre connaissance.

Elle sentit sa main prise dans un étau. Ce garçon ne connaissait pas sa force ! Mais à cet âge-là, ça n'avait rien d'étonnant. Elle s'efforça au calme. Son jugement trop rapide était sans doute dû à ses propres peurs.

C'était bien la raison pour laquelle elle avait quitté le domaine de la toxicomanie. Elle ne pouvait plus se fier à son jugement, si important pour bien évaluer, et désormais obscurci par ses émotions personnelles.

— Doc, vous venez manger une pizza avec Mark et moi ?

Mark tapota l'épaule d'Aaron.

— On ne peut pas reprocher à mon neveu d'être timide.

— En effet.

— Qu'en dites-vous, Eva ? Une petite pizza, rien de plus.

Elle inspira à fond. Autrefois, elle excellait dans la prise de décisions rapides. Après le drame, elle avait promis à sa belle-sœur d'empoigner la vie à pleines mains, ce qui incluait la compagnie d'hommes gentils et respectueux. Tout le monde était d'accord : son mari n'aurait pas voulu qu'elle se complaise dans son veuvage. De plus, la tristesse du début, profonde et poignante, s'était peu à peu adoucie, remplacée par la nostalgie et un sentiment récurrent de solitude.

— Peur de tomber foudroyée par mon charme et mon esprit ? dit Mark, un petit sourire aux lèvres.

— Non.

Elle se sentit soudain un peu mal à l'aise. Pas sûr. En fait, Eva ne savait pas très bien de quoi elle avait peur. Sa belle-sœur aurait dit qu'elle hésitait à risquer son cœur de nouveau.

Mais on ne lui proposait qu'une simple petite pizza...

— « Non » ? C'est tout ? C'est dur, ce refus.

— Votre ego est solide. Vous survivrez.

Aaron passa la main sur son front en sueur.

— Ça, c'est pas sûr, doc. Son divorce l'a pas mal secoué.

Mark lui donna une petite tape sur l'épaule.

— La discrétion n'est pas ton fort, hein ?

— Je voulais t'aider, tonton, c'est tout.

— Eh bien, tu t'en dispenses.

Mark tira de sa poche un trousseau de clés.

— Va garer ma voiture dans le parking du stade. Sans passer par la rue. Et roule doucement. Ne...

— C'est bon, j'ai compris.

L'air bougon, Aaron saisit les clés, puis il s'éloigna en courant.

A cet instant, sans trop savoir elle-même pourquoi, elle changea d'avis. Etait-ce la lueur de vulnérabilité et de tristesse qu'elle avait surprise dans le regard de Mark ? A moins que ce ne soit son physique décidément particulièrement avenant ?

— Je viens avec vous, dit-elle rapidement.

Mark la scruta avec intensité.

— Je ne veux pas de votre pitié.

— Ce n'est jamais par pitié que j'accepte les invitations. Pour l'heure, ce serait plutôt par envie de déguster une pepperoni surchargée d'oignons.

— Des oignons ? Vous n'embrassez pas pour dire bonne nuit, j'espère.

— Jamais le premier soir, après une pizza.

— L'endroit vous déplaît ? Il vous faut un grand restaurant ?

— Non. Ce qui me bloque, c'est le fait que ce soit la première invitation. Pourquoi gaspiller un bon baiser si je ne suis pas sûre qu'il y aura un deuxième rendez-vous ?

— Ah bon. Parce que les baisers sont en quantité limitée ?

— Les miens sont rares, et donc, extrêmement précieux.

— Dans ce cas, je leur accorderai l'importance qu'ils méritent, si toutefois je décide d'en accepter un.

— Si vous décidez ?

Elle lui décocha son regard le plus aguicheur, tout en promenant sa langue sur ses lèvres, avec une lenteur étudiée.

— Si je veux, vous allez me supplier.

— J'aimerais bien voir ça.

Elle le défia du regard. Le ton de Mark était détaché, mais son regard brillant démentait sa désinvolture. Eva aurait parié n'importe quoi que son pouls s'était emballé.

Au moins, elle n'était pas la seule à en avoir envie. Attirance irrésistible certes, mais… partagée.

Sur le point d'embrasser Mark, elle avait oublié qu'elle se trouvait sur le terrain de sport d'un lycée. Une demi-douzaine de cheerleaders passèrent devant elle, pouffant et prenant des poses à l'intention des garçons, qui de toute évidence les attendaient.

Déjà assis au volant dans le parking des visiteurs, à quelques mètres de là, Aaron klaxonna, et par la vitre ouverte, agita la main en direction des filles. L'une d'entre elles quitta la petite troupe pour se diriger sans hâte vers lui.

— Elle est à toi cette voiture ? lança-t-elle.

— Mon oncle me la laisse conduire quand je veux.

L'adolescente posa la main sur sa hanche, ce qui mit en valeur sa minijupe de cheerleader.

— Pas mal. Tu m'emmènes faire un tour ?

Malgré la distance, Eva interpréta sans difficulté la moue maussade qu'Aaron adressa à Mark.

— J'ai pas mon permis sur moi.

Elle enroula une mèche de cheveux autour de son index.

— Prends-le demain ! Tu me ramèneras chez moi.

Elle rejeta ses cheveux en arrière d'un geste déluré, puis tourna le dos à Aaron pour rejoindre ses amies, mais après avoir fait trois pas, elle s'arrêta, regardant brièvement en arrière pour vérifier qu'il la regardait.

— Il n'a pas son permis, murmura Mark. Je me demande comment l'empêcher de perdre la face.

— Il y a des problèmes qu'un homme doit apprendre à résoudre tout seul, répondit-elle.

Elle sentit sa gorge se serrer. C'était ce que son mari avait dit quand elle avait voulu protéger son propre frère contre lui-même.

Visiblement agacé, Mark lui adressa un regard de défi.

— Qu'en savez-vous ?

Elle esquissa un sourire. Maintenant, il n'y avait plus un, mais deux egos masculins à réparer.

Mais après tout, elle n'avait dit oui qu'à la pizza.

— Ecoutez, Mark. Je vais prendre ma voiture et nous nous retrouverons là-bas.

En s'éloignant, elle résista à l'envie de se retourner pour savoir s'il la suivait du regard. Elle n'était plus une ado tout de même ! En revanche, c'est avec un plaisir non dissimulé qu'elle accentua le balancement de ses hanches, tout en progressant d'un pas assuré.

# 3

Eva prit place au volant, beaucoup moins fière qu'un instant auparavant. Qu'est-ce qui lui avait pris ? Depuis quand n'avait-elle pas flirté comme cela ? Depuis... le lycée, peut-être !

Mais comme c'était bon !

Chuck. Soudain, elle éprouva le sentiment désagréable de l'avoir trompé.

Mais Chuck aurait voulu qu'elle poursuive le cours de sa vie ! En revanche, il n'avait jamais été un adepte du flirt, sûrement parce qu'il était nettement plus âgé qu'elle quand elle l'avait connu.

Agé ?

Chuck était plus jeune que Mark quand elle l'avait rencontré, bien des années auparavant ! Elle n'avait que dix-huit ans à l'époque, mais elle l'avait trouvé vieux alors, alors qu'il n'était que de huit ans son aîné.

Il lui avait apporté la sécurité à laquelle elle aspirait si fortement, et l'amour qu'elle s'était efforcée de lui rendre, en renonçant à son côté rebelle. Sans qu'il lui demande de changer, elle avait estimé qu'elle lui devait bien ça — elle avait essayé de s'intégrer à son monde bien ordonné.

Mais à présent, Chuck était parti, et tout ce qui lui restait, c'était son monde à elle, un monde dont elle pouvait tracer les contours à sa guise, si toutefois elle en avait le courage.

Elle redressa les épaules.

— J'attends la suite, lança-t-elle à l'univers tout entier.

Une voix intérieure vint aussitôt lui souffler que cela ne

dépendait que d'elle. Elle aurait cru entendre Chuck... Elle sourit. C'était la sagesse même.

Soudain, elle pensa à Mark. A leur flirt. A la manière dont elle s'était sentie revivre en plaisantant et en le provoquant. A ce qui aurait pu se passer...

Et elle essaya de repousser au plus loin toute son inquiétude et sa peur de souffrir de nouveau. Il lui fallait être courageuse.

— On continue comme ça, dit-elle tout haut.

Elle sourit de nouveau, heureuse de la liberté qu'elle osait s'accorder pour la première fois depuis si longtemps.

Mark regardait Eva qui ondulait gracieusement des hanches, tandis qu'elle regagnait sa voiture. Logiquement, il n'aurait pas dû lui demander de l'accompagner. Mais apparemment, sa raison n'avait pas eu le dessus dans l'histoire... Il sourit en voyant la petite décapotable noire d'Eva, pas vraiment adaptée aux tempêtes fréquentes et à la chaleur écrasante de La Nouvelle-Orléans.

Etait-elle aussi décalée que sa voiture ? On pouvait le croire au premier abord. En apparence, Eva l'était peut-être. Mais ses yeux lourdement maquillés brillaient d'intelligence. Attention. Ne pas la sous-estimer.

Avec la dure leçon que lui avait infligée son ex-épouse sur les dangers d'une femme belle et intelligente, il aurait même dû fuir. Mais il fallait croire qu'il n'apprenait pas vite.

Quand même, qui était-elle pour donner son avis en matière d'éducation ? Elle n'avait pas d'enfant — du moins, d'après sa biographie.

Mais elle avait des hanches faites pour porter des enfants.

Il se dirigea vers sa berline, ouvrit la portière, et fit signe à Aaron de sortir.

— Laisse-moi conduire, tonton, protesta le garçon. Jusqu'à la pizzeria, c'est tout.

C'était le côté ardu du rôle de parent : aimer sans faiblesse.

— Tu oses me demander une faveur, après ce que tu as fait ? Pas question.

— C'était pas ma faute.

Il soupira. La formule favorite d'Aaron. Ce n'était jamais sa faute ! Cette attitude inquiétait Mark. Son neveu était trop immature pour reconnaître ses transgressions et pour tirer les leçons de ses erreurs.

Mark ne laissa pas la remarque sans réponse. Il l'avait déjà fait auparavant, et Aaron avait alors pris son silence pour un acquiescement.

— Bien sûr. Les autres garçons t'ont fait boire de la bière de force, et tu n'as rien pu faire. Et ensuite, ils t'ont forcé à monter dans la voiture et à conduire trente kilomètres heure au-dessus de la vitesse autorisée avec des voitures de police à tes trousses, gyrophares allumés, pendant presque un kilomètre ! Il a fallu qu'une de ces voitures arrive à te doubler pour t'obliger à te rabattre et à t'arrêter. Dans toute cette histoire, rien n'était ta faute ?

Loin de baisser la tête, Aaron jeta à son oncle un regard noir, et sa colère troubla Mark.

Qu'arrivait-il au petit garçon joufflu auquel sa sœur avait donné naissance, quelque dix-sept ans plus tôt ?

Sans dire un mot, l'adolescent se tourna pour regarder par la vitre, la mâchoire saillante, le front creusé d'un pli de contrariété, et le corps raidi par la colère.

Mark savait bien ce que c'était d'être un adolescent avec un nouveau beau-père dans la maison. Le choc de deux egos masculins provoquait beaucoup d'angoisse, et de rage.

Mais Mark, lui, avait transféré toute cette énergie contenue sur les terrains de football, et l'avait dépensée là, grâce à quelques entraîneurs formidables qui donnaient à leurs joueurs autant de leçons de vie que de cours de sport.

Pourtant, il y avait beaucoup de choses qu'il regrettait encore, et maintenant, il était trop tard pour présenter des excuses à sa mère et à son beau-père, l'homme qui avait fait de son mieux pour rendre sa mère heureuse.

C'était la raison pour laquelle il s'était porté volontaire pour prendre Aaron chez lui : il voulait réparer les erreurs de sa propre jeunesse.

Quand même, il ne se souvenait pas d'avoir été aussi cruel et grossier qu'Aaron l'avait été avec sa mère. Le garçon était rebelle, et la sœur de Mark, douce comme un agneau, ne savait pas se faire respecter.

Que ferait Eva à sa place ? Elle essaierait probablement de raisonner l'adolescent. Directe et décidée, elle n'accepterait sûrement pas l'attitude que sa sœur acceptait.

Mark, lui, avait parlé jusqu'à en avoir mal à la gorge, mais de toute évidence, il n'avait pas trouvé les mots...

Quand ils s'arrêtèrent sur le parking, Aaron qui avait gardé une mine renfrognée pendant tout le trajet, se mit soudain à s'agiter, manifestant son impatience. C'était un mangeur insatiable. En tant que médecin, Mark avait vu beaucoup de poussées de croissance, mais celle de son neveu suivait la courbe maximale. Il grandissait, et plus vite encore, il s'élargissait. Le football et la musculation transformaient tout son poids en muscle. Il allait devenir un beau jeune homme à la stature imposante, mais avant cela, il faudrait qu'il apprenne à brider son tempérament impétueux.

Pour l'instant, son humeur avait changé. Il était même tout sourires quand il sortit de la voiture, et se dirigea vers le groupe de cheerleaders qui attendaient les garçons devant l'entrée de la pizzeria.

Mark, de son côté, éprouva un agréable sentiment d'anticipation quand il vit Eva sortir de sa voiture basse, sa jupe dévoilant dans le mouvement ses longues jambes sculpturales.

Il se hâta de la rejoindre pour l'aider, aimanté par sa peau soyeuse. Quand il caresserait ces cuisses, elles seraient aussi douces et fermes qu'elles en avaient l'air. Et quand elle le caresserait...

Mark chassa aussitôt ces pensées. Il croyait pourtant avoir perdu son impulsivité d'adolescent, mais en présence d'Eva, sa libido montait en flèche.

Elle saisit sa main tendue, et il éprouva une sorte de choc électrique qui entraîna une réaction en chaîne : il exerça une traction un peu trop brusque, la faisant vaciller sur ses hauts talons. Par réflexe, elle posa sa main libre sur la poitrine de Mark, lui faisant battre le cœur si fort, qu'elle dut le sentir sous la chemise !

Il remarqua aussi ses ongles coupés court, et non vernis,

suivant les exigences de la médecine. Il se serait plutôt attendu à des ongles sophistiqués, mais Eva n'était pas son ex, adepte d'une manucure hebdomadaire.

— Excusez-moi, murmura-t-elle, en retirant vivement sa main.

Mais déjà, pour ne plus qu'elle chancelle, il avait passé un bras autour de sa taille.

Elle s'éclaircit la gorge, troublée. Elle éprouvait le même sentiment de sécurité autrefois, dans les bras de Chuck...

— Excusez-moi, répéta-t-elle.

Et elle s'écarta aussitôt, préférant mettre de la distance entre eux. Comme il serait facile de perdre la tête avec un homme si viril... et si plein de vie, elle le sentait bien. Elle avait toujours aimé les hommes amoureux de la vie. Sauf que c'était cela qui avait tué son mari.

Elle s'était promis d'honorer la mémoire de Chuck en continuant de vivre, mais elle n'avait pas promis de tomber amoureuse du même genre d'homme !

Elle s'efforça de se souvenir qu'il ne s'agissait que d'une pizza, non d'un rendez-vous. Si elle gardait cela à l'esprit, normalement, tout irait bien.

De toute façon, Mark n'était qu'un collègue de travail — temporaire. Elle souhaitait le connaître mieux parce que cela rendrait le travail avec lui plus facile. Point.

Et en matière de travail, ils avaient vraiment besoin que les choses s'améliorent entre eux ! Son producteur l'avait déjà appelée, mécontent que Mark ne figure pas dans la séquence. Et il avait insisté : en tant que présentatrice expérimentée, c'était son rôle de s'assurer qu'ils partagent les feux de la rampe, dans les émissions pré-enregistrées, comme dans leur émission en direct du vendredi ! On attendait qu'elle rectifie cela dès le prochain enregistrement, le lendemain après-midi.

Mais pour l'instant, il fallait qu'elle affronte ce dîner qu'elle aurait dû refuser. Et elle avait beau faire, elle se tendait tendue. Son pouls s'était affolé, elle respirait trop vite.

Pas besoin d'être médecin urgentiste pour comprendre que quelque chose n'allait pas.

— Un problème, observa Mark, comme en écho à ses pensées.

— Oui. J'ai un caillou dans ma chaussure.

Elle se pencha pour ôter son escarpin, et Mark la soutint fermement pendant qu'elle se débarrassait du caillou fictif.

Dans la vaste salle, il choisit une table dans un coin, loin du groupe de tables que les adolescents avaient réunies.

— Je n'entendrai pas Aaron, mais je le verrai, dit-il. Je veux qu'il sache que je garde un œil sur lui.

Eva tiqua. Au même âge, elle n'avait jamais eu d'argent pour acheter des pizzas, mais elle voyait ses amis sans être surveillée. Etait-ce à cause d'un contrôle excessif de la part de son oncle, qu'Aaron était fâché ?

De toute manière, cela ne la regardait pas. Elle avait assez de soucis avec sa propre famille, alors elle n'avait pas besoin d'y ajouter ceux de son partenaire de travail.

— Servez-vous au buffet des pizzas, dit la serveuse en prenant leurs commandes de boissons.

Eva avait pensé que Mark prendrait une bière. C'était ce que Chuck prenait toujours à la pizzeria. Mais il commanda du thé, comme elle, et Eva se reprocha ses pensées. A quoi bon comparer tous les hommes qu'elle rencontrait à Chuck ? Son mari était parti, et il n'y aurait plus jamais une personne comme lui.

Quand les serveuses apportèrent des pizzas toutes chaudes, les adolescents s'agglutinèrent devant le buffet, se bousculant comme s'ils n'avaient plus mangé depuis une semaine.

— Si nous attendions qu'ils aient fini ? demanda Eva.

— Si nous attendons, nous ne mangerons jamais.

Mark prit leurs deux assiettes.

— Pepperoni, c'est bien ça ?

— Oui. Vous avez une bonne mémoire.

Il sourit.

— J'y vais. Souhaitez-moi bonne chance.

Il ne demeura pas longtemps absent, et avec admiration, Eva le regarda qui, poliment mais fermement, fendait la petite foule.

— Madame.

Avec un geste ample de la main, il posa une assiette devant elle.

— Si cela ne vous suffit pas, je vais en chercher davantage.

Eva sourit. Elle avait toujours eu un solide appétit.

— Deux morceaux. Ce sera parfait.

Mark avait aussi deux parts de pizza, plus une assiette de gressins accompagnés de sauce marinara. De toute évidence, il aimait les garnitures de pizza variées, incluant des fruits de mer.

— On partage.

Il poussa l'assiette de gressins en direction d'Eva.

— Non merci. Ça ira très bien comme ça.

Elle ne put s'empêcher de sourire. Et elle ne parlait pas seulement de la pizza. Pour l'instant, ce qu'elle avait lui suffisait.

Mark ouvrit de grands yeux.

— Oh !

— Pourquoi ce « oh » ?

— Quel beau sourire vous gardez caché !

Visage détendu, cœur léger : oui, elle souriait, et tant mieux en fait. En elle, un sentiment chaleureux était né, comme si Chuck était à ses côtés, approuvant sa rencontre avec Mark.

— Merci, répondit-elle.

Mark pointa un gressin en direction du buffet des pizzas.

— Les sauterelles sont passées.

Sur le comptoir, il ne restait que des plats vides et une unique part de pizza renversée. Et les adolescents mangeaient avec appétit, oubliant presque de parler.

Eva vit pourtant une cheerleader prendre une rondelle de poivron sur sa pizza, l'étudier avec attention, puis en grignoter la moitié avant de reposer ce qui restait sur son assiette.

A côté d'elle, Aaron était en train d'engloutir le contenu de son assiette surchargée.

Mark avait suivi son regard.

— Je dévorais comme lui à son âge. Ça s'est calmé quand j'ai arrêté le football.

— Vous avez joué pendant vos études de médecine ?

— J'aurais bien voulu, mais je n'ai pas pu concilier sport et études. Trop d'heures d'entraînement, trop de cours manqués à cause des compétitions. Les entraîneurs disaient que j'aurais pu passer professionnel. C'est peut-être vrai. Ou peut-être pas. Je ne le saurai jamais. Mais le choix a été difficile.

— Qu'est-ce qui vous a fait choisir la médecine ?

— Rien que de mauvaises raisons.

— Par exemple ?

— Mon père est médecin. J'ai pensé que si je suivais son exemple, il approuverait peut-être mon choix, et serait fier de moi.

Mark reposa son gressin intact.

— Qu'est-ce que vous êtes, Eva ? Une espèce de magicienne ? Voilà que je vous raconte des choses que je n'ai jamais dites à mon ex-épouse. Et nous venons à peine de faire connaissance.

— C'était peut-être le bon moment pour que cela sorte, dit-elle simplement.

Elle avait répondu sobrement pour lui faire comprendre qu'elle respectait ses révélations sans pour autant les encourager. Tout en admirant la franchise de Mark, elle se sentait mal à l'aise. Devenir la confidente de cet homme-là, cela serait… un peu trop pour elle. Déjà, c'était à peine si elle arrivait à se débrouiller avec ses propres chagrins…

De nouveau, Mark esquissa un discret sourire oblique.

— Au final, c'était une bonne décision, reprit-il. Je ne crois pas que j'aurais supporté de devenir professionnel, avec toutes les blessures que ça implique. Moi, j'aime me lever le matin avec les genoux bien flexibles et le dos droit.

Elle ne put s'empêcher de poser la question.

— Et la médecine ? Est-ce que c'était la bonne décision ?

Cette fois, Mark eut un vrai sourire et ses yeux pétillèrent.

— J'adore les urgences. Les défis, le rythme, les miracles qui surviennent de temps en temps. En grandissant, je n'avais jamais été proche de mon père, mais quand j'ai commencé à exercer, j'ai enfin compris ce qui le motivait : cette satisfaction d'aider les gens à aller mieux. Je n'imaginerais pas faire un autre métier.

Eva sentit sa gorge se serrer. Elle avait éprouvé la même chose — cette incroyable satisfaction. Mais c'était définitivement terminé.

Mark leva un morceau de pizza.

— C'est à mon tour de manger, et à vous de parler. Alors

dites-moi. Pourquoi avez-vous choisi votre profession plutôt que le sport ?

— Vous vous moquez, je suppose ?

— Evidemment. Je ne vous imagine pas en sueur.

— Dans ce cas, développez votre imagination. J'étais très forte au basket.

— Quel niveau ? demanda Mark d'un air de défi.

— Sport scolaire.

Elle laissa échapper un petit soupir. Mais elle avait abandonné pour se concentrer sur ses études, dont Chuck avait insisté pour assumer le lourd volet financier. Il avait réglé ses frais de scolarité en effectuant le plus possible d'heures supplémentaires et en contractant des prêts étudiants, conscient qu'ils s'endettaient pour des années. Investissement d'avenir, aimait-il à dire souvent.

— Et universitaire aussi ?

— Non. J'étais bonne au basket, mais meilleure avec les livres. En plus, la médecine fait moins transpirer que le sport, et mes cheveux frisent dans tous les sens quand je m'agite.

Mark se pencha en avant, posant sur elle un regard brillant.

— Ça ne me dérangerait pas de vous voir en sueur.

— Ah bon ?

— Oui. Nous pourrions jouer amicalement à un contre un.

— Nous parlons de basket, c'est bien ça ?

Il eut un air faussement surpris.

— Bien sûr. De quoi d'autre est-ce que je parlerais ?

Sans très bien savoir pourquoi, Eva releva le défi.

— Entendu. Quand vous voudrez, où vous voudrez.

— A la bonne heure.

Eva se reprocha mentalement d'avoir trop parlé, et trop tôt, mais elle avait promis à Susan, sa belle-sœur, d'accepter les invitations. De passer le plus de temps possible hors de son appartement. Et d'arrêter de ruminer de sombres pensées…

Elle dissimula donc ses doutes derrière un clin d'œil aguicheur.

— Vous apporterez le ballon.

— C'est ce que je fais toujours.

Eva se surprit à plonger son regard dans les yeux de Mark.

N'étaient-ils pas plus bronze que verts, quand la lumière vibrait dans leurs profondeurs ? Incroyable...

— Excusez-moi. Vous n'êtes pas le Dr Veracruz de la télé ? demanda une femme d'un certain âge, interrompant sa contemplation.

Eva sursauta légèrement. Elle ne l'avait même pas vue arriver. Pourvu qu'elle n'ait pas entendu la conversation...

Cela arrivait parfois que des fans l'abordent au restaurant. Et devant Mark, cette interruption la rendit très fière.

— Si, c'est bien moi.

— Je ne voulais pas vous déranger, mais mon amie et moi, nous avons vu votre émission sur les crises cardiaques, et elle se demande si elle n'est pas en train d'en faire une.

Eva suivit la direction de son index pointé, et elle aperçut une autre quinquagénaire qui avait le teint grisâtre et transpirait énormément. Aussitôt, elle se leva et se précipita vers elle avec Mark.

— Appelez le 911, dit-elle à la femme qui l'avait alertée. Et ensuite, passez-nous le téléphone.

Mark aida l'autre femme à quitter le box et à s'allonger sur le parquet, puis il lui prit le pouls. Pendant ce temps, Eva cherchait de l'aspirine dans son sac à main. Dés qu'elle eut trouvé le tube, elle en sortit un comprimé qu'elle glissa entre les lèvres de la femme.

— Mâchez, madame. Ça va vous aider, dit-elle doucement.

Elle entendit Mark parler avec le répartiteur des urgences, qui transmettait les consignes au personnel. Mark indiquait les données vitales de la patiente, quand une sirène d'ambulance résonna à l'extérieur.

Quelques secondes plus tard, les ambulanciers entraient avec leur brancard.

— Mira a cru qu'elle faisait une indigestion, dit la première femme. Mais moi, je regarde votre émission tous les jours, docteur Veracruz, alors je me suis rappelée ce que vous avez dit, vous et ce jeune monsieur.

— Prêts à partir, signala un des ambulanciers.

Et l'instant d'après, ils s'éloignaient avec la malade.

Mark posa sur Eva un regard profond.

— Votre émission vient de sauver une vie.

— C'est vrai, répondit-elle, euphorique.

Elle lui rendit son regard. Les yeux de Mark pétillaient. Comme ils étaient clairs, brillants. Débordants de vie...

Soudain, dans le secteur des adolescents, des bruits de chaises repoussées détournèrent son attention.

— Pour la plupart d'entre eux, c'est l'heure du couvre-feu.

Il consulta sa montre et esquissa une moue penaude.

— J'ai perdu la notion du temps, et vous n'avez pas terminé votre repas. Eva jeta un coup d'œil sur sa pizza refroidie, et plus du tout appétissante.

— J'en ai mangé un gros morceau. En fait, je ne pourrais plus rien avaler, répondit-elle.

Les émotions l'avaient comblée plus que n'importe quelle nourriture.

Mark acquiesça de la tête comme s'il avait compris ce qu'elle voulait dire.

— C'est pareil pour moi.

Il se leva.

— Quand vous reverrai-je ?

Sa voix fit frissonner Eva, mais elle dissimula son trouble.

— Demain après l'émission, j'enregistrerai quelques séquences supplémentaires avec l'équipe. A quelle heure pourriez-vous nous rejoindre ?

— Je suis de garde cette nuit, et donc, je pars pour l'hôpital dans deux heures. Après ma garde, je rentrerai chez moi pour dormir un peu avant de vous rejoindre, en fin d'après-midi.

Elle se mordit la lèvre, gênée. Elle ne s'était même pas encore demandé comment Mark allait concilier ses heures de travail avec son nouveau planning de présentateur !

— Comment ferons-nous, le vendredi, quand nous enregistrons en milieu de matinée ?

— J'irai directement au studio après le travail.

Elle hocha lentement la tête. Le vendredi précédent, il avait été en retard pour son enregistrement en tant qu'invité. Les producteurs avaient-ils songé à tous les désagréments possibles ?

Mais après tout, l'emploi du temps de Mark n'était pas son problème — même si en cas de retard, c'était à elle de meubler.

Il eut un sourire oblique.

— Ne vous inquiétez pas. Ça va marcher.

Eva acquiesça de nouveau. Une des formules favorites de Chuck. Elle avait tendance à s'inquiéter et à tout planifier à l'avance. Mais ça n'avait pas tellement marché. Toute l'inquiétude du monde ne l'avait pas préparée pour les événements qui avaient emporté la vie de Chuck.

— J'en serais capable, hein, tonton Mark ?

C'était Aaron qui les interpellait depuis la porte d'entrée.

— Capable de quoi, Aaron ?

— De tirer un avion comme ce type dans le reality show.

Eva esquissa un sourire. Vantardise typique des adolescents. Au même âge, son frère aussi se sentait invincible. Elle ne pouvait pas considérer cela comme un symptôme, et ne devait pas se méfier d'Aaron comme elle le faisait. Le syndrome de stress post-traumatique dont elle souffrait, troublait son aptitude au diagnostic, indispensable à une spécialiste des toxicomanies. Et c'était aussi hélas la raison de son congé sans solde.

Mais Mark était médecin. Il reconnaîtrait des signes chez son neveu s'il y en avait, tout de même ?

Non. Comme la plupart des parents, il ne se rendrait compte de rien. La prise de stéroïdes faisait partie des problèmes qu'on pouvait facilement confondre avec l'angoisse des adolescents.

— Je vous raccompagne à votre voiture.

Mark posa la main sur le bras d'Eva, ce qui la rassura dans le crépuscule qui tombait.

— Vous n'êtes pas obligé, répondit-elle.

Elle était tellement habituée à affirmer son indépendance. Sauf qu'elle avait envie qu'il l'accompagne…

— J'y tiens.

— Entendu.

Une fois parvenue à hauteur de sa voiture, elle déverrouilla cette dernière, et il ouvrit la portière pour elle.

Dans l'espace exigu entre sa portière ouverte et Mark, Eva se retourna afin de le remercier poliment pour cette agréable soirée.

Les lèvres de Mark ne se trouvaient qu'à quelques centimètres des siennes. Ce serait si facile… Un petit mot, et elle pourrait se rappeler ce que cela faisait d'être désirée. D'être touchée. De séduire de nouveau.

— Merci, murmura-t-elle.

Et l'instant d'après, les lèvres de Mark se posaient sur les siennes. Tendres. Viriles… Sans qu'elle le veuille, elle se blottit contre lui. La tête lui tournait délicieusement, quand il referma les bras autour d'elle pour la serrer contre lui.

Son parfum la ravit. Et son baiser combla en elle une faim qui avait duré une éternité…

Mais aussitôt, elle se reprit, tandis qu'un sentiment de culpabilité l'envahissait. Le dernier homme qu'elle avait embrassé de cette façon-là, c'était son mari. En plus, elle ignorait tout de Mark ! Elle le repoussa, et il ouvrit des yeux étonnés.

— Qu'est-ce qu'il y a ?

— Je ne sais pas pourquoi j'ai… Enfin, ce n'était pas un vrai…

— Rendez-vous, poursuivit-il. C'était un simple repas à la pizzeria.

— Oui, tout à fait, répondit-elle, toujours troublée.

— Pour information, le goût de l'oignon ne me dérange pas — en tout cas, pas quand je le goûte sur vos lèvres !

— Il faut que je m'en aille, dit Eva très vite.

Mark s'écarta et regarda sa montre.

— Moi aussi. Il faut que je ramène Aaron à la maison, et puis je vais à l'hôpital.

— Bien. A demain alors… Mark ?

— Oui ?

— Ça n'aura pas d'impact sur notre travail, j'espère ?

Elle surprit son regard. Son beau visage viril, pourtant adouci par la lumière du crépuscule, était soudain devenu glacial.

— Non. Aucun impact.

— Très bien. A demain alors, répéta-t-elle, d'un ton strictement neutre cette fois — professionnel.

Avec un hochement de tête, il referma la portière, mettant fin à ce rendez-vous qui n'en était pas un. Et le bruit sec de la portière donna à Eva l'impression qu'elle se réveillait en sursaut après un rêve délicieux.

Mais c'était mieux ainsi. Pour son travail, il fallait qu'elle garde l'esprit concentré, affûté, et bien ancré dans la réalité.

Et son travail, c'était tout ce qu'elle avait.

# 4

Devant la mine contrariée de Mark, Aaron quitta de lui-même sa place au volant pour s'installer sur le siège du passager.

Son neveu aimait la musique country, mais Mark chercha du hard rock et monta le volume. Pourtant, même les guitares déchaînées et la batterie assourdissante ne purent chasser son sentiment de stupidité.

Il savait ! Il savait, et il l'avait fait quand même. Il avait cédé à l'attirance que lui inspirait une femme qui ressemblait à son ex !

Affirmant qu'il freinait sa carrière, Tiffany lui avait brisé le cœur. Elle avait même emmené le chien qu'il adorait — pour ensuite donner son Buddy à un type qu'elle avait rencontré au parc, et avec lequel elle était sortie pendant moins d'une semaine ! La vipère.

Et que faisait-il ? Il se laissait attirer par le même genre de femme.

Evidemment, Eva était aussi brune que Tiffany était blonde. Eva était une petite star de la télévision, alors que Tiffany était une avocate pleine d'avenir. Eva aimait la pizza et Tiffany la détestait. Mais au fond, elles étaient… les mêmes. Extraverties. Pétillantes. Pleines de vie.

Et pleines d'ambition, l'une comme l'autre ! « Ça n'affectera pas notre travail, n'est-ce pas ? » avait tout de suite demandé Eva après qu'ils s'étaient embrassés. Dieu merci, sa question l'avait ramené à la réalité.

Il avait déjà essayé d'avoir une relation avec une femme ambitieuse. Dire que cela n'avait pas marché, était un euphémisme.

Décidément, les O'Donnell ne choisissaient jamais les bonnes partenaires pour créer un foyer.

Pour en avoir la preuve, s'il en était encore besoin, il suffisait de regarder sa famille proche. Sa mère et son père. Lui-même et Tiffany. Et sa sœur, incurable romantique, qui refusait d'abandonner ses rêves après deux mariages ratés et un troisième qui battait sérieusement de l'aile.

Cette pensée le consterna. La vie ne se résumait tout de même pas à se lever, à aller au travail, et à rentrer chez soi pour manger devant la télévision pendant que la machine à laver tournait. Pour recommencer à l'identique le lendemain ! Enfin, c'était peut-être cela pour les autres gens, mais pas pour lui !

— On peut baisser ? demanda Aaron, interrompant ses pensées.

Mark leva les yeux au ciel, soudain amusé. Renversement des rôles : c'était l'adolescent qui se plaignait d'une musique trop forte !

— Si tu veux, répondit-il.

La main sur le bouton, il attendit la fin d'un excellent riff de guitare pour réduire imperceptiblement le volume.

— Tu as des devoirs ? demanda-t-il, reprenant comme il le devait, le rôle de l'adulte responsable.

— J'ai tout fait au bahut.

— Je vérifierai quand nous arriverons à la maison.

— T'es pas obligé ! protesta Aaron, se tassant sur son siège.

— Si tu veux jouer au football à l'université, il faut que tu te montres à la hauteur au lycée.

Le garçon se frotta le menton.

— Et ne touche pas ton visage.

Mark s'en voulut aussitôt. La remarque lui avait échappé, devenue presque un automatisme. Il aurait mieux fait de se taire, pour une fois, en dépit des poussées d'acné de plus en plus sévères d'Aaron. Mais au-delà des problèmes d'épiderme, certaines réflexions pouvaient s'avérer blessantes.

Et cela, Mark avait besoin de s'en souvenir pour toutes les personnes de son petit univers, pas seulement pour son neveu !

— Où es-tu ? Appelle-moi, disait la voix de Susan enregistrée sur messagerie.

Depuis son portable, Eva passa en revue les cinq appels pressants de sa belle-sœur, avant de la rappeler.

Eva parla dès que Susan décrocha.

— Je l'ai fait, dit-elle précipitamment.

— J'étais morte d'inquiétude... Tu l'as fait ? Quoi donc ?

Mal à l'aise, Eva entortilla une mèche de cheveux autour de son index.

— J'ai mangé de la pizza. Avec un homme.

Silence.

— Susan ?

— C'est bien, ma chérie. Super... même.

— On ne le croirait pas, à t'entendre.

— C'est seulement que... nous savions que ça arriverait. Il le fallait. Il le faut. Mais parfois, c'est très dur de se dire que Chuck ne reviendra jamais.

Susan renifla avant de poursuivre.

— Tu ne peux pas compter sur moi, franchement. Je suis censée t'encourager, et je suis vraiment fière de toi. C'est juste que quelquefois, j'ai beaucoup de mal à continuer.

Eva acquiesça en silence. Elle avait dit la même chose pendant presque deux ans. Mais ce soir, elle avait le cœur moins lourd.

— Je pense que Chuck approuverait, répondit-elle après un instant d'hésitation.

Sa belle-sœur se moucha bruyamment.

— Je sais. Il serait très content pour toi. Alors parle-moi de ce rendez-vous.

— Ce n'était pas un « rendez-vous ». Juste une pizza avec un collègue de travail.

— Est-ce qu'il est mignon ?

— Mignon ?

L'image de Mark lui revint — la virilité de son visage, sa stature imposante, son regard pétillant, l'amorce de fossette quand il souriait.

— Mignon, ce n'est peut-être pas le mot qui convient.

Elle sourit à cette idée. Beau. Superbe. A couper le souffle. Les superlatifs ne manquaient pas.

— Qui est ce collègue de travail ?

— Tu te souviens du médecin urgentiste dont je t'ai parlé ? Celui qui devait participer à l'émission ?

— Mark O'Donnell ? C'est bien de lui que tu parles ?

— Oui. C'est lui.

— Je l'ai vu. Tu as raison. « Mignon » est presque une offense pour un homme dans son genre. Si je n'étais pas déjà mariée, je ferais tout pour te le chiper — à supposer qu'il veuille d'une petite blonde boulotte avec un enfant de dix ans et deux tout-petits sur les bras.

Eva ne put s'empêcher de pouffer en entendant le portrait assez juste que Susan peignait d'elle-même. Le mari de Susan, le frère d'Eva, l'adorait comme elle était.

C'était cette adoration qu'Eva rêvait de retrouver. Et elle voulait aussi des enfants. Peut-être un jour...

Peut-être avec Mark ?

Son imagination s'emballait. Elle n'était même pas sortie avec lui ! Ils avaient seulement mangé une pizza ensemble.

— Nous démarrons une collaboration, rien de plus. C'était plutôt une manière de faire connaissance.

Elle se mordilla la lèvre, se sentant rosir. A une différence près : au lieu d'une poignée de main professionnelle, ils s'étaient dit au revoir avec un baiser... Un baiser dont elle sentait encore maintenant la chaleur sur ses lèvres.

— A t'entendre, on croirait tout autre chose. Je n'ai plus senti cette énergie dans ta voix depuis...

— Rien à voir avec l'homme. C'est tombé au bon moment, c'est tout. Et ce n'était qu'un petit moment de détente entre collègues de travail.

— Peut-être, mais en tout cas, sur l'écran, le courant passait bien entre vous.

— La magie de la télévision, que veux-tu !

A l'autre bout du fil, elle entendit une de ses nièces qui se mettait à pleurer.

— Ma chérie, il faut que j'y aille, dit Susan.

— J'entends ça.

— Rappelle-moi demain. Je veux connaître la suite.

— Il n'y a rien de plus à raconter.

— A demain. Après ton enregistrement.

Eva sourit, reconnaissante. La voix de Susan était à la fois affectueuse et ferme. C'était cette fermeté qui l'avait empêchée de s'effondrer après la mort de Chuck. Et cette affection qui lui avait donné la force de continuer.

Chuck avait apporté à Susan le même soutien pendant ses difficiles années de mariage avec Ricky.

C'était ça, la famille !

— Entendu. Demain après l'enregistrement. Je te raconterai.

Elle raccrocha, et son regard s'arrêta sur la photo de Chuck posée sur le manteau de la cheminée. Il la regardait avec son bon sourire.

Il avait toujours manifesté un profond désir de la protéger, même quand elle pouvait se débrouiller toute seule.

Et cela l'avait tué.

Comme cela lui était arrivé tant de fois depuis qu'il était mort, Eva sentit sa chaleur dans son dos, comme quand il la prenait entre ses bras pour la réconforter. Si elle se retournait très vite, il serait peut-être là.

Et que lui dirait-il ?

« Il est temps de tourner la page et de recommencer à vivre… »

— J'essaie, murmura-t-elle.

Elle inspira profondément. Chuck n'était plus là, mais sa chaleur demeurait, et Eva sentit un petit espoir s'allumer en elle, vivace pour une fois.

Elle remplaça ses vêtements de travail par un vieux T-shirt usé que Chuck portait à l'école de police. Et ensuite, au lieu de se glisser dans son grand lit froid, elle alluma son ordinateur portable.

Pour la première fois depuis deux ans, elle composa le nom du site sur la toxicomanie, et chercha des renseignements sur les signes de l'utilisation de stéroïdes.

Elle prit connaissance des études les plus récentes, apprenant par cœur les questions à poser à un possible utilisateur de stéroïdes, et elle sentit la vieille étincelle se ranimer à l'idée d'aider les gens à ne plus souffrir et à reprendre leur vie en main.

C'était pour ça qu'elle était faite. Mais en était-elle capable ?

Recommencer à exercer — si elle le désirait, elle n'aurait jamais à prendre cette décision, ni maintenant ni plus tard. Elle poursuivrait l'activité qui lui plaisait, et pour laquelle elle était compétente. Ce n'était peut-être pas le métier dont elle avait rêvé, mais c'était un bon métier. Son émission aidait des quantités de gens ; le courrier des téléspectateurs le prouvait amplement. Il lui suffisait de se souvenir de la femme de la pizzeria pour comprendre l'importance vitale de son nouveau travail.

Comme le réveil montrait l'heure tardive, et que ses yeux commençaient à picoter, elle referma son ordinateur, enfin assez épuisée pour dormir.

Une fois dans son lit, elle chercha à se souvenir de la présence de Chuck à côté d'elle, mais cela devenait de plus en plus difficile…

Elle cala des oreillers contre son dos et en prit un autre entre ses bras, dans l'espoir de créer un sentiment de sécurité qu'elle savait illusoire.

Mark avait ce qu'il fallait pour bouleverser complètement son univers. Mais est-ce qu'elle le souhaitait ?

Elle y réfléchirait. Demain.

Au matin, Eva, arrivée de bonne heure au studio, regardait le groupe d'une douzaine d'adolescents qu'on avait installés en face d'elle sur les gradins. Ils fixaient leur image sur les moniteurs, avec assurance ou avec timidité, suivant leur nature.

— Prêt ? demanda-t-elle à Mark.

Elle lui lança un regard peu amène, incapable de réprimer un léger ressentiment.

Elle aurait dû mener seule cette interview.

— Prêt, répondit-il.

Et d'un geste, il l'invita à commencer, comme s'il dirigeait les opérations. Elle répondit par un sourire plus engageant, soucieuse de ne pas se montrer mesquine.

Quand elle s'assit dans son fauteuil, les adolescents se mirent à chuchoter et à pouffer. Ce n'était pas l'attitude espérée pour cette discussion qu'elle voulait franche. Elle souhaitait les mettre à l'aise, mais avant cela, il fallait régler la question de l'entrée en matière.

— Merci d'être venus, dit-elle, assez fort pour couvrir leurs bavardages.

Ils se turent soudain, reportant leur attention sur elle.

Elle prit tout son temps. Après avoir regardé chacun d'eux dans les yeux, elle posa les mains sur ses genoux d'une manière décontractée.

— Que tout soit bien clair. Tout ce que vous direz ici pourra être vu dans le monde entier. Ceux d'entre vous qui ont plus de dix-huit ans ont signé des consentements, et ceux qui ont moins de dix-huit ans nous ont remis les autorisations de leurs parents ou de leurs tuteurs. Dans notre conversation, j'ai l'intention d'aborder des sujets graves. Je dirai la vérité sans rien dissimuler, et j'attends la même chose de vous. Si vous avez changé d'avis, c'est le moment de le dire.

Elle les observa un instant, sans illusion. De toute façon, si un adolescent souhaitait changer d'avis, la pression de ses pairs l'empêcherait de parler...

Elle se tourna vers Mark qui fixait son neveu avec intensité. Il s'était opposé à ce qu'Aaron participe à cette interview, et avait refusé de signer l'autorisation, mais à la fin, Aaron avait gagné. Eva était sûre que cela avait un rapport avec la petite cheerleader qu'elle avait vue à la pizzeria, et qui était à présent blottie à côté de l'imposant adolescent.

— Je resterai à la fin de l'interview pour vos questions hors caméra, déclara-t-elle avant d'afficher un sourire rassurant. Bien. Commençons.

Elle prit la tasse de thé chaud qu'un des électriciens lui avait apportée, sirota une gorgée — un autre truc pour mettre les adolescents à l'aise — et ensuite, elle regarda la caméra.

— Bienvenue pour cette séquence spéciale de « Un docteur

vous répond ». Je suis le Dr Eva Veracruz et voici le Dr Mark O'Donnell. Nous sommes avec un groupe de jeunes athlètes de différentes écoles de la ville, et je vais leur poser quelques questions délicates… Combien d'entre vous pensent que les athlètes prennent des drogues pour améliorer leurs performances ?

Toutes les mains se levèrent.

— Quelles substances prennent-ils, d'après vous ?

Les réponses fusèrent.

— Du speed.

— Des pilules pour maigrir.

— Des stéroïdes.

— Ouais, des stéroïdes.

— Du jus.

Ils utilisaient les noms populaires les plus courants pour les stéroïdes anabolisants… Mark parut choqué par la manière rapide et naturelle dont les adolescents lançaient leurs réponses, et Eva trouva cela étonnant de sa part. Il travaillait aux urgences, alors il connaissait bien la franchise des adolescents, quand même ?

Ou peut-être connaissait-il plusieurs de ces adolescents, et avait-il imaginé que leurs écoles coûteuses les protégeaient de cet aspect de la vie ?

L'expérience d'Eva lui avait appris qu'aucune classe sociale n'était à l'abri. La seule différence entre les quartiers aisés et les quartiers pauvres, c'était le tarif des produits, beaucoup plus chers chez les riches…

— Pourquoi est-ce que les athlètes prennent ces drogues ? poursuivit-elle.

— Pour améliorer leurs performances… leur endurance, répondit une fille.

— Pour devenir plus costauds et plus rapides, ajouta la cheerleader à côté d'Aaron.

Eva posa son regard sur la jeune fille. Mince comme elle l'était, jamais cette adolescente n'avait pris de stéroïdes ! Sa minceur était même inquiétante… A surveiller.

Plutôt extraverti d'habitude, le neveu de Mark, lui, demeurait étonnamment silencieux.

Eva adopta un ton neutre.

— Pensez-vous que les athlètes scolaires prennent aussi des stéroïdes ?

Toutes les têtes acquiescèrent.

Mark les regarda, consterné. L'idée l'avait bien parfois effleuré qu'un ou deux de ces enfants connaissaient peut-être quelqu'un qui se droguait, mais ils le faisaient tous ? Même les gamins du lycée de son neveu ?

Il afficha une mine sévère, et « par accident », Eva le heurta avec sa tasse à thé. Se souvenant brusquement de son rôle, il dissimula le choc qu'il éprouvait.

Aux urgences, il voyait des adolescents avec des problèmes d'addiction, évidemment, mais en général, il s'agissait de drogues dures comme la cristal meth ou l'ecstasy.

Il s'éclaircit la voix, et remit bien en place dans sa main les petites fiches biographiques de chaque athlète.

— Dites-moi. Quel est l'effet des stéroïdes ?

Un joueur de football d'une école de l'autre côté de la ville prit la parole.

— On peut manger tout ce qu'on veut sans grossir.

— Et on peut faire du muscle très vite, même si on ne travaille pas beaucoup, renchérit un autre garçon — un catcheur, disait sa fiche.

— Ça rend plus sûr de soi, ajouta une fille que Mark reconnut comme un membre de l'équipe de natation.

Il hocha la tête. Toutes ces affirmations étaient exactes. Mais il y avait aussi les inconvénients.

— Quels sont les effets secondaires ?

Les adolescents échangèrent des regards. Mark les regarda attentivement. La moitié semblait ne pas être au courant, et l'autre moitié voulait sans doute ignorer les dégâts possibles.

A cet instant, il vit Eva se pencher en avant : au bon moment, et avec élégance, elle reprenait la conversation en charge.

— Chez les adolescents, les stéroïdes peuvent freiner la croissance, déclara-t-elle.

Mark observa encore les étudiants. Pour la plupart, ils n'avaient pas l'air concerné, mais quelques-uns semblaient anxieux. Cette interview n'était pas censée être une chasse aux sorcières pour révéler des toxicomanies, mais malgré lui, il se sentait inquiet.

Aaron avait le regard perdu en direction des gradins, et Mark espéra que le cadreur ne ferait pas de gros plan sur son neveu si visiblement pensif.

Eva fit le signe de la main qui demandait l'attention de l'objectif.

— D'autres effets secondaires existent : la jaunisse — qui rend la peau jaune —, la rétention d'eau, qui donne un aspect gonflé, et une baisse du cholestérol HDL, invisible, mais mauvaise pour la circulation. Est-ce que quelqu'un connaît d'autres effets indésirables ?

Discrètement, Eva dirigea les caméras vers les adolescents.

— L'acné, lança la petite cheerleader.

Mark se fit encore plus attentif. Aaron décocha à son amie un regard mauvais, probablement dû à sa propre peau boutonneuse. Eva, quant à elle, adressa à la fille un hochement de tête approbateur.

— Savez-vous qu'il y a aussi des effets secondaires différents pour les filles et pour les garçons ?

Mark félicita mentalement Eva : la question avait piqué l'intérêt de tous les adolescents, y compris son neveu.

Sur un geste discret qu'elle lui fit, il apporta les réponses destinées aux garçons.

— Les garçons, sachez que les stéroïdes anabolisants peuvent provoquer une stérilité et un risque plus élevé de cancer de la prostate.

Ces informations étaient alarmantes, mais Mark savait qu'à cet âge-là, on ne s'inquiétait guère pour l'avenir.

— Mais ce n'est pas tout, reprit-il, ménageant ses effets. L'utilisation de stéroïdes peut faire diminuer les testicules, favoriser une calvitie et le développement des seins. Et ces changements sont irréversibles, même quand on arrête de prendre des produits.

Presque palpable, une onde d'inquiétude courut sur tous les individus mâles présents, y compris les cadreurs. Même Aaron était captivé à présent.

Eva enchaîna.

— Vous, les filles, vous avez votre lot de problèmes : pilosité au visage, calvitie de type masculin, modifications voire arrêt du cycle menstruel, et voix grave permanente. Les stéroïdes peuvent procurer à tous, garçons ou filles, un certain sentiment de bien-être, mais ils peuvent tout aussi bien provoquer des variations d'humeur. Un consommateur de stéroïdes peut faire sans raison ou presque des accès de colère dangereux pour l'entourage. Et l'état de manque peut être à la fois physique et mental, allant parfois jusqu'à une dépression profonde qui peut nécessiter l'hospitalisation.

Eva regarda la caméra.

— Si vous consommez des stéroïdes, ou si vous soupçonnez un ami d'en utiliser, demandez de l'aide. Le numéro à appeler s'inscrit sur votre écran, et se trouve aussi à votre disposition sur le site de « Un docteur vous répond ».

— C'est dans la boîte ! lança le producteur.

Mark toucha le bras d'Eva pour attirer son attention, et il ressentit aussitôt un léger frisson. Comment un simple contact pouvait-il provoquer cela ?

Eva se tourna vers lui.

— Vous vous en êtes très bien sorti aujourd'hui. Mieux que je ne m'y attendais.

Il la regarda, surpris. Mieux qu'elle ne s'y attendait ? Qu'est-ce que ça voulait dire ? Il consulta sa montre. L'interview avait largement débordé.

— Il faut que je retourne au travail.

— O.K. A demain sur le plateau.

Pendant que les adolescents entouraient Eva pour lui poser d'autres questions, Mark se dirigea, à regret, vers sa voiture. Il aurait aimé rester avec elle. C'était étrange…

Et inquiétant.

Le surlendemain, dans le gymnase, Eva regardait les cheerleaders effectuer leurs mouvements de bras, tout en se préparant mentalement pour la pyramide qu'elles allaient former.

— Al-lez, les Alligators ! crièrent-elles, tout en tapant des mains, aux gradins qui renvoyèrent l'écho de leurs voix.

Leur mascotte, une fille de première année qui transpirait dans son costume d'alligator, s'adressa à Eva.

— Eh, docteur ! Ma mère m'a dit de vous dire qu'elle adore votre émission.

— C'est toujours agréable d'entendre ça, répondit Eva.

Elle retint un soupir. Mais si les taux d'audience ne décollaient pas, elle cesserait bientôt de l'entendre. Les producteurs avaient vraiment fondé beaucoup d'espoirs sur Mark, espérant que son magnétisme viril capterait l'attention de la ménagère de moins de cinquante ans.

Aussi, Eva avait fait le maximum pour mettre son texte au goût du jour.

Elle reporta son attention sur les cheerleaders, et reconnut l'adolescente très mince du dernier enregistrement. Apparemment, la jeune fille avait du mal à sauter très haut.

Elle devait peser cinq ou six kilos de moins que le poids normal, mais cela arrivait quelquefois à la puberté. Certaines filles grandissaient si vite que leur poids ne suivait pas.

L'adolescente avait les cheveux raides et peu fournis. Cela, en soit, n'indiquait rien de particulier. Eva repoussa en arrière son opulente chevelure. Tout le monde ne naissait pas avec des cheveux épais.

Mais entre deux séries de mouvements, la fille sautillait sans cesse sur place et se frottait les avant-bras comme si elle avait froid. En septembre, et à La Nouvelle-Orléans ? Personne n'avait eu froid depuis des mois !

Et s'il s'agissait d'anorexie ?

Mark venait de s'arrêter derrière Eva. C'était curieux qu'elle le sache sans même avoir besoin de se retourner. Et que cette présence lui donne des frissons. Et qu'elle adore ça, c'était très inattendu aussi. Elle se sentait nerveuse, en attente de ce qui allait se passer.

Mais qu'était-elle en train de se raconter ! Les béguins, c'était pour les adolescents !

Pourtant, ce baiser à la pizzéria n'avait rien d'un baiser d'adolescents...

Elle se retourna.

— Salut, Mark.

— Salut.

Il avait le regard vague comme s'il venait de se réveiller, les cheveux humides, et un léger parfum viril, mélange de savon et d'eau de toilette, flottait autour de lui.

— Connaissez-vous cette fille ? demanda Eva.

Elle désigna du regard la frêle adolescente qui s'apprêtait à être propulsée en haut de la pyramide.

— Non. Je l'ai déjà vue avec Aaron, mais il ne me l'a pas encore présentée.

La capitaine des cheerleaders effectua le compte à rebours.

— On monte ! lança-t-elle.

Avec précaution, la fille trop mince utilisa comme marchepied les mains du tiers inférieur de la tour humaine. Parvenue en haut de la pyramide, elle se stabilisa puis leva les bras.

Eva la regardait avec inquiétude. Tant de risque pour leur sport... Mais c'était probablement cela justement, qui en faisait un sport. Le frisson de la réussite. Elle n'était quand même pas assez vieille pour avoir oublié ça !

En tant que chef des cheerleaders, elle avait poussé les filles à supplier leur sponsor pour mettre au point une pyramide de trois étages, mais la porteuse avait refusé. C'était la voix de la sagesse... Elle se souvenait aussi du sentiment d'invincibilité qui les animait toutes à ce moment-là. Les accidents ? Cela n'arrivait qu'aux autres !

— C'est bien, Sharona, lança l'entraîneur. La prochaine fois, on essaie sur les mains, O.K. ?

En entendant ces derniers mots, Eva fut effarée. Sur les mains ?

— Avez-vous été cheerleader vous-même ? demanda Mark.

— Oui, pendant toutes mes années de collège et ma première année au lycée, avant que je ne m'entiche du basket. J'étais toujours dans la base, à soutenir les autres.

— Solide. Digne de confiance. Forte. Cela dit beaucoup de choses sur vous.

— Large et grande pour mon âge. Voilà ce que ça dit de moi.

— L'équipe de tournage m'a envoyé vous chercher. Ils doivent penser que nous nous sommes perdus !

— O.K.

Eva alla remettre ses chaussures, et avant de quitter le gymnase, regarda une dernière fois la jeune Sharona. Que faire ? Aller voir son entraîneur ? Observer et attendre encore un peu ? Ne plus y penser ? Elle n'était jamais aussi indécise, avant. Un autre signe de la faiblesse qu'elle avait développée avec la perte de Chuck.

Mark dut sentir son hésitation.

— Je demanderai à son coach si elle a maigri récemment. Et je garderai un œil sur elle quand je la verrai avec Aaron et leurs copains.

— Merci.

Elle sourit, reconnaissante, et comme allégée d'un poids. Celui de la responsabilité. Si par excès d'indécision, elle manquait à ses devoirs, Mark veillerait sur la frêle Sharona. Et elle n'y verrait aucune objection, pour le bien de l'adolescente.

Mark eut un léger soupir. Les pièces du puzzle s'assemblaient. Eva ne faisait manifestement confiance à personne. Il y avait cet anneau fictif sur son doigt, et les paroles évasives d'un membre de l'équipe concernant son mari. Autre indice : ils s'étaient embrassés, alors que ce n'était pas le genre d'Eva, de cela, il était certain. Jamais elle ne tromperait son mari de cette façon-là. Mais évidemment, il avait pensé la même chose de son ex... puis ses certitudes avaient volé en éclats au fil des découvertes successives qui avaient précédé son divorce.

Tout en quittant le terrain derrière Eva, il tendit la main en direction de son épaule, puis se ravisa.

— Votre... biographie officielle mentionne « célibataire ». Ce n'est pas un coup de pub, j'espère. Etes-vous mariée ?

Elle s'arrêta si brusquement qu'il la heurta. Il la prit par la taille pour l'empêcher de tomber, et elle s'écarta vivement. Il en fut peiné, car depuis qu'il l'avait embrassée, il rêvait de faire plus. Beaucoup plus.

Non. Jamais il n'infligerait cela à un autre homme : grâce à son ex, il savait ce que cela faisait d'être cet autre homme.

Eva avait pâli.

— Mariée ? répéta-t-elle, palpant nerveusement son annulaire. Non, je...

— Pas d'explications, s'il vous plaît. Dites oui ou non, et ça suffira.

— Je vous ai embrassé. Comment pouvez-vous penser une chose pareille ?

— Célibataire... oui ou non ?

Elle baissa la tête, avant de répondre dans un murmure :

— Oui, je le suis devenue, malheureusement.

Un élan de sympathie le traversa.

— Un divorce, c'est très dur.

— Moins que la mort... Je suis veuve.

— C'est terrible... Je regrette..., balbutia Mark.

Il se maudit intérieurement. Comment traduire mieux ses regrets et sa compassion ? Il l'avait mal jugée, et ensuite, il avait exigé une réponse !

Le regard plein de tristesse, elle lui adressa un sourire sans rancune, puis lui tapota la main comme pour le réconforter alors que c'eut été à lui de le faire.

— Ça va très bien. C'est juste que je n'ai jamais prononcé le mot « veuve ».

— Depuis combien de temps...

— Deux ans. Le pire est passé, je pense, mais quelquefois, je me laisse encore surprendre... Il ne voudrait pas que je pleure éternellement.

— Un homme sage.

— Sage ? Non. Pas du tout. Mais très courageux.

— Un homme formidable, sûrement.

— Oui.

Mark sentit la paume fraîche d'Eva sur sa joue.

— Je crois qu'il vous aurait apprécié.

La main retomba.

— Mais ça n'a pas beaucoup d'importance, ça. Ce qui compte, c'est que moi, je vous apprécie.

# 5

« Ce qui compte, c'est que moi, je vous apprécie. »

Ces mots n'avaient pas quitté les pensées de Mark depuis qu'Eva les avait prononcés avant de s'éloigner.

Elle l'appréciait. Comme collègue de travail ? Ami ? Amant potentiel ? Que représentait-il pour elle ?

Et que représentait-elle pour lui ?

Il secoua la tête. « Apprécier » était un mot trop simple pour décrire ce qu'elle lui inspirait ! Mais Eva était apparemment la veuve d'un homme courageux. Comment pourrait-il rivaliser avec le fantôme d'un héros ?

Ce fardeau qu'elle transportait avec elle n'était vraiment pas ce dont il avait besoin dans sa vie actuelle.

Une petite voix intérieure vint aussitôt lui demander de quoi il avait besoin dans ce cas...

D'Eva. C'est la seule réponse qu'il put trouver.

Il tenta, mais en vain, de ne plus penser à ce prénom qui l'obsédait.

Rien à faire. La vibrante Eva le hantait. Après une semaine seulement de collaboration professionnelle, ils étaient en osmose. Tout le monde sur le plateau l'avait remarqué : c'était troublant, la manière dont chacun d'eux finissait les phrases de l'autre.

Et Mark trouvait encore plus troublant les sensations si fortes que lui procurait le simple fait de la toucher. Plus il tentait de garder ses distances, en se comportant en simple collaborateur, plus elle se glissait dans ses pensées. Sa vive intelligence stimulait son propre intellect, et changeait le regard qu'il avait sur le monde. Son sens de l'humour malicieux faisait merveille pour aplanir les tensions sur le plateau. Elle savait expliquer les problèmes médicaux les plus compliqués en se mettant à la portée de tous.

Et elle avait vraiment l'air de l'apprécier !

Alors comment garder ses distances avec une femme pareille ?

En plus, il y avait eu ce baiser, dont le souvenir vibrait entre eux comme une pépite d'or, brillant et incroyable — un moment hors du temps.

Tous les jours, après sa garde aux urgences, il avait du mal à dormir, impatient de retrouver Eva pour leur tournage du lendemain.

Tout en roulant vers le lieu prévu, ce jour-là, Mark se sentait un peu fébrile, en proie à une délicieuse anticipation.

Eva s'inquiétait pour Mark.

Entre son travail à l'hôpital et son travail à la télévision, il avait des journées trop remplies, mais elle ne l'avait jamais entendu se plaindre...

Ce jour-là, elle était en visite dans son propre ancien lycée, pour y enregistrer une séquence qui serait diffusée la semaine suivante. Le thème en était : les possibilités des écoles aux moyens financiers limités pour garder leurs athlètes en bonne santé tout en restant compétitives. Elle et son équipe avaient vraiment dû effectuer de longues recherches pour trouver des équipements protecteurs à des prix abordables, mais elle était fière de la liste qu'ils avaient établie.

Après l'enregistrement, elle et Mark joueraient au basket la partie de un contre un qu'il lui avait promise, et l'argent de la recette serait remis à la section sportive de l'école. A grand renfort de publicité, la chaîne avait vendu plus de trois cents tickets pour la partie, et bien sûr, elle récolterait aussi les avantages de toute la publicité générée.

Il fallait espérer que cela se traduirait en termes d'audience. Apparemment, la chaîne de télévision rivale, qui avait commencé de diffuser une émission très populaire au même horaire, l'avait systématiquement emporté en taux d'audience, excepté pour les émissions récentes qu'Eva avait présentées en duo avec Mark.

Comme le disait — tristement — son agent, ce n'était pas bon signe.

Avec l'équipe, elle filma une entrée en matière, notamment pour mettre en relief les trophées du championnat de basket que son équipe avait remporté trois fois sur les quatre ans pendant lesquels elle avait joué. Puis il y eut des plans artistiques de ses trophées individuels comme meilleure marqueuse pendant ces trois années.

Cela fait, elle gagna les vestiaires pour se changer. Que de souvenirs... C'était là qu'avec ses amies, elle avait parlé de garçons, de drogues, de sexe, et de ceux qui avaient quitté l'école avant d'avoir obtenu leur diplôme.

Le taux d'abandon dans le lycée de Mark était proche de zéro, alors que dans l'école d'Eva, il frôlait, certaines années, les 40%.

Ils appartenaient à l'évidence à deux mondes différents, alors pourquoi se sentait-elle tellement attirée ?

Et la grande question qui l'avait hantée toute la semaine était : qu'allait-elle faire ?

Elle ôta sa robe et ses escarpins à talons hauts, pour enfiler un short de sport et des chaussures de basket.

Elle esquissa un sourire. Comment Mark trouverait-il sa tenue plutôt... dépouillée ?

Elle se haussa sur la pointe des pieds pour mieux voir son image dans les petits miroirs installés au-dessus des lavabos alignés.

Ces cuisses solides et harmonieusement musclées avaient tourné la tête de plus d'un garçon.

Elle s'en souviendrait quand Mark la verrait en short. S'il n'aimait pas, elle ne pourrait rien pour lui. Pas de problèmes d'estime de soi. Elle n'était plus une adolescente, que diable !

A l'aide d'une brosse, elle enserra ses cheveux dans un élastique. Le résultat, une grande queue-de-cheval frisée, la ramena plusieurs années en arrière, supprimant toute la sophistication qu'elle avait élaborée au prix d'années d'efforts et de réflexion.

L'air conditionné d'un gymnase faisait inévitablement transpirer. Avec un grand soupir, Eva ôta son maquillage. Mieux valait un visage nu que des coulées de fond de teint, de fard à joues et de mascara.

Dans le miroir, elle retrouvait l'adolescente derrière le regard de la femme, mais maintenant, au moins, elle ne faisait plus les bêtises d'alors. Ses jeunes années avaient été terribles, et elle n'avait pas eu d'oncle bienveillant pour la tirer d'affaire — seulement son Abuelita, une grand-mère très stricte, qui n'avait pas les moyens financiers pour résoudre les problèmes dans lesquels Eva s'était mise. Par chance, ses soucis n'avaient jamais été aussi graves que ceux d'Aaron.

Mais ceux de Ricky, eux, avaient été aussi graves.

Son frère était un cas d'école de mauvais garçon qui a bien tourné. Cela n'aurait jamais été possible sans une aide extérieure.

Si seulement Mark voulait bien accepter le même genre d'aide pour Aaron...

Après un dernier regard dans le miroir, Eva leva le menton pour se donner confiance en elle comme autrefois au lycée, puis elle se dirigea vers le terrain de basket afin d'y affronter le seul homme qu'elle voulait impressionner.

Mark parcourut du regard les gradins remplis. De toute évidence, le public n'était pas de son côté. Tout le monde avait payé pour rendre hommage à la célébrité qu'était devenue la fille du cru.

Il fit rebondir deux fois le ballon. Ce n'était pas vraiment son jeu préféré. Il avait marqué quelques paniers, évidemment, mais seulement quand il n'y avait pas de ballon de football disponible. Il n'aurait pas à brider son talent par délicatesse.

Il imaginait déjà ce corps si féminin frôlé par son propre corps rempli de testostérone...

Il écarta aussitôt ces images afin de rester concentré.

Pourvu quand même qu'elle n'essaie pas de jouer en escarpins — ou pieds nus, comme il l'avait vue dans le gymnase pendant l'entraînement des cheerleaders, la semaine précédente ! La victoire par forfait sur blessure était une manière peu glorieuse de gagner, et de plus, cela ne ferait pas de la très bonne télévision.

Et quelle ironie ce serait pour une émission qui insistait sur la nécessité d'être bien équipé…

Sur le seuil du gymnase, Eva se sentit soudain submergée par un accès de timidité. Elle avait l'habitude de se cacher derrière son maquillage, présentant au monde extérieur ce qu'il souhaitait voir. Mais aujourd'hui, elle se présentait telle qu'elle était. Eva Veracruz.

Elle leva le menton, afficha un sourire sans affectation et gagna en trottinant le centre du terrain, où l'attendaient l'arbitre et Mark.

Les acclamations de la foule rendirent sa foulée plus légère. Et le regard stupéfait de Mark la troubla plus qu'elle ne l'aurait voulu. Pendant que l'arbitre expliquait les règles, elle coula des regards discrets en direction de son adversaire.

Il possédait des jambes longues et musclées. C'était un plus — les jambes maigres ne lui plaisaient pas. Et son débardeur dévoilait ses biceps bien marqués, qui roulaient presque au moindre mouvement. Aucun doute, son corps témoignait encore de toutes ses années de sport universitaire. Ses muscles étaient-ils aussi fermes au toucher qu'ils le paraissaient ?

— Vous voulez corser un peu le jeu ? demanda-t-il.

Eva sourit.

— De quelle façon ?

— Il paraît que vous cuisinez bien. Alors si je gagne, vous me concoctez un dîner.

Elle le regarda, ahurie. Qui avait bien pu lui dire ça ? Elle cuisinait très mal !

— Et si je gagne ? demanda-t-elle.

— Ça n'arrivera pas.

— Pour que le marché soit équitable, je vais vous dire ce que je veux gagner.

— Entendu.

— Vous m'aidez à repeindre mon appartement.

Il lui adressa un clin d'œil.

— Bien sûr. Ça n'arrivera pas, mais par esprit d'équité, je suis d'accord.

L'arbitre suggéra un dunk pour régler la question de la possession du ballon.

— Inutile, répondit Mark. Honneur aux dames.

— J'apprécie la galanterie chez mes adversaires masculins.

Eva fit rebondir la balle une fois, la fit pivoter au bout de son index, puis dribbla entre ses propres jambes.

Le regard de Mark exprima la surprise, puis se fit approbateur une fois posé sur ses jambes.

— Vous prenez ça très au sérieux, on dirait.

Elle eut un sourire oblique.

— Je suis toujours sérieuse quand il s'agit de gagner.

Et la partie commença.

Eva prit beaucoup de plaisir à anticiper le jeu de Mark, juste en observant ses hanches, ses jambes et ses mains. Cette technique lui permit de lui prendre le ballon assez souvent pour marquer neuf points, contre huit pour lui.

Le soutien de la foule l'avait mise en confiance, et quand elle s'empara du ballon au moment de la balle de match, elle opta pour un tir de loin. Avec leurs règles modifiées, un tir à deux points lui permettrait de l'emporter...

Saisissant le ballon, elle fixa Mark dans les yeux. Comment franchir sa défense ?

« Utilise tes armes », lui avait toujours conseillé son entraîneur.

Elle afficha un sourire ravageur, mais Mark ne réagit pas, visiblement concentré et prêt à fondre sur elle.

C'est alors qu'elle joua son coup gagnant.

Très délibérément, elle promena sur ses lèvres un bout de langue rose qui aimanta le regard de son adversaire.

Elle tira alors, de loin. Le ballon tourna dans le cercle de métal, puis tomba à l'intérieur du panier.

La foule se déchaîna et Eva cria avec elle.

Mark, lui, demeura immobile, choqué, et son regard effectua un aller-retour entre les mains vides d'Eva et le tableau de marque.

— Ce n'est pas possible.

Elle sourit.

— Vous pensiez que tout était joué d'avance. Vous m'avez sous-estimée. Ou bien vous étiez tout simplement dominé.

— Je suis sûr que je n'ai jamais vu ce dernier coup exécuté de cette façon-là.

— Mon tir de loin ? demanda-t-elle innocemment.

— Oui, votre tir de loin. Drôle de tactique.

La foule envahissait le terrain, et le volume sonore augmenta. Mark s'approcha d'Eva pour lui murmurer à l'oreille :

— Si nous discutions de cette tactique devant un dîner ?

— Vous me devez des heures de peinture. Vous n'avez pas oublié, j'espère ? Un dîner au restaurant, ce serait trop facile.

— Facile ? Il n'y a rien de facile avec vous. Je n'ai jamais connu de femme aussi compliquée.

Sur ce, il lui adressa un sourire qui la fit frissonner.

— Le dîner au restaurant serait mon prix de consolation, reprit-il. Je voudrais bien une agréable compagnie pour soigner mon ego.

— Tatie Eva, tu as gagné !

Elle vit sa nièce de dix ans, Selma, se frayer un chemin dans la foule pour se précipiter dans sa direction.

— Les filles, c'est les meilleures ! Les garçons, ils sont pas bons !

Eva lui sourit.

— Un vrai sportif doit avoir le triomphe modeste.

— Qu'est-ce que ça veut dire ?

— Le vainqueur ne se moque pas du perdant.

— Alors que fait une vraie sportive quand elle a gagné ?

— Elle accepte les compliments de bonne grâce.

— Et les invitations à dîner — en plus des travaux de peinture, bien sûr ? suggéra Mark, toujours tout sourires.

— Maman a préparé un bon dîner, tatie. Tu as oublié ? Elle a même fait un gâteau.

Devant la moue contrariée de Selma, Eva adressa à Mark un petit haussement d'épaules résigné.

— Une autre fois peut-être ?

Elle laissa échapper un petit soupir. Elle était sûre que Susan avait préparé un délicieux repas, mais seul Mark pourrait combler cette autre faim qui la taraudait...

# 6

Après leur partie de basket, Eva effectua tous les enregistrements qu'elle pouvait faire sans Mark — par pure grandeur d'âme, car il avait besoin de repos…

Elle réalisa alors combien elle avait besoin de lui. Ces trois jours sans le voir furent comme trois jours sans soleil. C'était incroyable qu'il ait pris cette place centrale dans sa vie !

Et un jour, la série de tournages en commun prendrait fin… Que ferait-elle pour que leur relation continue ?

Enfin, le vendredi arriva.

Mark au volant de sa voiture, soupira. Il n'avait pas revu Eva depuis leur partie de basket. Les producteurs avaient tourné suffisamment de séquences avec lui pour plusieurs émissions, ce qui avait rendu facultative sa présence sur les tournages.

Ces trois jours lui avaient paru interminables. Il se passait quelque chose entre eux. Impossible de le nier. L'attirance qu'elle lui inspirait devenait complètement incontrôlable, et cela lui posait un vrai problème.

D'un point de vue pratique, ce temps loin de l'émission lui avait été utile. Il avait dû assister seul à la réunion parents-professeurs d'Aaron, car sa sœur avait décidé de prendre des vacances.

Et le bilan de cette réunion n'était pas bon. Aaron devrait obtenir ses diplômes, ou sinon, il serait exclu de l'équipe. Pour

Mark, cela signifiait des heures et des heures de supervision des devoirs...

En plus, il y avait son travail à l'hôpital. La pleine lune augmentait toujours le nombre et la gravité des cas qui arrivaient aux urgences, et pendant toute la semaine, il avait dû dépasser les horaires de présence prévus, comme tous les autres urgentistes. Il se sentait épuisé.

Avant ces quelques derniers jours, il n'avait pas réalisé quelle énergie lui procurait l'enthousiasme d'Eva !

Sur la route du studio, il but une fois encore du café pour tenter de se donner un peu de tonus. Il y aurait d'abord, l'enregistrement en direct de « Un docteur vous répond », et puis...

Eva chez lui, dans son lit. Ses cheveux magnifiques répandus sur l'oreiller. Son corps superbe sur les draps...

Il secoua la tête, comme pour chasser ces pensées déplacées. Assez rêvassé O'Donnell ! Pour la millième fois, il se rappela qu'il valait mieux ne pas mélanger plaisir et travail. Sa vie professionnelle avait trop à y perdre. De plus, s'amuser avec une femme qui faisait passer le travail avant tout le reste, c'était la pire des idées. Sa vie personnelle risquait d'en pâtir. Sans compter qu'il y avait entre eux le mari d'Eva, presque aussi présent que s'il était toujours en vie !

Trois excellentes raisons, donc. Alors pourquoi n'avaient-elles pas l'air suffisantes ?

Parce que ce nétaient que des excuses, de simples prétextes.

La véritable raison n'avait rien à voir avec Eva et tout à voir avec lui-même. Entamer une relation sentimentale, ce signerait déjà le début de la fin. Et l'idée de mettre un terme à quelque chose avec Eva, le rendait incroyablement triste. Au moins, en maintenant leur relation sur un plan strictement professionnel, ils avaient une relation, même si ce n'était qu'une relation de travail.

En pilotage automatique, Mark gara sa voiture et se dirigea vers le studio, portant son costume sur son avant-bras. Cette fois, il l'avait laissé dans la housse du pressing, avec l'intention de se changer en arrivant au studio. Plus question de porter une tenue de chirurgien !

Tout en se regardant dans le miroir de sa loge pour nouer sa cravate, il vida une nouvelle tasse de café, et se passa la main sur le visage. Il se sentait à bout de forces, nerveusement et physiquement.

Après une nuit comme celle qu'il venait de passer, tout le reste semblait anodin... Ce contact avec la traumatologie — une telle quantité de situations d'urgence vitale —, cela changeait les perspectives normales.

Il inspira profondément pour tenter de reprendre son équilibre. Eva allait l'aider sans le savoir. Tout se remettait en place quand elle était là.

Oh non, pitié ! Voilà qu'il pensait encore à elle ! C'était devenu une véritable obsession ! Mais il était trop fatigué pour combattre ses pensées ; il suffirait qu'il les dissimule.

— Oui, on va faire comme ça, affirma-t-il au miroir.

Soudain, il se sentit stupide. Eva se tenait près de la porte ouverte, prête à frapper. Elle portait une robe bleu électrique et des escarpins à très hauts talons qui lui faisaient des jambes incroyablement sexy.

— Une nuit difficile ? demanda-t-elle, en entrant dans la loge.

— Ça se voit tant que ça ?

Elle lui adressa un sourire plein de sympathie.

— Aux urgences, pleine lune égale affluence, non ?

— Oui, malheureusement.

— Vous voulez en parler ?

— Pour que vous utilisiez ça dans l'émission ?

Sans le vouloir, Mark avait parlé trop sèchement.

— Excusez-moi, reprit-il. C'est seulement que...

— Quoi donc ?

— Nuit difficile, oui.

Il détourna la tête un bref instant. Il aurait dû s'en tenir là, mais quand Eva s'appuya contre le montant de la porte, l'air sincèrement intéressé, il ne put contenir son chagrin.

— Comment des gosses peuvent-ils être si bêtes ? demanda-t-il d'une voix qui tremblait imperceptiblement.

— Que s'est-il passé ?

— Conduite sans permis en état d'ivresse. Une voiture pleine de gamins. Nous n'avons même pas pu les garder en vie assez longtemps pour que leurs parents soient prévenus et puissent leur dire adieu. Ces parents, on est venu frapper à leur porte au petit matin. Nous n'avons pu sauver qu'un blessé. Une fille — en piteux état.

Les yeux d'Eva s'emplirent de larmes.

— Mon mari travaillait dans la police. Il était amené à faire ce genre de visites. Ça le dévastait.

— On ne s'y habitue jamais, même après des années... Après ces jeunes, il y a eu une blessure à l'arme blanche, puis une dispute conjugale. Et juste au moment où je me dis que ce n'est plus possible, j'assiste à un miracle.

Mark tendit à Eva un mouchoir en papier.

— Tenez. Sinon, vous devrez refaire tout votre maquillage.

— Merci.

Elle essuya soigneusement le dessous de ses yeux.

— Un miracle ?

— Oui. Un nouveau-né. Sa tête commençait à sortir quand le taxi est arrivé aux urgences. Nous n'avons même pas eu le temps de monter la mère en maternité. Il avait le cordon enroulé autour du cou, mais je l'ai dégagé à temps. Le bébé s'est arrêté de pleurer, il a saisi mon pouce et m'a regardé comme s'il me voyait vraiment. Et j'ai éprouvé...

— Quoi donc ?

— Ça semble idiot, je le sais bien, mais j'ai ressenti de l'espoir. Je me suis dit que peut-être, ce petit bonhomme ferait quelque chose, un jour, qui rendrait le monde meilleur. Et j'ai eu le privilège de l'aider à prendre son départ dans la vie.

Mark prit une longue inspiration. Eva en avait sans doute oublié de s'essuyer les yeux, car une larme mêlée de mascara coulait lentement sur sa joue.

Des pas résonnèrent et la tête du producteur apparut dans l'entrebâillement de la porte.

— Ah, vous êtes là. Bien. Dans cinq minutes.

Puis il se retourna et appela dans le couloir.

— Maquillage ! Ici dans la loge !

La maquilleuse du studio entra en coup de vent.

— Non, docteur Veracruz. Il faut arrêter de pleurer. Vos yeux vont être dans un état lamentable !

Elle décocha à Mark un regard de reproche, puis avec une éponge, elle s'activa, et Eva retrouva un visage parfait.

— Maintenant, à vous, docteur O'Donnell. Regardez-moi ces cernes.

Elle pointa une éponge accusatrice en direction d'Eva.

— Vous deviez m'appeler s'il avait besoin d'une retouche.

— J'ai complètement oublié.

La femme s'avança pour placer une serviette en papier autour du cou de Mark, qui se recula instinctivement.

Eva vint se placer entre la chaise où il était assis, et la maquilleuse.

— Laissez-le comme il est.

— Mais... ce visage... ces yeux...

— Il a bien le droit d'avoir ce visage-là... Phil, tu veux de la réalité, c'est bien ça ?

— Oui, mais...

— Eh bien, nous allons dire la vérité à notre public, l'interrompit Eva. Mark est resté debout toute la nuit aux urgences, et il n'est pas rentré chez lui pour se reposer. Les gens doivent savoir que c'est là sa vraie vie.

Phil hésitait visiblement.

— C'est mon option artistique, reprit Eva avec un large sourire. Fais-moi confiance.

L'alarme de la montre de Phil sonna.

— Pas le choix, de toute façon. Nous n'avons plus le temps, dit-il en soupirant.

La musique du générique de l'émission démarra, et Mark gagna le plateau derrière Eva. On lui avait dit que les gradins étaient combles, mais aveuglé par les lumières, il ne distinguait que vaguement les visages des premiers rangs.

Il attendit qu'Eva se soit assise pour prendre place à côté d'elle.

— Bonjour et bienvenue dans « Un docteur vous répond », lança-t-elle.

Sa voix déclencha des acclamations habituellement réservées aux stades de football, et Mark absorba avec plaisir cette énergie dont il avait tant besoin. Il comprenait à présent comment on pouvait s'habituer à cela.

— Comme vous le savez, chaque vendredi, nous sommes deux sur le plateau. Le Dr O'Donnell arrive à l'instant des urgences, où il a travaillé toute la nuit.

Mark adressa à la caméra un sourire crispé.

— Merci, docteur Veracruz.

Son sourire disparut et il fixa l'œil de la caméra.

— La nuit dernière a été très dure aux urgences, avec des accidents qui n'auraient jamais dû arriver. Parents, les adolescents pensent qu'ils sont invincibles et immortels, surtout quand ils boivent. Ils ne doivent pas boire et conduire. Cela, il faut le leur dire, le leur répéter encore et encore, et leur donner l'exemple.

Mark se tut, un peu gêné. Il ne savait pas pourquoi il avait dit ça. Si Eva l'avait fait, il l'aurait peut-être accusée d'exploiter une situation tragique. Mais assis là, il se rendait compte que s'il pouvait simplement dire l'essentiel avec les bons mots et le ton adéquat, il pourrait toucher beaucoup de gens et, peut-être, sauver une vie. Il se souvint de la femme de la pizzeria.

C'était le pouvoir de la télévision !

Il s'attendait à ce que Eva enchaîne avec une tirade optimiste sur leur annonceur, un fabricant de boissons pour le sport qui avait acheté du temps sur l'émission. Mais au lieu d'afficher un de ses sourires solaires, elle se pencha en avant, l'air solennel.

— Vous tous, adultes, qui êtes responsables d'adolescents, que vous soyez mère, père, ou grands-parents, oncle, tante, ou encore frère ou sœur aîné, soyez le parent. Pas le meilleur ami. Pas un fournisseur de biens et de services, mais un guide solide pour votre adolescent. C'est un métier exigeant, seulement les récompenses à venir en valent la peine.

Là arriva le sourire, et en même temps, elle se renversa en arrière dans son siège et se détendit. Mark sentit le public se détendre avec elle. Quelle technique remarquable !

— Et pour vous tous qui élevez vos adolescents comme il

faut le faire, félicitations, car nous savons que c'est le métier le plus difficile au monde.

Elle se mit à applaudir et bien sûr, le public l'imita. Mark la regarda, admiratif. Elle savait engendrer ce degré d'intimité et de confiance. Les gens étaient prêts à la suivre en toutes circonstances.

Il se joignit au tonnerre d'applaudissements, et se promit de la remercier après l'émission d'avoir mentionné d'autres éducateurs que les parents.

Elle coula un bref regard dans sa direction, et il comprit qu'elle n'avait aucune transition pour aborder le sujet du jour — ce qui était complètement sa faute avec son entrée en matière improvisée.

Il lui adressa un sourire pour lui indiquer qu'il contrôlait la situation, puis fit le discret signe de la main qu'il l'avait vue utiliser pour obtenir l'attention du cadreur.

— Cela nécessite l'implication de tous : les professeurs, les voisins et les entraîneurs qui jouent chacun un rôle dans la vie de votre ado. J'adresse personnellement un grand merci à mon entraîneur de football du lycée, Randy Carter, qui ne se doute probablement pas de l'énorme influence qu'il a eue sur ma vie. Ce qui nous amène au thème d'aujourd'hui : l'importance du sport dans la vie de nos adolescents. Merci à notre annonceur qui nous procure des boissons pour nos adolescents assoiffés, et pour le reste de nos familles actives. A tout de suite, après leur message.

Grâce à Eva, l'émission délivra une foule de bonnes informations sur la nutrition et le repos nécessaire aux jeunes athlètes. Les graphiques étaient faciles à suivre, et les conseils, simples à mémoriser. Mark ignorait que les adolescentes avaient besoin au minimum de deux mille deux cents calories par jour.

Il aurait parié que Sharona, la cheerleader pour laquelle Eva s'inquiétait, était loin d'absorber cette quantité chaque jour.

Il avait appelé le conseiller du lycée pour organiser une réunion avec les parents de l'adolescente et son entraîneur, afin de parler de sa rapide perte de poids au cours de l'été. Mais pour l'instant, ses parents n'avaient pas répondu.

Aussi intéressantes qu'elles soient, les informations d'Eva sur la nutrition n'empêchaient pas ses pensées de vagabonder, et qui le ramenaient inévitablement... à leur relation.

Pourquoi refusait-il l'attirance qu'elle lui inspirait ?

C'était elle qui l'avait embrassé. Il aurait pu céder au désir physique sans engager ses sentiments ! Les autres hommes faisaient ça tout le temps, non ?

Oui, mais lui, il ne s'était jamais comporté comme ça. Il avait toujours voulu davantage. Ce qu'il l'avait mené là où il ne voulait surtout plus retourner.

Il devrait peut-être prendre ses distances avec Eva. Et s'il regrettait toute sa vie d'avoir choisi la sécurité ?

Trop de soucis, songea-t-il soudain, accablé. Quoi qu'il décide, cette décision aurait de graves répercussions sur sa vie.

De toute façon, il ne fallait jamais prendre de décision quand on était trop fatigué pour raisonner correctement... Mais oui ! C'était cela, bien sûr ! Son épuisement expliquait son indécision. Quelques bonnes heures de sommeil, et il saurait que faire.

Avant qu'il ait réalisé ce qui se passait, Eva prononça sa formule de fin d'émission. Par réflexe, Mark sourit et hocha la tête — sa seule tâche dans la phase de conclusion !

— Bonne émission, déclara Eva, se tournant vers lui.

Un sourire d'une énergie communicative ponctua ce compliment.

— Les cheerleaders m'ont demandé de venir les voir ce soir, reprit-elle. Est-ce que vous serez là-bas ?

— Absolument. Ce serait dommage de rater le premier match de la saison. Voulez-vous que je vous garde une place ?

— Gardez-en deux.

Il la regarda, surpris. Deux ? Avec qui Eva allait-elle venir ? Pas avec un ami, quand même... Avait-elle un enfant ? Mark eut envie de poser des questions, mais cela ne le regardait pas. Il se concentra donc sur ce qu'il allait faire ensuite : rentrer chez lui et se coucher pour récupérer de sa garde de nuit.

D'ordinaire, il dormait bien à n'importe quelle heure, et

n'importe où. Mais ce jour-là, quand il se retrouva dans son lit, un rayon de soleil filtrait entre ses épais rideaux — et le souvenir du baiser d'Eva transperçait sa mémoire. Il ne parvint pas à trouver le repos.

Il s'était enfin endormi quand Aaron entrebâilla la porte, et passa la tête dans l'ouverture.

— Je sors avec Sandy ce soir, c'est d'accord ?

Mark hocha la tête. Il dormirait mieux le lendemain ! Et il s'extirpa de son lit.

— Tes devoirs de maths ?

— Faits.

— Montre-les-moi.

Mark se dirigea vers la table sur laquelle Aaron déversait toujours le contenu de son sac.

— Ton devoir d'anglais ?

— Fait aussi.

— C'est vrai ?

Il saisit la feuille froissée sur laquelle se trouvait l'exercice de mathématiques. Le devoir avait été corrigé en beaucoup d'endroits : la tutrice d'Aaron l'avait visiblement aidé de son mieux.

— J'ai passé un moment à la bibliothèque aujourd'hui après le tutorat, pour faire une recherche.

Mark consulta l'horloge sur le mur de la cuisine. La bibliothèque ? C'était hautement improbable. L'excuse rêvée pour son retard. Mais faute de preuves, Mark se retint d'interroger Aaron.

En revanche, il avait déjà vu son neveu peiner sur un clavier d'ordinateur.

— Qui a tapé ta recherche ?

— Moi.

— Fais-moi voir ça.

Mark eut une pensée peu aimable pour sa sœur. C'était elle qui aurait dû s'occuper de tout cela. Mais elle était trop occupée avec son nouveau mari... L'histoire se répétait. Leur mère était comme cela, elle aussi.

Mark lut rapidement le devoir.

— Remarquable.

— Merci.

Il allait être en retard, alors qu'il aurait dû garder des sièges pour Eva et l'inconnu qu'elle amenait avec elle. Mais ses obligations d'oncle responsable passaient avant sa libido.

— Ce mot — « obséquieux ». Dis-moi ce qu'il signifie.

Aaron eut un haussement d'épaules évasif.

— J'ai oublié. Mais je le savais quand j'ai rédigé ma recherche.

— Et « séquentiel » ?

— J'ai tout cherché dans l'encyclopédie des dinosaures.

— Quel livre, Aaron ?

— Le bouquin qui a un titre comme *Tyrannosaure*.

— *Thesaurus* ?

— Oui, c'est ça.

Ce bon vieux thesaurus rex ? Mark se mordit l'intérieur de la joue pour ne pas rire.

— Je ne te pose même pas la question : je connais déjà la réponse, dit-il, avant de déchirer le devoir.

Le visage d'Aaron s'empourpra et ses yeux lancèrent des éclairs, mais sa colère n'intimidait pas Mark comme elle aurait impressionné la mère d'Aaron.

— Considère que ce soir, c'est ta dernière soirée de liberté — et je te l'accorde seulement parce que tu as terminé ton devoir de maths. Demain, tu rédiges ta recherche, et tu ne sortiras pas avant d'avoir fini.

Aaron serra les poings. L'été précédent, il avait fait un trou dans une cloison chez sa mère — et cela avait été la dernière fois qu'elle avait pu supporter son attitude.

Mark redressa les épaules comme il le faisait pour affronter les membres de gangs aux urgences. Il s'efforça de garder un visage intraitable, mais intérieurement, il était consterné. Jamais il n'aurait imaginé qu'il devrait affronter son propre neveu de cette façon-là.

— Ne fais pas ça, Aaron.

Apparemment, il avait employé le ton qui convenait, parce que l'adolescent ferma les poings de nouveau, pour finalement, détourner le regard.

— Mais Sandy va m'attendre sur le parking !

Mark consulta l'horloge. Il aurait dû emmener Aaron au match avec lui, mais il avait encore besoin de prendre une douche et de se raser, et cela mettrait son neveu en retard. Aaron n'avait pas besoin d'avoir des problèmes avec son entraîneur en plus de ses problèmes à la maison.

— Dis à Sandy de te ramener ici tout de suite après le match.

— Ouais. Bien sûr.

L'adolescent saisit son sac de sport et sortit en courant.

# 7

La lune brillait dans le ciel clair, l'air était frais, et une légère brise éloignait les moustiques. Une soirée idéale pour le football.

Eva soupira. Et pour s'embrasser sous les gradins. Quels jolis souvenirs ! Mais ce soir, il ne serait même pas question de se tenir la main...

— Ça ne vous dérange pas si nous nous asseyons au bord du terrain ? avait demandé Mark quand il les avait rejointes, elle et sa nièce Selma, à l'entrée, avant de les conduire à leurs chaises.

— Parfait, avait-elle aimablement répondu.

Et leur conversation s'était arrêtée là. D'abord, il les avait laissées pour s'occuper d'une entorse à la cheville, puis on l'avait appelé pour une côte froissée. Et ensuite, il y avait eu les inévitables commotions à contrôler après des plaquages sévères.

Le fait d'être assises sur la touche plaçait Eva et Selma au centre de l'action, qu'il s'agisse du match ou des évolutions des cheerleaders.

Selma était fascinée par leurs séquences de danse, leurs uniformes, et la précision de leurs figures. Elle rêvait de devenir cheerleader et sa « tatie Eva » était bien décidée à l'y aider de son mieux.

Tout en se dirigeant vers les vestiaires, Mark jeta un regard en direction de la touche. Dans son long chandail rouge, Eva était superbe. Il mourait d'envie de la tenir entre ses bras, de lui murmurer des mots doux à l'oreille, et de lui faire des promesses pour la réconforter. Il éprouva une brusque envie de courir la rejoindre, mais au même instant, un membre de l'équipe de tournage apparut à côté de lui pour lui demander s'il était prêt pour son court exposé sur les signes de la commotion cérébrale.

Il avait complètement oublié que le lundi précédent, on lui avait demandé de préparer cette séquence !...

La seule solution, c'était d'improviser.

— La commotion cérébrale est un problème que le sport scolaire prend très au sérieux. C'est une des premières causes de sortie du terrain pendant les compétitions, et avec une deuxième commotion, il y a un risque de séquelles irréversibles. Alors quelles que soient l'importance du joueur dans l'équipe, et l'envie qu'on a de gagner le match, il ne faut jamais oublier qu'aucun match scolaire, même en championnat, ne vaut un handicap permanent. Les jeunes sportifs n'ont pas la maturité suffisante pour prendre des décisions à long terme. Les parents ont donc la responsabilité de prendre les décisions difficiles et de tenir leurs enfants à l'écart des terrains, même si ce doit être pour tout le reste de la saison.

Son regard se posa sur les cheerleaders et il se souvint alors qu'il avait demandé au conseiller d'éducation du lycée de contacter pour lui les parents de Sharona, la jeune fille pour laquelle Eva s'inquiétait.

Ils ne l'avaient toujours pas rappelé.

Voilà que la fanfare entrait sur le terrain pour le spectacle de la mi-temps. La nuit était fraîche, et Eva resserra son chandail autour d'elle. Malgré leurs uniformes minimalistes, les dynamiques cheerleaders, elles, ne sentaient pas le froid.

Sauf Sharona... Pendant que l'équipe se préparait pour la pyramide, la jeune fille se frottait discrètement les avant-bras tout en sautillant sur place, comme à l'entraînement. Trop mince. Eva secoua la tête, en l'observant. Anorexie. C'était évident. Jusque-là, elle n'était pas intervenue, mais en exercice ou non, un médecin avait une obligation morale. Dès que possible, elle demanderait à Mark s'il avait pu parler à la mère de Sharona. Et s'il ne l'avait pas fait, elle s'en chargerait. S'immiscer dans la vie d'une famille sans y être invité, c'était toujours délicat, mais nier les problèmes ne les faisait jamais disparaître.

Les cheerleaders montrèrent leurs talents, formant la pyramide à deux étages qu'elles avaient répétée quelques jours plus tôt dans le gymnase. Avec grâce et souplesse, Sharona prit la pose au sommet sous les applaudissements nourris de la foule.

— Une, deux, trois ! lança la capitaine.

Et la frêle voltigeuse redescendit dans un mouvement parfait sous les acclamations des fans.

Mais soudain, elle chancela, puis s'écroula sur la pelouse.

Aussitôt, Eva se leva et courut dans sa direction.

— Reste là ! lança-t-elle à sa nièce.

Elle entendit un fan s'adresser à une des cheerleaders.

— Va chercher Mark, le docteur !

Les joues de Sharona étaient pâles et froides sous un fin duvet symptôme de malnutrition. Eva lui contrôlait le pouls et les pupilles quand elle reprit conscience.

— Froid, murmura-t-elle entre des lèvres bleues.

Eva ôta son chandail, et en enveloppa l'adolescente qu'elle mit en position assise afin de la prendre entre ses bras. Sharona était bien trop légère pour sa taille et pour son âge.

— A quand remonte ton dernier repas ?

— Juste avant le match.

Une des filles secoua la tête.

— Non, c'est pas vrai. On a toutes mangé, mais toi, tu as dit que tu avais déjà mangé et que tu n'avais pas faim.

— Quelqu'un peut m'apporter une boisson énergétique ? demanda Eva.

Aussitôt, on lui glissa entre les mains une bouteille en plastique qu'elle ouvrit.

— Bois, ma chérie.

L'adolescente prit une gorgée.

— Ça suffit.

— Encore une.

— Non ! Là, j'ai avalé au moins soixante calories.

Mark arriva en même temps que les parents de Sharona, celle-ci tentait au même instant de se remettre debout. Eva posa la main sur son épaule maigre.

— Reste tranquille. Attends d'avoir tout bu.

— Je n'en veux plus.

L'adolescente essaya de vider dans l'herbe ce qui restait dans la bouteille, mais Eva l'en empêcha.

— Qu'est-ce qui s'est passé ? demanda Mark.

— Nous empêchons le match de reprendre ! observa le père.

Il prit sa fille dans ses bras, la souleva, et la porta sur la touche. Son épouse, Mark et Eva le suivirent.

Eva s'adressa aux parents.

— Votre fille s'est évanouie. Je ne crois pas qu'elle ait mangé aujourd'hui.

Le père s'empourpra.

— Bien sûr que si ! Vous croyez que nous la laissons mourir de faim ?

La mère, elle, paraissait inquiète.

— Ces derniers temps, elle ne mange pas beaucoup. Elle dit que ses jeans la serrent.

— Apparemment, le problème prend des proportions incontrôlables, dit Eva.

Sur ces mots, elle fouilla dans son sac, et en sortit une carte de son cabinet médical.

— Vous direz à la secrétaire que le Dr Veracruz vous a conseillés d'appeler.

— Je ne veux pas voir de médecin, protesta Sharona.

— Je sais que tout ça te stresse un peu, mais là-bas, on t'expliquera ce qu'il en est.

Son père prit la carte, la lut, puis la rendit à Eva.

— Nous n'avons pas besoin d'un cabinet médical privé — spécialisé dans les toxicomanies, en plus. Est-ce que notre fille ressemble à une droguée ?

— Dans ce cabinet médical, il y a des personnes spécialistes des problèmes de la nutrition et d'autres types de maltraitances que les adolescents peuvent s'infliger à eux-mêmes.

La mère eut un haussement d'épaules embarrassé.

— Vous connaissez les jeunes filles. Quelquefois, elles pensent tellement à s'amuser qu'elles en oublient de manger. Ou bien ça peut être lié à la période du mois. Ça rend souvent les filles un peu distraites.

Eva retint un soupir d'agacement. Vu la maigreur de l'adolescente, elle doutait que celle-ci ait encore ses règles... A genoux à côté de Sharona, Mark tentait en vain de lui faire boire encore quelques gorgées.

C'était toujours difficile pour des parents de reconnaître un problème qui s'était probablement installé d'une manière très insidieuse, mais Sharona avait absolument besoin d'aide.

Eva sortit son portable.

— Je devrais peut-être appeler une ambulance. Elle ne va pas bien, c'est évident.

Le père se tourna vers Mark.

— Qu'en pensez-vous, docteur O'Donnell ?

— Je ne crois pas qu'un transport aux urgences soit nécessaire, mais je pense vraiment que vous devez la faire examiner. Après n'importe quelle syncope, il vaut mieux consulter.

Eva jeta un coup d'œil surpris à Mark. Il ne la soutenait pas vraiment, mais comme les parents semblaient le prendre plus au sérieux qu'elle-même, elle préféra ne plus intervenir.

Il y eut un silence.

— Demain, je prendrai rendez-vous avec notre médecin traitant, décida enfin la mère. Nous avons assez attiré l'attention sur nous.

Sharona se leva gauchement, et se dirigea vers les autres cheerleaders.

— Attendez, madame, ne put s'empêcher de protester Eva. Votre fille a besoin de rentrer pour prendre un vrai repas et se reposer.

— Mais elle dit qu'elle va bien, et son équipe a besoin d'elle. Si elle part, les filles ne pourront plus faire leurs figures !

— Elles peuvent se débrouiller sans elle.

Mark toucha l'épaule de la mère.

— Imaginez l'effet si elle fait un autre malaise.

Ce fut l'argument décisif.

— Vous avez raison, docteur. Elle a peut-être quelque chose. J'ai entendu parler de cas de grippe.

Eva et Mark s'éloignèrent.

— Elle meurt de faim — voilà ce qu'elle a, dit Eva.

Mark prit la carte que le père de Sharona avait rendue.

— Je ne savais pas que vous étiez spécialisée dans les toxicomanies.

— Qu'est-ce que vous vous imaginiez ! Je ne me contente pas de jouer les médecins à la télévision ! Même s'il est vrai que cela remonte à un certain temps.

— Vous croyez qu'ils ont vraiment besoin de ce genre d'aide ?

— Quand l'anorexie, la toxicomanie ou les problèmes psychologiques, affectent des adolescents, ils touchent toute la famille. Une visite chez le médecin de famille ne va pas suffire. Espérons pour Sharona que son généraliste saura se faire entendre, et convaincre ses parents de l'emmener chez un spécialiste.

Elle adressa à sa nièce sagement assise un petit signe de la main.

— Aux urgences, nous envoyons beaucoup de patients à des médecins — le plus souvent à leur médecin traitant —, mais je ne sais pas combien de gens suivent notre conseil.

— Trop peu. Je vous donnerai des cartes à distribuer en cas de besoin.

Mark passa le pouce sur la tranche de la carte.

— Vous n'auriez pas une adresse plus proche ? Je ne pense pas que les gens qui viennent dans mon service d'urgences, vont aller se faire soigner de l'autre côté de la ville.

— Vous seriez étonné de savoir qui consulte là-bas.

Eva eut un petit sourire. Elle avait reçu bon nombre de familles aisées, qui, honteuses de leurs soucis faisaient en sorte de les cacher à leur cercle de fréquentations.

— Le quartier du cabinet médical n'a rien à voir avec la qualité du traitement.

— Ce n'est pas ce que je voulais dire. J'essaie seulement d'être réaliste. Les enfants qui fréquentent cette école, et les gens de ce quartier n'iront pas consulter là-bas. Or, le plus important, c'est de traiter le problème, non ? Alors ça ne servirait pas à grand-chose de leur fournir une ressource qu'ils n'utiliseraient probablement pas.

Eva tiqua. Il avait sans doute raison.

— Docteur O'Donnell ? appela un joueur.

— Qu'y a-t-il ?

Le garçon pointa l'index en direction du terrain où Aaron venait de plaquer un joueur de l'équipe adverse. Celui-ci ne s'était pas relevé.

— Je vais voir ça, dit Mark, avant de s'éloigner au pas de course.

# 8

Quand Mark rejoignit Eva, la partie était terminée.

— Je vous raccompagne à votre voiture ?

— Pourquoi pas ? répondit-elle sèchement.

Elle lui jeta un bref regard. Elle avait failli décliner la proposition. La raccompagner à sa voiture… Pour lui, elle n'était qu'une vague petite amie avec laquelle on sortait. Et d'ailleurs, cette sortie n'était pas un véritable rendez-vous. Ils ne s'étaient même pas tenus par la main !

Que de non-dit entre eux ! Là était le problème : le manque de communication. Pour deux personnes dont la fonction était d'échanger avec le public, ils ne montraient aucun talent quand il s'agissait de leur propre relation !

— Je suis là-bas.

Elle pointa l'index en direction de sa voiture, qui avait l'air minuscule, garée à côté de la berline de luxe flambant neuve.

En s'approchant, elle fronça soudain les sourcils. Et en plus, elle avait manifestement un pneu crevé !

— Donnez-moi vos clés, je vais monter votre roue de secours, proposa Mark qui avait compris en même temps qu'elle.

Elle haussa un sourcil. Le geste était galant, mais…

— C'est la roue de secours qui est à plat. Selma, il va falloir que j'appelle ton papa.

D'un air très fier, la fillette s'adressa à Mark.

— Mon papa sait tout réparer.

Eva ne put s'empêcher de sourire, sa mauvaise humeur envolée d'un coup. Oui, c'était parfaitement exact : son frère était devenu un as de la réparation et... du bonheur. Depuis presque dix ans maintenant, il n'avait plus touché à aucune drogue.

Elle attrapa son portable dans son sac, et composa un numéro.

— Salut, frérot. Tu sais, ce pneu que tu devais remplacer dès que je trouverais le temps de passer à ton garage ? Eh bien... j'aurais dû trouver le temps.

Elle lui indiqua ensuite l'itinéraire pour rejoindre le parking du terrain de football, puis se retourna enfin vers Mark.

— Ricky est d'astreinte de dépannage ce soir, et il se trouve dans le quartier voisin. Il sera là dans dix minutes. Vous n'êtes pas obligé d'attendre avec nous.

— Bien sûr que si. Je ne laisserai pas une femme en plan, répondit-il d'un ton un peu froid.

Elle se crispa de nouveau. C'était donc tout ce qu'elle était pour lui ? « Une femme » comme les autres...

— J'aime pas ici. Ça fait peur, dit soudain Selma, manifestement inquiète.

Eva passa un bras autour de ses épaules. Les parkings de son quartier étaient effrayants. Mais dans celui-là, on ne risquait pas grand-chose, même si le lampadaire le plus proche était hors-service.

Mark désigna le ciel, adoptant un ton rassurant :

— Je vais te dire comment s'appelle cette constellation. Tu vois les trois étoiles bien alignées là-haut ? Elles forment la ceinture d'Orion...

C'est avec des sentiments mêlés que Mark reconnut le bruit d'une dépanneuse qui approchait. Il avait pratiquement épuisé tout son stock de connaissances sur les étoiles, mais son désir de serrer Eva dans ses bras, lui, n'avait nullement diminué.

— Il arrive !

Selma agita le bras en direction du camion, et le conducteur leva la main en réponse. Le frère d'Eva... Quand celui-ci descendit de la cabine, Mark remarqua les tatouages rudimentaires qui lui recouvraient les deux bras. Des tatouages de prisonnier.

Eva embrassa son frère avec effusion.

— Mon sauveur.

— Je suis venu aussi vite que j'ai pu, répondit l'homme, tout en échangeant avec Mark un regard appuyé.

Visiblement un peu inquiète, Eva se hâta de faire les présentations.

— Mark, voici mon frère, Ricky. Je t'ai parlé de Mark, tu te rappelles, Rick ? Il présente l'émission avec moi.

— Ah, c'est lui ? Content de faire votre connaissance.

Mark saisit la main tendue et la serra. Elle était calleuse.

— Moi aussi.

Ricky examina le pneu et secoua la tête. Un gros clou avait percé le caoutchouc.

— Il va falloir que je trouve un pneu et une jante demain matin. J'aurais dû le faire la semaine dernière.

Eva lui tapota l'épaule.

— Tu étais débordé. Si tu me ramenais chez moi avant de déposer Selma ? Pour aller au travail, demain matin, je prendrai un taxi.

— Je vais vous raccompagner, proposa aussitôt Mark.

Il y eut un silence, puis Eva afficha un petit sourire aguicheur.

— Seulement me raccompagner ?

— Peut-être dîner en route aussi ?

Ricky s'éclaircit la voix.

— Vous flirtez devant la petite, là.

Eva le gratifia d'un léger coup de poing sur l'épaule.

— Elle y est habituée ! Vous flirtez sans arrêt, Susan et toi. On ne croirait jamais que vous êtes mariés depuis plus de dix ans.

Mark regarda Ricky. Dix ans de mariage ? Le frère d'Eva semblait si jeune...

Ricky remarqua son air perplexe.

— On s'est connus ados, ma femme et moi.

Mark ne sut pas trop que répondre.

— Vous vous êtes bien débrouillé, on dirait, lança-t-il.

De la paume, Ricky frotta les lettres grossièrement tatouées sur les articulations de ses doigts, et il jeta un regard en direction d'Eva.

— Pas sans beaucoup d'aide. Et c'est un travail de tous les jours, encore maintenant.

Eva serra tendrement le bras de son frère.

Mark les observa avec un sentiment d'envie. Quelle chance d'avoir une famille pareille ! La dernière fois qu'il avait passé le bras autour des épaules de sa propre sœur, c'était lors d'un mariage et sur les instructions d'un photographe, pour rentrer dans le cadre de la photo !

— Pizza, docteur O'Donnell ? suggéra Eva.

— Ou plutôt un endroit sans tous ces jeunes, qu'en dites-vous ? Je connais un restaurant grec où l'on mange des baklavas exceptionnels.

— Si vous me faites plein de compliments devant un bon dessert, je vous autoriserai peut-être ensuite à me raccompagner jusqu'à ma porte.

Le dîner fut particulièrement agréable. Parler avec Eva, était facile. Trop, peut-être. Mark se surprit à lui raconter des choses qu'il n'aurait jamais cru partager un jour.

— Pour moi, la famille, c'est ce qui compte le plus. C'est comme ma colonne vertébrale, dit-il presque malgré lui.

Et c'était précisément ce qui avait brisé son mariage.

— Moi aussi. Mon frère, ma belle-sœur et mes nièces sont mon petit univers. Ma grand-mère aussi, bien que maintenant elle souffre de démence sénile… Elle ne nous reconnaît plus.

— Comme c'est dur.

— Oui. Quand elle m'oublie, quand elle oublie que j'existe, je sais que c'est à cause de la maladie. Mais dans mon cœur, j'ai l'impression que pour elle, je ne compte plus.

Mark hocha la tête avec compréhension. Il avait pensé cela de son père — qui, lui, était encore frais et gaillard. Le jour où il avait épousé sa nouvelle fiancée et où il était parti s'installer en Floride, Mark avait eu l'impression de le perdre.

— Je suis sûr qu'au fond d'elle-même, au-delà de ses problèmes physiques, elle vous connaît toujours, et elle doit être très fière de vous.

— Je le pense. Pendant mes études, elle n'a pas pu m'aider financièrement, mais son soutien moral m'a permis de continuer. Elle lavait mes vêtements, remplissait le réfrigérateur, et je savais qu'elle priait pour moi… Elle m'a appris ce qu'est l'amour absolu.

— Et elle vous l'a bien appris. Vous le lui rendez, c'est évident, et vous le donnez aussi à votre frère et à votre famille.

— Au début, nous n'avons pas compris que Ricky se droguait. Il ne le cachait pas — ce n'est pas son genre. Mais c'est arrivé progressivement, et, étant ses proches, nous ne voulions pas voir le mal en lui… Le déni est une chose courante dans les familles, et il rend plus long et plus difficile le retour à la normale.

— Ricky a peut-être influencé votre choix professionnel…

— Non. C'est mon mari — plusieurs années avant notre mariage. Je sortais du lycée et j'essayais de trouver du travail quand j'ai rencontré Chuck. Il était policier dans mon quartier, et mon aîné de huit ans, mais moi, je faisais plus vieille que mon âge, et lui, plus jeune que le sien… Il voyait en chaque personne l'être humain, quel que soit son état. Ma meilleure amie au lycée, une fille promise à un brillant avenir, est devenue accro à la méthadone. Au lieu de la traiter comme un pauvre débris, Chuck l'a emmenée à l'hôpital un nombre incalculable de fois avant que finalement, une overdose ne l'emporte. Chuck m'a soutenue dans cette épreuve. Il m'a dit que je pouvais changer les choses, m'a renseignée sur les aides financières et les bourses d'études, et m'a aidée à rentrer à l'université. Auparavant, je n'avais jamais envisagé d'études supérieures. Je ne connaissais personne qui en avait fait.

Mark ne put s'empêcher d'éprouver pour l'admirable Chuck un mélange de gratitude et de jalousie. Comment pourrait-il rivaliser avec la mémoire d'un mort ?

— Pourquoi avez-vous arrêté d'exercer ? Quand vous parlez de soigner, la passion fait briller vos yeux.

Le serveur apporta leur dessert, interrompant la conversation.

— Ce n'est pas vraiment la conversation que j'imaginais.

Elle se renversa dans son fauteuil, goûta un morceau de

baklava et émit un soupir évocateur d'autres plaisirs. Mark se promit de tout faire pour revoir dans ses yeux ce genre d'extase.

— C'est bon, n'est-ce pas ?

— Exquis.

Elle saisit un morceau et le plaça devant les lèvres de Mark.

— Goûtez.

Les doigts d'Eva sur ses lèvres soulevèrent en lui une vague de désir, qui s'amplifia quand elle fit courir sur sa lèvre inférieure un bout de langue rose.

— Vous aimez ?

— Beaucoup.

Il tressaillit. La note légèrement rauque dans sa voix décupla ses espérances pour la nuit à venir...

Mais tout avait changé depuis la dernière fois où une femme avait dormi sous son toit. A ce moment-là, il avait un appartement de célibataire, désormais, un adolescent vivait chez lui. Ce soir, il faudrait faire l'amour chez Eva. Ou ne pas le faire du tout.

Comme si ces pensées avaient appelé Aaron, son téléphone sonna, et le numéro de portable de son neveu s'afficha sur l'écran.

— Tonton Mark ?

La voix tremblait. C'était presque la voix d'un enfant effrayé.

Mark retrouva automatiquement le contrôle et le calme qui étaient les siens dans les cas d'urgence.

— Oui ?

— Eh ben, je suis au poste de police et ils m'ont dit que je pouvais t'appeler.

— Tu es... où ça ?

Il y eut un léger bruissement de l'autre côté du fil.

— Docteur O'Donnell, ici le lieutenant Stack. Nous avons autorisé votre neveu à vous appeler. Il a été arrêté pour conduite dangereuse sans permis, le sien étant suspendu, refus d'obtempérer et violation des conditions de sa probation. Il se trouve au commissariat du Cinquième District et nous allons l'écrouer. Souhaitez-vous venir lui parler avant ?

— Oui. J'arrive.

Mark raccrocha, consterné par la gravité des faits.

— Qu'est-ce qui se passe ? demanda Eva.

— Je dois m'en aller.

— Bien sûr. Je vais appeler un taxi.

— Non, attendez… Où se trouve le commissariat du Cinquième District ?

— Pas loin de chez moi, répondit Eva.

Mark la regarda, de plus en plus désemparé. Le quartier difficile de la ville. Que faisait Aaron là-bas ?

Il réfléchirait plus tard à la raison pour laquelle Eva y habitait toujours. S'il y avait un « plus tard » pour eux après cela — elle allait probablement le laisser tomber quand elle apprendrait ce qui se passait dans sa famille ! Et il ne pourrait pas le lui reprocher. Qui voudrait être mêlé à ce genre de problème ?

Eva repoussa sa chaise et mit son sac en bandoulière.

— C'est Aaron, n'est-ce pas ?

Mark acquiesça en silence.

— Allons-y. Je vous indiquerai quelques raccourcis.

— Dans ce quartier ? Ce n'est pas l'endroit le plus sûr de la ville.

— C'est chez moi. J'y ai grandi, j'y vis, et mon frère aussi. Allez, venez, grand garçon. Je vous protégerai.

Eva se dirigeait déjà vers la sortie. Mark jeta sur la table assez de billets pour régler leur repas, et la suivit.

Il l'aida à monter dans la berline, puis, préoccupé, s'assit au volant et démarra. Ils prirent la direction du poste de police.

A un feu rouge, un groupe d'adolescents à moto entoura la voiture. Avant que Mark ait pu l'en empêcher, Eva descendit sa vitre.

— Maria Rosita, c'est bien toi, dehors à cette heure-ci ? Attends que je le dise à ton père.

Les enfants se dispersèrent avant que le feu ne soit passé au vert.

En arrêtant sa voiture devant le poste de police, Mark se demanda ce qu'il allait faire d'Eva, mais la question était inutile. A peine avait-il coupé le moteur qu'elle était descendue, et se dirigeait déjà vers la porte d'entrée.

Il se hâta de la rejoindre.

Le garde à la porte les salua quand ils franchirent le portique de sécurité.

— Ça fait un bail, docteur, dit-il à Eva.

— C'est vrai, Henry.

Mark stupéfait, les regarda tour à tour, mais ce n'était pas le moment de s'arrêter pour poser des questions.

A l'intérieur, la lumière était aussi crue qu'aux urgences, et entouré d'hommes armés en uniforme, il se sentit plus victime que sauveteur.

Son ex-femme l'attendait à l'accueil, dans une robe noire satinée au décolleté profond, et chaussée d'escarpins à hauts talons qui mettaient ses jambes en valeur.

Elle affichait son visage d'avocate, un visage impassible qui lui aurait permis de remporter des tournois de poker si toutefois elle s'était abaissée à une activité aussi plébéienne.

— Il va bien, dit-elle en guise de bonjour.

— Qu'est-ce que tu fais là ? demanda Mark, à la fois inquiet et contrarié.

— Aaron m'a appelée.

— Je peux gérer ça.

— Je le connais depuis sa naissance, et il sera toujours mon neveu malgré notre divorce. Laisse-moi l'aider.

Mark lui jeta un regard exaspéré. Pourquoi fallait-il qu'en plus Eva soit là, et assiste à toute cette conversation ?

La réceptionniste intervint.

— Monsieur, vous êtes le responsable légal d'Aaron Cunningham, si je comprends bien. Voulez-vous voir votre neveu ?

— Oui, s'il vous plaît.

Eva le regarda s'éloigner, le cœur empli de compassion.

L'autre femme se tourna vers elle.

— Tiffany Spears, l'ex-femme de Mark.

Elles échangèrent une poignée de main ferme.

— Eva Veracruz.

— Oui, je sais. Je vous ai vue témoigner au tribunal. Médecin expert en toxicomanie, c'est bien ça ?

Eva opina, mais cela faisait longtemps qu'elle ne se considérait plus comme un médecin expert.

Elle vit changer le regard de Tiffany : l'avocate venait de se souvenir en quelle autre circonstance elle l'avait vue.

— C'est vraiment triste, ce qui est arrivé à votre mari.

— C'est vieux, tout ça, mais merci d'avoir si bien mené l'affaire.

— Les criminels doivent être exclus de la société, surtout les assassins de policiers, répondit Tiffany.

Son téléphone vibra.

— Excusez-moi.

Eva s'assit sur une chaise en plastique pour attendre Mark.

Tiffany raccrocha et s'assit à côté d'elle.

— Ça fait longtemps que vous sortez ensemble ?

Eva se raidit. Où voulait-elle en venir ?

— Non. Nous travaillons ensemble. Ce soir, c'est la première fois que nous sortons tous les deux, répondit-elle, mentant délibérément.

— C'est un homme formidable. Si notre mariage a échoué, c'est entièrement ma faute.

Eva lui adressa un sourire chaleureux.

— Impossible. J'ai fait assez de conseil, et j'ai été mariée assez d'années pour le savoir.

D'un geste de la main, Tiffany balaya son objection.

— Mark était, et il est toujours, très « famille ». Il est le ciment qui lie sa mère et sa sœur. Et moi, je voulais avoir la première place dans sa vie. Incapable de partager ! Alors j'ai trouvé quelqu'un d'autre, seulement ça n'a pas marché.

— Je n'ai vraiment pas besoin de savoir tout ça.

— Comme vous voudrez. Pourtant, à en juger par la manière dont vous vous regardez tous les deux, il y a quelque chose entre vous.

— Il y aura peut-être quelque chose, mais pour l'instant il n'y a rien, répondit Eva.

Elle se rendit compte aussitôt que sa réponse sonnait faux.

Dès que Mark apparut à l'angle du couloir, très pâle, elle se leva et lui adressa un sourire de réconfort. Il se dirigea vers elle, et sans réfléchir, elle ouvrit les bras, mais leur accolade fut interrompue par Tiffany.

— Est-ce qu'Aaron t'a parlé, Mark ?

— Oui. Il n'a pas compris. D'après lui, ce n'est pas si grave, et il est victime d'une injustice.

Les épaules de Tiffany s'affaissèrent.

— Veux-tu que je le représente ? Il faut que tu me le demandes officiellement.

Mark ne répondit pas tout de suite, et quand il le fit, ses yeux brillaient de larmes.

— Oui. Je souhaite que tu le représentes. Et je te paierai pour ça.

— Pour le volet financier, nous verrons plus tard. J'ai anticipé en passant quelques coups de fil. On va le garder en cellule cette nuit, et demain, tu pourras le faire libérer sous caution.

— Je veux l'emmener ce soir.

— Mark, c'est son second délit... Ce que je vais te dire ne va pas te plaire, mais Aaron est si têtu qu'une nuit sous les verrous lui servira peut-être de leçon et lui apprendra à assumer la responsabilité de ses actes.

— Qui aime bien châtie bien, c'est ça ? Et la solidarité familiale ? Ce n'est pas ta priorité, hein ?

— Ecoute, répliqua Tiffany, je ne peux pas faire plus pour lui ce soir. Tu pourras venir le chercher entre 10 heures et 10 h 30 demain matin.

Mark lui tourna le dos, regardant la nuit dehors à travers les portes vitrées.

Tiffany sortit de son sac une carte de visite et la remit à Eva.

— Il a de la peine. Je suis contente qu'il vous ait pour prendre soin de lui.

Elle se dirigea vers les portes, et au passage, posa brièvement la main sur l'épaule de Mark.

— Courage. Et prends soin d'Eva aussi. Elle a vécu des choses très dures.

Il acquiesça distraitement. Prendre soin des gens, il ne faisait que cela... Il ne lui restait plus qu'à s'en aller, avec Eva — et malheureusement, sans son neveu.

Soudain, un cri venu du couloir les fit sursauter.

— A l'aide ! Il fait des convulsions !

Mark s'élança, Eva sur ses talons.

Sa première pensée fut le soulagement. Le garçon allongé devant un policier n'était pas Aaron.

Sa seconde pensée fut de lui venir en aide, mais Eva était déjà à genoux à côté du garçon, qui ne devait pas avoir plus de seize ans. Il était couché sur le sol en position fœtale, et secoué de violents tremblements.

Mark se plaça de l'autre côté du garçon et contrôla ses pupilles.

— Il réagit à la lumière.

— Qu'est-ce qu'on sait de lui ? demanda Eva.

Le policier eut une moue désabusée.

— Il vit dans la rue. Nous l'amenons souvent ici.

— Pour quelle raison ?

— Ivresse et désordre sur la voie publique. Et il mendie au coin des rues. Les commerçants n'apprécient pas.

Eva se pencha sur son visage. Aucune odeur d'alcool.

— Depuis quand est-il là ?

— Hier soir. Nous le gardons toujours le plus longtemps possible pour pouvoir lui donner plusieurs repas avant de le présenter devant le juge. Il prend une amende, et on le remet à son père. Ensuite, il fugue, et nous le revoyons dans la semaine qui suit. Un vrai cercle vicieux.

— Ce ne sont pas des convulsions. Il est en manque.

Eva posa la main sur la tête du garçon et repoussa ses cheveux qui retombaient sur son visage. Il gémit doucement et frotta sa joue contre la paume, comme un animal blessé.

— On va te soigner, dit doucement Eva avant de s'adresser au policier. Vous avez appelé une ambulance ?

— Oui.

— On pourrait avoir deux couvertures ?

La réceptionniste courut chercher ce qu'on lui demandait. Eva utilisa une couverture comme un coussin improvisé pour la tête de l'adolescent, et le couvrit avec l'autre.

Mark se sentait inutile. Pour l'instant, on ne pouvait rien faire de plus. Mais Eva continuait de caresser la tête du jeune homme, tout en lui parlant.

— Je suis médecin, et j'ai une solution. On va t'hospitaliser pour un sevrage. Est-ce qu'on t'a déjà soigné ?

Malgré ses tremblements intenses, le garçon parvint à secouer négativement la tête.

— Là-bas, on t'aidera à te rétablir. Et quand tu iras bien, je m'assurerai que tu aies un endroit où aller — un endroit sûr.

L'adolescent eut un regard incrédule, que vit le policier.

— Si le Dr Veracruz te le dit, mon garçon, tu peux la croire.

Les ambulanciers firent une entrée bruyante.

— Doucement, les gars ! lança Eva. Il ne va pas bien.

Sous son regard attentif, ils installèrent le garçon sur le brancard.

Mark fit une petite grimace, cherchant à dissimuler son émotion. Il venait d'apprendre beaucoup de choses sur Eva. Elle était pétrie de dévouement, de compassion, de force et d'intelligence. Et de passion.

— Je vous ramène chez vous, dit-il.

— Juste quelques détails à régler à l'accueil pour le gamin.

Une fois parvenu devant chez elle, Mark se gara et alla ouvrir la portière d'Eva.

Elle parut hésiter.

— Montez un moment, Mark.

— Je ne crois pas que ce soit le soir idéal pour ça.

— Je sais d'expérience comment ça va se passer pour Aaron. Nous pourrions en parler.

Il hocha lentement la tête. L'avenir proche s'annonçait difficile. Plus il serait informé, mieux ce serait.

— D'accord.

Quand Eva lui prit la main, il eut l'impression que c'était elle qui l'aidait à reprendre contact avec le sol.

Elle l'aidait, lui qui d'ordinaire, n'acceptait l'aide de personne…

# 9

Un grand désordre régnait dans l'appartement d'Eva : revues et courrier sur la table de la cuisine, chaussures de tennis dans le séjour, couverture et oreiller sur le canapé.

Mark eut un petit sourire triste. Il avait souvent dormi sur son propre canapé après son divorce. Son lit lui semblait alors trop grand et trop froid.

Eva posa son chandail sur le dossier d'une chaise longue.

— C'est un peu tard pour un café. Un thé déthéiné peut-être ?

— Volontiers.

Il ne raffolait pas du thé, surtout déthéiné, mais cela lui donnerait une contenance.

Eva remplit d'eau une bouilloire qu'elle brancha.

— Asseyez-vous quelque part.

Mark écarta un roman d'amour qui traînait sur le canapé. Conçue par un décorateur d'intérieur, la maison où il avait grandi ressemblait à une photo de magazine. Sa mère l'aurait sûrement qualifié avec mépris de « style brocante », mais lui, il aimait ce côté un peu bohème.

Il se renversa sur le canapé et allongea ses jambes. La bouilloire sifflait déjà. Cet endroit dégageait les ondes accueillantes d'un lieu où on peut passer à toute heure, sans prévenir...

Eva lui tendit un thé fumant avant de s'asseoir à l'autre bout du canapé, son mug entre les mains.

— Vous vous y connaissez en matière d'affaires de police ?

— Oui. Et d'adolescents en difficulté aussi. Ricky a passé

trois ans en prison pour vente de stupéfiants. Et c'est mon mari qui l'a arrêté.

Mark avala une gorgée de thé.

— Et moi qui pleure sur mon sort...

— Nous étions mariés depuis environ trois mois. C'était ma première année comme interne. Ricky venait d'avoir dix-huit ans et sa petite amie — sa femme maintenant, Susan — était enceinte de quatre mois de Selma.

Eva posa son mug sur le tapis.

— Ce n'était pas le premier délit de Ricky, mais ça a été le dernier. Quitter la rue lui a sauvé la vie.

Mark se redressa légèrement. Quel rapport tout cela avait-il avec Aaron ?

— Aaron ne se drogue pas, lui.

— Est-ce que vous l'avez fait tester ?

— Je l'aurais vu ! Je suis médecin, je repère ce genre de chose.

— Les médecins répugnent à soigner leurs proches. Il y a une raison à cela : objectivité et famille ne font pas bon ménage. Aaron ne consomme peut-être pas, mais il a un comportement instable, qui pourrait le conduire dans des endroits où il ne devrait pas aller. Il risque d'être blessé, ou même tué.

— Vous dramatisez peut-être un peu, non ? Il conduisait trop vite, c'est tout, et ensuite, il n'a pas su se taire, comme beaucoup de jeunes.

Les doigts de Mark se crispèrent sur son mug, et il s'entendit prononcer ces mots malgré lui :

— Ce n'est pas à moi qu'il faut faire la leçon.

— Une leçon ne servirait à rien. En général, les adolescents n'écoutent pas. Aaron a besoin d'une vraie prise en charge, avec toute sa famille. Et il a besoin d'un test pour tous les types de substances, illégales ou pas. Un test poussé.

— Il ne se drogue pas, répéta Mark, agacé. Il ne saurait même pas où se procurer les produits. Ce n'est qu'un enfant. Et il avait des ecchymoses. On l'a peut-être brutalisé un peu.

— Je connais les policiers qui l'ont arrêté. Ils n'ont fait que leur devoir.

Eva voulut prendre la main de Mark, mais il serra obstinément son mug.

— Aaron mesure près d'un mètre quatre-vingt-dix et doit passer les cent dix kilos, et en plus, il était incontrôlable. On peut imaginer qu'un des policiers ait utilisé la force pour le ceinturer, et qu'il s'est débattu. Ce genre de situation peut déraper très vite.

Mark songea soudain qu'il lui faudrait les noms de ces hommes afin de les transmettre à Tiffany pour enquête.

— Comment connaissez-vous ces policiers ? reprit-il.

— Ils travaillaient avec mon mari.

— Qu'est-ce que vous leur avez dit juste avant de quitter le poste ?

— De veiller sur Aaron cette nuit. Seul dans une cellule avec caméra de surveillance pendant vingt-quatre heures. Par faveur spéciale pour moi.

— Pourquoi feraient-ils ça ?

— Je suis la veuve d'un policier, et un médecin respecté. Ils feraient beaucoup de choses pour moi.

— Mais pas me le rendre ce soir.

— Ça, je ne l'ai pas demandé.

— Pourquoi ?

— Parce que je veux faire au mieux pour Aaron, et cela ne lui rendrait pas service de sortir sans autre sanction qu'un passage au poste.

— Qui aime bien châtie bien, c'est ça ? Comme pour votre frère en prison ? Vous ne connaissez même pas Aaron. Il n'est pas comme ça.

— Vraiment ? Il accepte l'autorité ? Il aime l'école ? Il ne prend pas les policiers pour des idiots ? Il n'adore pas flirter avec les limites ? Il ne met jamais sa vie et celle des autres en danger ?

Mark se mordit jusqu'au sang l'intérieur de la joue. La réponse à toutes ces questions était… oui. Soudain désemparé, il éprouva une envie de serrer Eva contre lui, mais il se contenta de poser le bras sur le dossier du canapé.

Eva replia une jambe sous elle, ce qui réduisit la distance entre eux.

— Alors qu'est-ce qui va se passer ensuite ?

— Votre femme…

— Ex-femme.

— Votre ex-femme va demander qu'on vous remette Aaron. Si le juge accepte de le placer sous votre responsabilité, vous devrez appliquer toutes les restrictions qu'on lui imposera. Ça peut aller d'un couvre-feu à une interdiction de quitter le domicile.

— Et ensuite ?

— On vous fixera une date de convocation au tribunal, et dans l'intervalle, votre avocate contactera le bureau du juge pour enfants et elle tentera de trouver un accord avant le procès.

— Quel genre d'accord ?

— La plupart du temps, un accord inclut une aide. Thérapie familiale, individuelle et de groupe. Et assez souvent, on impose des travaux d'utilité générale.

— En quoi consistent-ils ?

— C'est très varié. Travail au refuge des animaux, entretien dans les centres aérés de la ville, service dans une cantine… Ça dépend vraiment des juges.

— Cela ne ferait pas de mal à Aaron.

— Je ne veux pas vous laisser croire que tout va se régler aussi facilement. Agresser un policier, c'est grave. Une peine de prison n'est pas exclue.

— Et ses études ?

— Dans les centres pour mineurs, il y a des écoles. Mais beaucoup de ces jeunes sont largement déscolarisés, et donc, le niveau n'est pas celui auquel Aaron est habitué.

— Et il ne pourra plus jouer au football.

— Il n'y a pas que le football dans la vie.

— Pour Aaron, si. La privation de football, c'est la seule menace un peu efficace avec lui… mais il est peut-être temps d'essayer une autre méthode que la carotte et le bâton.

Eva posa sa tête sur l'épaule de Mark.

— En fait, le système récompense-punition n'est pas un mauvais principe.

— Et ma sœur qui est en croisière… Je ne l'ai même pas appelée, mais qu'est-ce qu'elle pourrait faire ici, à part se lamenter ? J'aurais une deuxième personne à prendre en charge !

Il respira l'odeur fraîche de shampooing des boucles soyeuses, tout en essayant de remettre un peu d'ordre et de logique dans ses pensées en tumulte.

— Moi, je suis très reconnaissante envers les gens de ma famille, qui m'ont soutenue aussi souvent que je les ai soutenus.

Eva se blottit, invitant Mark à un baiser de réconfort.

Il la désirait, il rêvait de son corps. De ses lèvres. De leurs souffles mêlés. Mais il n'avait pas envie de la pitié d'Eva, surtout pas. Alors au lieu de l'embrasser, il détourna avec peine le regard.

— Vous savez, dans ma famille, on n'est pas très enclins à partager les problèmes, sauf pour faire des reproches, dit-il sans réfléchir.

Pourquoi lui racontait-il ces choses-là ? Et pourquoi se sentait-il soulagé de se confier ?

— Croyez-moi, la thérapie peut aider dans ces cas-là. Quand tout le monde a voix au chapitre dans un environnement apaisé, cela peut aider à aplanir beaucoup de difficultés.

— Et les thérapies familiales ?

Mark avait posé la question avec défiance. Il envisageait mal en effet, d'évoquer ses sentiments devant un étranger qui jugerait la dynamique de leurs relations.

— Le thérapeute essaie de faire sortir les pensées et les opinions que chaque membre de la famille a gardées pour lui. Il met au grand jour tous les sentiments sous-jacents, et s'assure que les besoins de chacun soient satisfaits. Le praticien donnera peut-être des conseils pratiques individualisés. Il demandera des tests de dépistage pour Aaron — et peut-être aussi une aide individuelle pour vous et pour votre sœur… C'est variable.

— Vous l'avez fait vous-même ?

— Oui. En tant que thérapeute et en tant que patiente.

— En tant que patiente… quand votre frère a eu des problèmes ?

— Oui. Et aussi quand mon mari est mort.

— Comment est-ce arrivé ?

Eva le regarda, un instant décontenancée. Mark changeait brusquement de sujet pour se protéger, sans doute. Trop de tension... Elle détourna la tête à son tour.

— Nous en parlerons une autre fois.

Un jour, elle serait capable d'en parler — peut-être. L'indécision faisait partie des symptômes les plus paralysants du syndrome de stress post-traumatique, avec les cauchemars et les retours sur le passé.

Visiblement un peu déçu, Mark eut un geste évasif.

— Vous n'avez pas encore surmonté ce drame... Je crois que je ferais mieux de rentrer chez moi. Ça va être dur après ce qui s'est passé. Ce genre de chose rend une maison vide, encore plus vide.

Eva eut une brève hésitation.

— Si vous partez, ma maison aussi sera vide, murmura-t-elle... Mon mari m'a apporté ce dont j'avais besoin, mais je ne suis plus la femme qu'il a épousée. J'ai besoin d'autre chose, et de quelqu'un d'autre qui soit différent. Restez.

— Pourquoi ? demanda Mark, visiblement indécis lui aussi.

— Pourquoi ?

Avait-elle vraiment besoin de l'expliquer ? Elle ravala sa soudaine timidité.

— Parce que je veux que vous me touchiez. Et je veux vous toucher aussi. Je veux remplir ce vide en vous. Et que vous combliez ma solitude aussi... J'en ai tellement envie.

Elle trembla légèrement, et soudain, la panique l'envahit. Cela allait arriver. Le voulait-elle vraiment ?

Elle imagina les mains de Mark sur ses seins et sur ses cuisses, et la panique céda la place à l'excitation. Oui, ça allait vraiment arriver, et elle voulait vraiment le faire avec cet homme qui l'attirait incroyablement.

Un délicieux frisson d'anticipation la traversa.

— Je ne vous ai jamais montré mon lit king-size, matelas très ferme, dit-elle doucement.

Elle prit Mark par la main pour lui faire quitter le canapé, et sans le lâcher, l'entraîna dans la chambre.

Son lit en désordre semblait les attendre, et sa chemise de nuit traînait dessus. Elle la jeta sur le parquet, et se retourna.

— Pas très sexy comme nuisette, hein ?

— C'est vous l'hôtesse. A vous de fixer les exigences vestimentaires.

— Dans ce cas, vous êtes bien trop couvert.

Mark ôta rapidement sa chemise.

— C'est mieux comme ça ?

— Oui. Beaucoup mieux.

Mark eut un sourire lourd de sous-entendus.

— Puis-je vous aider à vous mettre à l'aise vous aussi ?

— Oui, s'il vous plaît. Ce serait très gentil.

Elle leva les bras pour qu'il la libère de son T-shirt, et quand ce fut fait, il émit un sifflement muet d'admiration, puis il tendit l'index en direction du soutien-gorge en dentelle.

— Je peux ?

— Oui... Oh oui, s'il vous plaît.

— Comme ça ?

La voix de Mark, taquine, dissimulait mal son désir contenu à grand-peine. Il balaya du doigt les bonnets de dentelle, laissant ses paumes effleurer les pointes tendues sous l'étoffe.

— Encore, dit-elle, la voix un peu tremblante.

— Encore ? Comme ça ?

Il se pencha pour déposer des baisers au-dessous de son oreille, avant de descendre lentement jusqu'au sillon entre les seins.

— Oui. Comme ça.

Eva s'assit sur le lit. Mark l'y suivit, dégrafant en même temps son soutien-gorge. Ensuite, il prit un sein rond dans sa main, caressant la pointe avec le pouce tandis qu'il taquinait la pointe de l'autre sein avec sa langue. Eva émit un petit gémissement.

Ensemble, ils se renversèrent sur le drap, sans que Mark ne cesse de l'embrasser et de la caresser avec douceur.

Pendant qu'il s'écartait pour ôter son jean et prendre un préservatif dans son portefeuille, Eva défit le zip de son propre jean et souleva les hanches. Il l'aida à ôter son pantalon, puis reprit là où il s'était arrêté, et ses lèvres glissèrent lentement vers son ventre.

Quand il atteignit son piercing au nombril, il le taquina avec la langue, et il entendit Eva gémir franchement cette fois, ce qui le rendit de plus en plus fébrile.

— Encore, balbutia-t-elle.

— Dis mon nom.

— Mark, murmura-t-elle.

— C'est moi que tu veux ? demanda-t-il.

— Toi. Rien que toi.

— Maintenant ? demanda-t-il encore.

Il se souleva au-dessus d'elle. Leurs corps se frôlaient à peine. Il était prêt à plonger en elle, mais il prolongeait l'attente, encore et encore.

— Oh oui, supplia-t-elle.

Et enfin, ils ne firent plus qu'un. Ce fut fort, rapide — et merveilleux.

— Mark, Mark, Mark, répétait Eva au rythme de leur étreinte.

— A ton tour. Dis mon nom, demanda-t-elle.

— Eva, murmura-t-il d'une voix rauque pendant qu'elle enfonçait les ongles dans son dos musclé.

Elle cria encore le nom de Mark, tandis qu'il se fondait éperdument en elle.

Et en même temps, ils atteignirent une jouissance qui les entraîna vers des sommets insoupçonnés.

Reprenant lentement leur souffle, ils demeurèrent étendus sur le lit, bras et jambes mêlés.

Mark se sentait profondément déconcerté, mais une chose était sûre : ce qui venait d'arriver, dépassait de loin le sexe pur et simple... Raison pour laquelle il lui fallait s'en tenir là ! Il n'était pas prêt pour autre chose... il n'avait pas prévu tout cela.

A quoi bon alors se préoccuper d'Eva, chercher à connaître ses pensées, ses rêves, la force intérieure qui la faisait avancer ?... Sa ligne de conduite tenait désormais en trois mots : ne pas s'attacher.

Du bout des doigts, elle lui caressa le ventre, faisant naître par ce jeu un frisson électrisant.

— Ça va ? demanda-t-elle sans le regarder.

— Oui. Et toi ?

— Euh, oui je crois...

Elle bascula sur le côté et se leva.

— Qu'est-ce qui s'est passé ? demanda-t-elle.

Mark la détailla avec admiration. Elle était si féminine. Et toute à lui. Mais il devenait fou ou quoi ?

Comment ça, « à lui » ? Sûrement pas !

— Je n'en sais rien, dit-il d'une voix mal assurée.

— Je n'ai jamais ressenti... — même avec... — enfin, je ne sais pas qu'en penser. Et toi ?

— Moi non plus.

— Ce que je vais te dire a l'air bizarre, mais j'ai l'impression de m'être perdue moi-même, puis je me suis trouvée avec toi. C'est très métaphysique, je le sais, mais c'est la seule façon de décrire ce que je ressens.

Il acquiesça lentement.

— Tu n'as pas l'air très content. A quoi penses-tu ?

— Je n'en sais rien.

Il roula jusqu'au côté opposé du lit.

— Je crois que j'ai besoin de temps, et d'espace.

— O.K.

Eva désigna une porte.

— La salle de bains est là. Je te laisse un peu d'intimité. Je serai dans la cuisine.

Il sentit sa gorge se nouer. De l'intimité. Glaçant, ce mot. Après ce qu'ils avaient fait, ce qu'ils avaient partagé, il résonnait comme « séparation ».

— O.K. Merci, répondit sèchement Mark.

Eva détourna la tête. Mark semblait soudain si lointain. Comment un élan partagé avec cette passion pouvait-il signifier pour chacun d'eux des choses si différentes ? Quelle erreur d'avoir fait l'amour avec lui ! Elle était tombée amoureuse d'un homme qui ne l'aimait pas.

Elle ramassa sa chemise de nuit sur le parquet, et après un bref passage par la salle de bains, sortit rapidement de la chambre sans regarder Mark.

Il prit son temps sous le jet de la douche, essayant de mettre au point un plan d'action, ou au moins, d'avoir une idée de ce qu'il allait faire. Pouvait-il partir après une expérience aussi incroyable ? Ils avaient vraiment fait l'amour... mais il était trop tôt pour parler de sentiment. Et de toute façon, il ne croyait guère à l'amour.

Alors à quoi était dû ce qu'il ressentait ?

A leur bonne entente. A l'abstinence. Au stress. Au désir.

En entrant dans la cuisine, il trouva Eva qui lavait distraitement son mug en regardant la nuit au-dehors par la fenêtre de la cuisine.

Elle jeta un coup d'œil dans sa direction.

— Tu as tout ce qu'il te faut ?

Il la regarda sans la voir. Non. Il ne savait même pas de quoi il avait besoin, et encore moins où le trouver.

— Oui, merci.

— Si tu dis non, je comprendrai tout à fait.

Eva regarda le mug comme si elle était étonnée de le trouver entre ses mains, et se mit à frotter l'anse inutilement.

— Mais si tu veux, je pourrai peut-être t'aider demain dans la procédure pour Aaron.

Mark eut l'impression que le poids qui lui pesait sur les épaules venait de s'alléger un peu. C'était donc cela de partager un fardeau... Mais il refusait d'ennuyer Eva avec ses problèmes personnels.

— En fait, je... c'est d'accord, répondit-il pourtant.

— Tiffany sera informée de l'heure à laquelle tu devras te présenter. Quand elle te préviendra, appelle-moi, même s'il est très tôt.

— Entendu… Merci. Le mot est faible, mais… merci.

Eva afficha un vrai sourire, doux et authentique.

— De rien.

L'image de ce sourire le soutint pendant tout le trajet vers son appartement désert.

# 10

Quand Tiffany l'appela, vers 8 heures du matin, Mark était debout depuis des heures après une nuit agitée.

— Je n'ai pas réussi à obtenir une mise en liberté. Ils vont le garder jusqu'à lundi, et un juge prendra la décision.

— Encore deux jours !

— Il a enfreint ses conditions de probation, il a agressé un policier, et n'a manifesté aucun remords. J'ai frappé à toutes les portes, je ne peux rien faire de plus. Les visites sont à 15 heures cet après-midi. Tu pourras quand même le voir...

Sans réfléchir, Mark se rendit en voiture chez Eva. Il avait besoin de son réconfort et de son soutien. Et de son amour.

De son amour ? Sûrement pas. Il était assez fort pour s'en passer.

Et pourtant, malgré lui, il s'interrogeait. Est-ce qu'Eva l'aimait ?

Elle vint lui ouvrir en chemise de nuit, les cheveux en désordre et manifestement prête à retourner au lit. Seule.

— Mark ?

— Excuse-moi. Je n'aurais pas dû... Je ne pourrai pas le voir avant cet après-midi.

— Entre, dit-elle, en s'écartant pour le laisser passer.

Remarquant des seaux de peinture dans un coin, il esquissa un sourire.

— Je n'ai pas oublié notre jeu, Eva. Tu avais gagné, et je te dois de l'aide. Si nous faisions ces travaux de peinture ensemble ?

— D'accord.

Il surprit son regard plein de compassion, et se sentit soulagé. Elle le comprenait.

— Tu prépares du café pendant que je m'habille ? reprit-elle. Fouille dans la cuisine, fais comme chez toi...

Quelques heures plus tard, Mark donnait les ultimes coups de pinceau au dernier encadrement de fenêtre.

— Je crois que je vais tout ranger maintenant. Je n'ai droit qu'à quarante-cinq minutes avec Aaron. Je ne veux pas être en retard.

— O.K., répondit Eva.

Il la regarda, hésitant. Il mourait d'envie de lui demander de l'accompagner, mais un O'Donnell ne s'appuyait jamais sur une femme. Il lui restait sa fierté, que diable !

— Veux-tu que je vienne avec toi ? Je t'aiderai dans la mesure de mes possibilités, reprit-elle, comme en écho à ses pensées.

Pour masquer son soulagement, il adopta un ton dégagé.

— Bien sûr. Aaron a bien besoin d'aide.

Et lui-même aussi...

Le regard d'Eva lui montra une fois de plus qu'elle l'avait deviné.

— Je ferai avec plaisir tout mon possible pour lui, et pour toi. Tu n'as qu'à demander.

Il s'éclaircit la gorge. C'était bien la difficulté, justement — demander...

Assise dans la salle d'attente, Eva regardait Tiffany marcher de long en large tout en consultant sa messagerie téléphonique.

Soudain, elle s'arrêta et appuya sur une touche.

— Allo !

Elle articula silencieusement le mot « juge des enfants » en désignant son téléphone de l'index.

— Oui, dit-elle, j'ai vu Aaron ce matin. La visite s'est passée comme celle d'hier soir, mais maintenant, on le sent désespéré derrière ses fanfaronnades. Je lui ai parlé de son attitude, mais il ne comprend toujours pas.

Tiffany écouta visiblement avec intensité, le front creusé par un pli d'inquiétude.

— Oui, nous pourrions faire ça. Je sais à qui le demander.

Elle raccrocha, et au même instant, Mark entra dans la pièce. Il saisit la main d'Eva comme s'il se raccrochait à une bouée de secours.

— Il faut que je le sorte de là !

Tiffany se tourna vers lui.

— Je suis en train de parler avec le juge des enfants pour tenter de trouver une solution. Si seulement Aaron y mettait du sien... Est-ce qu'il ne pourrait pas manifester un peu de remords, et assumer au minimum la responsabilité de ses actes ?

Eva sentit les mains de Mark se crisper.

— Il a peur, alors il essaie de passer cette épreuve du mieux qu'il peut. Vas-tu faire quelque chose pour lui, ou est-ce que je dois engager un autre avocat ?

Tiffany balaya d'un geste de la main le ton brusque de Mark.

— Il a subi un test de dépistage pour les drogues et nous attendons les résultats, mais ils recommandent une évaluation pratiquée par un expert.

— Il ne se drogue pas, affirma Mark, vibrant de colère.

Tiffany lui décocha un regard noir.

— Veux-tu qu'il sorte ou non ?... Voilà ce qui a tout gâché entre nous, Eva !

Prise dans le retour de leurs vieilles querelles, Eva évita soigneusement de s'en mêler.

— Je vais m'occuper de ces tests, déclara-t-elle. Mais avant, il faut que je retourne à mon ancien bureau à la clinique pour faire quelques recherches.

Mark parut sur le point de protester, mais il esquissa un sourire.

— Merci. Je t'emmène.

Mark arrêta la voiture dans une place de parking qui venait de se libérer juste devant l'entrée.

Eva regardait la porte du centre, figée sur son siège, mais

cela allait quand même mieux que la dernière fois : elle avait été incapable d'entrer dans le bâtiment.

— Ça va ?

Elle prit une longue inspiration. C'était là, à cet endroit précis, que Chuck avait été abattu en essayant de la protéger d'un jeune toxicomane en crise, décidé à tuer tout ce qui bougeait.

— Je n'arrive toujours pas à en parler, dit-elle.

— Le soutien psychologique ne t'a pas aidée ?

— Si, mais il m'a fallu du temps aussi. Beaucoup de temps. J'ai souffert d'un syndrome de stress post-traumatique.

— Et tu essaies de diagnostiquer mon neveu que tu n'as vu que quelques fois, et jamais dans un cadre médical.

Eva eut un petit sourire.

— Je souffre d'un syndrome de stress post-traumatique — pas d'une fonte des neurones.

— Excuse-moi.

— Ce n'est pas grave. Je comprends que tu réagisses trop vivement, comme je l'ai fait quand mon frère a pris une peine de prison. Ricky continue de lutter contre son addiction, et il continuera de le faire pendant tout le reste de sa vie.

— Aaron ne se drogue pas. Je vois des drogués tout le temps. S'il prenait des produits, je l'aurais remarqué depuis longtemps.

— Toi, tu vois les toxicomanes quand ils sont en crise. Tu serais étonné d'apprendre combien de gens gardent un fonctionnement social, tout en étant dépendants de divers produits.

— Alors, tu crois vraiment qu'Aaron se drogue ?

Eva s'appuya contre la portière, comme pour mettre plus de distance entre eux.

— Il faudra que je parle avec lui pour te donner une opinion professionnelle mais...

— Mais ?

— Il présente des signes d'abus de stéroïdes anabolisants. Les policiers ont demandé un dépistage.

Mark dirigea vers elle un regard soupçonneux.

— C'est de ça que tu as parlé avec eux après son arrestation. Tu leur as dit de rechercher des stéroïdes !

— Ils savent repérer ça. Ils en ont tellement vu...

— Tu ne réponds pas à ma question. Tu te défiles. Venant de Tiffany, ça n'aurait rien d'étonnant, mais de ta part...

Eva garda une voix posée.

— Ils m'ont demandé mon avis, de manière tout à fait officieuse. Et je le leur ai donné, pour le bien d'Aaron. Les stéroïdes peuvent être très dangereux, surtout pour un adolescent en plein développement.

— Pour le bien d'Aaron ?

Mark fit vrombir le moteur.

— Je te ramène chez toi. Pour le bien d'Aaron, il ne faut pas faire cette analyse.

Eva de retour chez elle, et après avoir enfilé une salopette de travail, déposa une épaisse couche de peinture sur le mur. La dernière fois qu'elle avait fait cela toute seule, c'était juste après la mort de Chuck. Venait-elle de perdre aussi Mark ?

Elle s'activa ainsi jusqu'au lundi, refusant l'idée d'aller se coucher seule entre ses draps où traînait encore le parfum de Mark.

Pourquoi l'amour était-il toujours aussi compliqué ? Foudroyée par l'intensité de ses sentiments, elle se laissa tomber sur le canapé. L'idée de perdre Mark était encore plus douloureuse que le souvenir de la perte de Chuck, se rendit-elle compte soudain, avec stupéfaction.

Et pour la deuxième nuit d'affilée, elle pleura jusqu'à ce qu'épuisée, elle sombre enfin dans le sommeil.

Eva ne sut pas comment il avait fait, mais Mark sortit Aaron de détention, et l'adolescent reprit l'école le lundi matin.

Avant de revoir Mark au travail, elle souhaitait mettre les choses au clair entre eux. Elle lui laissa donc des messages jusqu'à ce qu'il la rappelle.

Quand il le fit enfin, sa voix exprimait la souffrance et la perplexité, et aussi un regret qui reflétait celui d'Eva.

— Je pense qu'il se passe quelque chose entre nous, seulement je ne peux pas tourner le dos à ma famille.

— Je ne te demanderais jamais une chose pareille, mais on ne résout pas un problème en l'ignorant.

— J'aurais aimé que cela puisse tourner autrement.

— Moi aussi, répondit Eva.

Elle se mordit la lèvre. Aaron avait besoin d'aide. Que pouvait-elle faire pour que Mark l'écoute ?

Après une nuit de travail longue et ennuyeuse, suivie d'un sommeil entrecoupé, Mark se rendit avec appréhension au studio pour l'enregistrement du vendredi.

Qu'allait faire Eva ? Et qu'allait-elle dire ? Aucune femme ne vivait tranquillement une rupture.

Une rupture ? Mais ils n'avaient jamais été ensemble !

Si. Dans le lit d'Eva, et dans sa tête à lui, ils avaient noué un lien profond. Et pour lui, rompre ce lien, c'était comme perdre le goût de vivre.

Eva enregistrait, professionnelle et sérieuse dans sa blouse blanche.

— Il y a des substances que votre adolescent peut se procurer au rayon pharmacie du supermarché, ou acheter par internet, et aussi des médicaments prescrits par un médecin, ou des drogues illégales vendues par des dealers... Par nature, les adolescents sont d'humeur changeante. Il est donc difficile de repérer des changements de comportement. Vos amis s'inquiéteront peut-être avant vous. Qui admettrait facilement que son enfant se drogue ? Il est aussi difficile que nécessaire, d'être particulièrement attentif. Si votre ado consomme des drogues, vous devez intervenir. Il y a très peu de chances qu'il arrête tout seul. Des numéros d'établissements de soins locaux pouvant vous aider, s'inscrivent en ce moment même sur votre écran.

La caméra zooma sur Eva qui, calmement, fixa l'objectif.

— N'importe qui, riche ou pauvre, jeune ou vieux, peut prendre des drogues. Mais on peut s'en sortir. Et pour cela, il faut demander de l'aide. Evidemment, personne ne vous apportera cette aide si vous n'êtes pas prêt à la recevoir.

Dans les coulisses, Mark passa nerveusement d'un pied sur l'autre. Ce n'était pas possible, elle avait préparé cette émission en pensant à lui et à Aaron !

Elle poursuivait.

— Demander de l'aide, exige beaucoup de courage. Ce n'est

pas un signe de faiblesse, bien au contraire, un signe de force. Et on peut en sortir. Tout le monde, ici à « Un docteur vous répond », est à vos côtés.

— C'est dans la boîte ! lança Phil. Jolie conclusion, Eva.

— Merci, répondit-elle.

Le sourire qu'elle adressa à Mark était plein d'espoir, et interrogateur. Mais lui n'avait ni espoir ni réponses.

Il saisit le script que lui tendait Phil. Il allait parler de l'influence des athlètes professionnels sur les jeunes… La veille, l'équipe avait mis au point les différents aspects de son exposé, mais il n'avait pas pu venir chercher le script au studio, occupé à faire libérer Aaron.

Il jeta un coup d'œil sur les fiches, et se sentit soudain complètement manipulé.

Le script portait sur les indices de l'usage des stéroïdes anabolisants ! Fixé par une pince sur la première page, il y avait un message plié. Et pour avoir vu de nombreux griffonnages en marge des scripts d'Eva, il reconnut son écriture.

« Voici les symptômes. Juge par toi-même. »

« P.S. Je ne ferais jamais rien qui puisse faire du mal à toi ou à ta famille. Tu comptes beaucoup pour moi ».

« Tu comptes beaucoup ? » Il sentit sa gorge nouée par l'émotion. Qu'est-ce que cela voulait dire ?

Comme il avait envie qu'Eva l'aime…

— Dans cinq secondes, annonça Philippe en passant devant lui.

Quand le rouge s'alluma, Mark entreprit de lire la liste.

— Voici les signes d'utilisation de stéroïdes à surveiller chez votre adolescent, lut-il d'une manière très neutre.

Un pincement douloureux naquit au creux de son estomac, quand il essaya d'analyser chacun des points qu'il lisait.

— Peau plus grasse et acné sévère, en particulier sur le dos.

Il reprit son souffle. Jusque-là, rien d'alarmant. Ce n'était pas si rare, surtout dans le climat humide de La Nouvelle-Orléans.

— Prise de poids rapide, surtout en muscle.

Aaron avait pris beaucoup de poids, surtout en muscle, au

cours de l'été, effectivement. Mais cela pouvait s'expliquer facilement par les friandises qu'il achetait souvent.

— Un rythme de sommeil irrégulier avec certains types de stéroïdes.

Le sommeil irrégulier d'Aaron était probablement autant la faute de Mark que celle d'Aaron lui-même. Tiffany s'était toujours plainte de son sommeil perturbé par le travail de nuit de Mark.

— Une calvitie prématurée, principalement de type masculin.

Il toussota. Le front d'Aaron s'agrandissait peut-être un peu, en effet, mais chez les garçons, cela arrivait parfois. Le père d'Aaron était devenu chauve assez jeune. Simple question d'ADN...

Mark dut s'éclaircir la voix pour lire le point suivant.

— Un accroissement significatif du volume mammaire chez les garçons, ainsi qu'une diminution des testicules.

Comment diable aurait-il pu constater des choses pareilles ? Comment les parents pouvaient-ils vérifier cela sur leurs adolescents ?

— Et des sautes d'humeur importantes et inexplicables.

Il retint un soupir d'agacement. Les sautes d'humeur affectaient la plupart des garçons de cet âge-là, surtout quand ils avaient des problèmes à la maison, comme Aaron. Lui-même avait une humeur en dents de scie au même âge, instabilité qui lui avait valu des tours de stade supplémentaires infligés par son entraîneur.

Mark fit à la caméra le signe de couper, et jeta un regard noir en direction du praticable par lequel Eva venait de disparaître. Avec sa liste, croyait-elle vraiment le convaincre qu'Aaron prenait des stéroïdes ?

# 11

Pendant une accalmie, Mark se reposait dans la salle des médecins, sur un des canapés en similicuir orange craquelé garnis de couvertures bon marché. La télévision diffusait un vieux feuilleton avec des rires enregistrés exaspérants, qui usaient ses nerfs déjà à bout.

Que faisait Aaron à la maison, seul et sans surveillance ? Mark n'aurait pas voulu le laisser seul, mais il n'avait personne auprès de qui se tourner.

Soudain, la proposition d'aide d'Eva lui revint, tout comme son insistance à affirmer qu'Aaron utilisait des anabolisants.

Maintenant glacé sous la couverture, il se souvint aussi du lit d'Eva, de son corps, et de son cœur. Elle était aimante et sincère.

Et pourtant, elle avait conseillé à la police de tester Aaron. Pourquoi avait-elle fait cela ?

Aveuglante, la vérité frappa Mark. Elle l'avait fait pour le bien d'Aaron.

Il composa le numéro d'Eva et tomba sur son répondeur.

Tu as raison, dit-il. Mon neveu prend peut-être des produits. Il présente tous les signes... Je regrette. J'ai... besoin de ton aide.

Il raccrocha, attendant que le monde s'effondre autour de lui, que son père lui reproche sa faiblesse, que sa mère éclate en sanglots hystériques, et qu'il se sente tout petit, minuscule, comme écrasé.

Mais rien de tout cela n'arriva, et peu de temps après, son téléphone sonnait.

Eva.

— Bien sûr que je t'aiderai, dit-elle à peine eut-il décroché... Mais moi aussi, j'aurai besoin de ton aide.

Dès sa garde terminée, il était allé la chercher. Et maintenant, sous le soleil levant, il était assis devant le Centre de traitement des toxicomanies, et attendait pendant qu'elle vivait un terrible combat intérieur.

Il était prêt à l'attendre indéfiniment. Maintenant, ils s'étaient retrouvés, et de nouveau, il respirait. Il avait failli la perdre, et se perdre aussi, par obstination.

Maintenant, il comprenait enfin ce que Tiffany lui avait dit pendant toutes ces années. Elle aurait voulu qu'il la laisse créer un vrai contact, et même partager ses problèmes. Mais il avait refusé, comme son père avait refusé que sa mère l'aide. C'étaient les hommes qui portaient le poids des problèmes, et qui assumaient tout à la place de leurs femmes.

Sans doute parce que si une femme assumait la charge des problèmes, elle pourrait se rendre compte qu'elle pouvait se débrouiller seule, et s'en aller !

C'était ce que sa mère avait fait. Et Tiffany aussi. Chez les O'Donnell, se faire plaquer semblait être une vocation.

Mais lui, ne commettrait pas deux fois la même erreur. Il se tourna doucement vers Eva.

— Dis-moi ce que je pourrais faire pour t'aider ?

Elle fit tourner autour de son doigt l'anneau absent. Le visage très pâle, les yeux cernés, elle émit un soupir entrecoupé.

— Je ne suis plus retournée au Centre depuis... depuis ce jour-là. Il faut que je t'en parle. Et que tu m'aides à surmonter ma peur.

— Tu sais à quel point tu es importante pour moi ? Combien je... Pour toi, je ferais n'importe quoi.

— Pour moi, tu es plus qu'important.

Eva descendit de la voiture, et Mark en fit autant après un instant de confusion. « Plus qu'important ». Cela voulait-il dire qu'elle l'aimait ? Il n'eut pas le temps de le lui demander, car à cet instant, elle saisit sa main.

— C'est ici que tout a commencé, lorsqu'un membre d'un gang et sa petite amie sont arrivés. La fille s'est mise à faire des hallucinations et nous avons essayé de la faire entrer, mais elle se débattait. Elle prenait notre fauteuil roulant pour une chaise électrique et hurlait qu'elle ne voulait pas mourir comme son père.

Mark la prit par la taille, et elle se blottit contre son épaule.

— Ensuite, une autre voiture est arrivée et trois garçons en sont sortis. Ils appartenaient à un gang rival. Apparemment, c'était l'un d'entre eux qui avait vendu les drogues à cette fille, et il croyait qu'elle l'avait dénoncé à la police.

— Et ensuite ?

— Je leur ai parlé. Tu comprends, j'avais l'habitude de ce genre de situation. J'avais réussi à les convaincre de s'en aller et ils s'apprêtaient à le faire, mais bien sûr, quelqu'un avait appelé la police. Chuck était de service, il est arrivé le premier... je lui ai dit de reculer, mais une demi-douzaine de voitures de police sont apparues, les sirènes en action. Le chef du trio a hurlé que je l'avais bien eu, et Chuck l'a défié pour détourner son attention de moi. Quelqu'un a crié quelque chose avec le mot « arme ». Des armes, tout le monde en avait. Les voyous, et la police.

La voix d'Eva se brisa.

— Et puis... ils ont tué Chuck.

Prise de violents sanglots, elle se laissa tomber lourdement sur le sol en béton. Mark s'assit près d'elle et la tint entre ses bras, pendant qu'elle poursuivait son récit entre deux sanglots. Les autres membres du trio avaient été abattus par la police, la fille s'était dégagée, et s'était délibérément exposée aux rafales... Eva se sentait responsable, déchirée, en deuil. Et en colère. Si seulement Chuck lui avait fait confiance, il serait toujours en vie maintenant.

Enfin, ses larmes s'apaisèrent, et elle se laissa docilement reconduire à la voiture.

Mark se demanda ce qu'il aurait fait à la place de Chuck. La même chose, probablement.

Il raccompagna Eva jusqu'à sa porte d'entrée.

— Entre. Reste un moment, proposa-t-elle.

Il lui prit la main et déposa un baiser sur ses doigts.

— Seulement si tu me gardes entre tes bras.

Les yeux encore brillant de larmes, elle eut un sourire.

— C'est faisable.

A l'intérieur, elle le conduisit dans sa chambre et lui ôta sa chemise, puis elle passa l'index dans la ceinture de son jean.

— Enlève-le, murmura-t-elle à l'oreille de Mark.

Il le fit aussitôt, puis ôta d'un coup de pied ses chaussettes et ses chaussures. Il prit ensuite un préservatif dans son portefeuille pendant qu'elle ôtait ses propres vêtements.

— Tu veux t'allonger ? lui demanda doucement Eva.

— Oui.

Il s'allongea docilement sur le lit. Mark avait pourtant toujours dirigé. Jamais il n'avait cédé le contrôle. Mais là, avec Eva, c'était différent. Il se sentait prêt à lui offrir tout ce qu'elle voudrait.

Elle lui remonta les bras au-dessus de la tête, et commençant par les poignets, centimètre par centimètre, le caressa jusqu'à ce que l'excitation devienne insupportable. Il mourait d'envie de toucher sa peau douce, mais c'était elle qui menait le jeu et dictait sa loi.

— Comme tu es fort... Et tout à moi, murmura-t-elle.

— Tout à toi, répondit-il dans un souffle.

Il leva la main, taquina la pointe d'un sein, et regarda Eva frissonner de plaisir à ce simple contact. Cela le transporta.

L'instant d'après, n'y tenant plus, elle le chevaucha, et il posa enfin les mains sur ses hanches aux rondeurs si attirantes.

Ensemble, ils découvrirent une nouvelle fois à quel point ils étaient faits l'un pour l'autre.

Entre deux sommes, Eva se réveillait juste assez pour caresser la ligne d'un biceps ou pour sentir leurs jambes mêlées. Elle ne s'était jamais sentie aussi bien dans sa peau que là, dans son lit, nue avec Mark.

Quand un portable sonna, elle crut que c'était Phil qui la rappelait.

Mais ce n'était pas son téléphone. C'était celui de Mark.

Celui-ci ne décrocha pas, et la sonnerie se répéta, insistante. Mark finit donc par décrocher.

Son visage exprima successivement l'inquiétude, l'incrédulité, puis la résignation.

— C'est une conséquence logique, Aaron. Je comprends la décision de ton coach. Je passerai te prendre à la sortie de l'école, dit-il avant de raccrocher...

Il se tourna vers Eva.

— Aaron se vantait auprès de quelques amis d'avoir été encore arrêté, alors son entraîneur l'a exclu de l'équipe de football. Il est trop fier pour prendre le bus. Je devrais probablement l'y obliger. Ça le rendrait plus humble, ce qui lui ferait du bien, mais je veux lui parler, alors je vais aller le chercher.

Il se tut, puis ramassant son jean et sa chemise, se dirigea vers la salle de bains.

Eva le rejoignit.

— Je peux venir avec toi, si tu veux.

Mark parut sur le point de refuser tout net, puis ses épaules s'affaissèrent.

— Oui. J'aurai vraiment besoin de ton expérience.

Ils n'étaient pas encore arrivés à l'école, quand un des entraîneurs appela. Aaron s'était enfermé dans les vestiaires, et il retenait un jeune adolescent en otage. Evidemment, la police avait été appelée sur les lieux...

Mark accéléra, et quelques minutes plus tard, il s'arrêtait devant l'école.

Avec Eva, il gagna directement les vestiaires.

— Aaron, je vais entrer ! lança Mark.

— O.K. !

— Et j'ai le Dr Veracruz avec moi.

Il n'obtint aucune réponse.

— Je peux t'être utile, Aaron. Laisse-moi une chance de t'aider.

Un « O.K. » résonna, à peine audible.

Ils franchirent les rangées d'armoires métalliques.

Aaron se tenait au fond du local, le bras replié sur le cou d'un jeune garçon.

— N'approchez pas.

Il resserra son bras autour de la gorge du garçon, qui émit un petit cri étranglé.

Mark s'apprêtait manifestement à s'élancer dans leur direction, mais Eva l'arrêta en le prenant par l'épaule.

— Nous n'irons pas plus loin avant que tu ne le décides toi-même, mais serre moins fort, tu veux bien ?

Aaron obéit, et le garçon cessant de se débattre, inspira bruyamment.

— J'ai vraiment fait une grosse bêtise cette fois, hein, tonton Mark ?

Mark regarda Eva, la mine perplexe.

Comprenant son désarroi, elle s'avança légèrement.

— Salut, Aaron.

— B'jour, docteur.

— Si tu laissais partir ce gamin ? Il n'a pas l'air très content, là.

— Si je le laisse partir, qu'est-ce qui va m'arriver ?

— Ça finira beaucoup mieux que si tu le retiens.

Avec précaution, Eva fit encore un pas, et du geste, elle empêcha Mark de la suivre. Il ne fallait pas qu'Aaron se sente coincé, surtout avec ce jeune garçon sous son contrôle. Il ne réfléchissait plus. On ne pouvait pas savoir ce qu'il pouvait faire.

Mark se recula.

Qu'est-ce que tu voudrais ? demanda doucement Eva.

— Jouer au foot. Et aussi, que Sharona revienne de ce centre où ses parents l'ont envoyée.

Elle hocha la tête, soudain désemparée. Sujet délicat. Mieux valait en changer.

— Tu ne te sens pas vraiment bien, hein ? Un peu inquiet ? Un peu perdu, peut-être ? N'est-ce pas ?

— Peut-être un peu, dit Aaron, tout bas.

— Nous pouvons t'aider, tu sais.

— Personne ne peut m'aider.

La voix de l'adolescent vibrait d'angoisse, et Eva arbora un large sourire faussement chaleureux.

— Si, bien sûr. J'ai des contacts.

— Quels contacts ?

— Je connais un endroit où tu pourras remettre de l'ordre dans ta tête. Tu y seras en sécurité, et tous les gens autour de toi aussi.

Aaron braqua sur elle un œil soupçonneux.

— Une prison ? C'est ça, l'endroit ?

— Tu as besoin d'aide. Tu as pris des stéroïdes.

— Ouais, mais c'est pas une drogue. Ça rend plus costaud, c'est tout.

— Ça perturbe aussi le cerveau.

— Je veux pas arrêter.

Eva acquiesça.

— Je comprends. Nous en parlerons quand tu auras relâché ce garçon, répondit-elle.

Mais Aaron resserra son étreinte de nouveau, et le garçon laissa échapper un cri de peur.

Eva entendit des sirènes hurler dehors, et brusquement, son passé l'assaillit. Chuck. La fille. Les gangs... Mais elle revint aussitôt à la réalité : deux garçons morts de peur. L'un d'eux pouvait faire beaucoup de mal si on commettait une erreur avec lui.

Les sirènes se rapprochaient. Il fallait faire vite.

— Garde-moi à sa place.

Avant qu'Aaron ait pu protester, elle le rejoignit rapidement et posa la main sur son bras épais, pendant que de l'autre main, elle lui frottait lentement le dos d'une manière apaisante.

Il ne s'écarta pas, bien au contraire, et à travers sa chemise, elle sentit son dos tendu.

— Laisse-le partir, s'il te plaît.

Aaron fixait Mark.

— Qu'est-ce que je fais ?

— Tu le laisses partir, répondit Mark d'un ton menaçant.

Eva lui adressa un regard d'avertissement.

— Ton oncle va courir dire à tout le monde que toi et moi, nous allons sortir, n'est-ce pas, Mark ?

Celui-ci lui adressa un regard furieux, et comme il hésitait, elle sentit la peur lui nouer la gorge.

— Je t'en prie, Mark, fais-moi confiance.

Il hocha sèchement la tête et sortit très vite.

— Maintenant, Aaron, reprit Eva, nous ne sommes plus que

trois, et bientôt, plus que deux. Tu peux me tenir si tu veux, mais même si tu ne me tiens pas, je resterai ici avec toi, c'est promis.

Aaron hésitait visiblement, alors suivant son instinct, elle lui donna une accolade.

— Je regrette tellement que ta maman ne soit pas là pour t'aider. Mais je vais m'occuper de toi. Je sais très bien m'occuper des adolescents.

— Vous me donnez votre parole ?

— Je te donne ma parole.

— Mon oncle vous fait confiance.

— C'est vrai, répondit Eva.

Elle continuait de lui masser le dos avec douceur et fermeté à la fois. Et elle perçut chez l'adolescent, une très légère détente.

— Dans ce cas, c'est d'accord.

Aaron libéra le jeune garçon, qui quitta le vestiaire en courant à toutes jambes.

Eva lui prit la main.

— C'est un bon début, ça. Maintenant, nous pouvons faire encore mieux.

— Non. C'est pas possible. J'ai vu les voitures de police par la fenêtre, dit-il, l'air égaré.

Eva tourna la tête vers la fenêtre.

— Je n'avais pas vu. Tu as raison, il y en a plusieurs.

Sur les toits des voitures, les barres de gyrophares jetaient des éclats bleus et rouges. Elle fronça les sourcils. Une nouvelle raison de s'alarmer pour l'adolescent instable. Comment allait-elle réussir à les faire sortir tous les deux sans dommage ?

— Mettons un plan au point pour ne pas inquiéter la police. Notre but, c'est de rester calmes pour qu'ils restent calmes, d'accord ?

— D'accord.

Aaron transpirait abondamment : son système nerveux s'affolait. Il se donna un violent coup de poing dans le front.

— Je trouve pas de plan !

Eva tenta de le rassurer par une nouvelle accolade.

— Tout va bien. Moi, j'ai un plan. Tu veux bien m'écouter ?

Cette fois, Aaron se dégagea.

— C'est quoi ?

Elle posa doucement la main sur son bras.

Son ton devenait agressif : il commençait à paniquer.

— Voilà ce que nous allons faire. Je vais te tenir par la main et marcher juste devant toi. Ne t'écarte pas. Quand nous arriverons dehors, les policiers voudront que tu te couches par terre. Fais-le tout de suite, d'accord ? Je resterai près de toi.

— Et après ?

— Après, ils te passeront les menottes. Je leur dirai que tu as besoin de soins immédiats. Ils te mettront dans une voiture pour t'emmener à l'hôpital ; Mark et moi, nous suivrons la voiture de police et nous t'accompagnerons à l'hôpital. Je parlerai à deux médecins que je connais et ensuite, nous mettrons un traitement en place pour que tu te sentes mieux, d'accord ?

— D'accord, répondit Aaron, docile à présent.

Eva lui prit la main.

— On fait ce qu'on a dit.

Obéissant, il la suivit, si près d'elle qu'il la frôlait en marchant.

Mark attendait à l'extérieur, mais tout près de la porte. Elle lui adressa un sourire crispé.

— Tu es revenu ? Super !

— Tonton, je regrette tout ce que j'ai fait. Si ça tourne mal, dis à 'Man que je l'aime, hein ?

Eva l'interrompit, cherchant à le maintenir concentré.

— Nous parlerons de ça plus tard. Pour le moment, ton oncle va marcher derrière nous. Tiens-toi tout près d'Aaron, Mark, et mets tes mains sur ses épaules.

— Entendu.

— Maintenant, Aaron, pose tes mains sur mes bras.

Si l'adolescent laissait ses larges mains sur ses épaules, elles seraient trop près de son cou et la police n'aimerait pas cela — elle non plus, d'ailleurs...

— Prêts, tous les deux ?

— Prêt, répondit Mark derrière elle.

Eva prit une profonde inspiration. Elle se sentait inquiète.

Vu le passé récent du garçon, comment la police estimerait-elle prudent d'agir ?

Il lui serra les bras un peu trop fort.

— Tu as peur, c'est normal, dit-elle. Tout le monde a peur, n'est-ce pas, oncle Mark ?

— C'est vrai. Et on a tous besoin d'aide un jour ou l'autre. Tu t'en souviendras, Aaron ?

— Oui, tonton.

Lentement, ils sortirent du vestiaire.

Mark parvint à faire bonne contenance pendant qu'on faisait monter son neveu dans la voiture de police. Le garçon était maculé de poussière, et des traces de larmes salies striaient ses joues.

Ce furent ces larmes qui firent déborder le chagrin de Mark. Eva le prit dans ses bras.

— Ça fait du bien de pleurer, dit-elle, elle aussi les larmes aux yeux.

A l'hôpital, ils virent Aaron à travers une vitre. Attaché au lit par ses menottes, il acceptait visiblement cette contrainte.

— Ça arrive très souvent, expliqua Eva. Généralement, des patients qui ne se contrôlaient plus se calment quand ils sont pris en charge, et n'ont plus à répondre de leurs actions.

Mark lui prit la main.

— C'était un petit garçon si drôle et si mignon... Merci de m'aider. Je me sens tellement désemparé. Tellement perdu. Sans toi, je n'arriverais pas à faire ce qu'il faut pour lui.

A travers la vitre renforcée, il regarda Aaron. C'était son neveu, et il avait échoué.

— Ce n'est pas ta faute, dit Eva, comme si elle avait deviné ses pensées. Aaron a fait de mauvais choix.

— Je me croyais attentif, mais je n'ai pas vu les signes, même après que tu me les avais fait remarquer.

— Ecoute, pudique comme tu l'es, tu ne vas pas aimer ma suggestion, mais tu devrais parler avec quelqu'un qui pourrait t'aider à traverser ces moments difficiles.

— Toi ?

— Non, pas moi. Je suis trop proche de toi.

Mark la scruta avec intensité.

— Trop proche... Jusqu'à quel point ?

— Ce n'est pas le moment ni l'endroit le plus romantique, mais après tout, le moment, bon ou mauvais, n'y change rien.

Elle prit les mains de Mark.

— Je t'aime.

Il la regarda, très ému, et la réponse lui vint tout naturellement.

— Je t'aime aussi.

Et c'était si bon de le dire qu'il le répéta.

— Je t'aime, Eva.

Elle afficha un large sourire.

— Pour toi, c'est Dr Eva Veracruz.

# Épilogue

Eva n'aurait jamais rêvé d'un plus beau mariage. Au bras de son frère, elle allait remonter l'allée centrale de l'église pour rejoindre un Mark radieux, et superbe dans son costume sombre.

Dans la galerie, un saxophone jouait une musique soul pleine d'allégresse.

Eva savait que son frère n'aurait guère les moyens de louer un smoking, mais Ricky était très beau avec la veste et la cravate qu'il avait achetées pour les baptêmes de ses filles.

Il déposa un baiser sur sa joue.

— Tu es magnifique.

— Toi aussi.

— C'est ce que Susan m'a dit.

Selma, sa fille aînée, en robe longue et gants blancs, tenait par la main ses deux cadettes en justaucorps et tutus, et elle les guida le long de l'allée.

Eva avait très officiellement annoncé : « Mariage suivant votre fantaisie ». Elle sourit à cette pensée. Sa famille avait parfaitement suivi la consigne.

Derrière ses trois nièces, Susan, sa demoiselle d'honneur, en robe de bal dos nu, poussait le fauteuil roulant d'Abuelita, la grand-mère d'Eva et de Ricky.

La vieille dame portait un diadème. Selma avait affirmé que cela lui plairait, et apparemment, elle avait vu juste. Arrivée à la moitié de l'allée, Abuelita, telle la reine mère en personne, salua de la main ses amis assis sur les bancs.

Distraite, Eva n'avait pas répondu au prêtre, et Ricky tira discrètement sur la manche de sa robe rouge — la robe qu'elle portait lors de sa première rencontre avec Mark.

— C'est à toi, murmura-t-il.

Il occupait une double fonction : il escortait la future mariée et il était aussi le témoin de Mark.

Ce n'était pas une cérémonie conventionnelle, mais ils ne formaient pas une famille conventionnelle…

Dans des tenues plus classiques, la mère de Mark et son époux étaient installés sur le banc de devant. Sa sœur et le dernier petit ami de celle-ci complétaient la rangée, avec Aaron assis entre eux. Ils avaient tous si bien coopéré pendant les séances de thérapie familiale qu'Aaron avait reçu la permission d'assister au mariage.

Derrière eux se trouvaient le père de Mark avec sa femme, et les trois demi-frères de Mark, encore adolescents.

Une caméra de la chaîne de télé filmait l'événement. C'était le cadeau de l'équipe pour dire au revoir. Eva et Mark avaient fait monter les taux d'audience, mais Eva avait tout de même remis sa démission. A l'inverse de Mark, elle n'essaierait même pas d'exercer deux métiers en même temps. Ce n'était pas dans sa nature.

De plus, ils n'auraient bientôt plus beaucoup de temps disponible.

L'instinct d'Eva l'avait incitée à effectuer un test de grossesse le matin, et la réponse n'avait laissé aucun doute. Elle était enceinte.

Le soir, elle annoncerait la nouvelle à Mark.

Mark regardait Eva s'avancer dans sa robe rouge. Ses seins tendaient le tissu rouge, et le sillon entre eux semblait s'être approfondi…

Quand elle s'arrêta en face de lui, il se sentit transporté à l'idée qu'elle allait devenir sa femme.

Elle s'inclina en avant.

— Je ne crois pas que les adeptes du mariage traditionnel approuvent cette cérémonie.

— Je me moque de ce qu'ils pensent. Moi, j'approuve, répondit

Mark, posant un regard appuyé sur la naissance de ses seins gonflés. J'approuve sans restriction.

Ricky le poussa du coude.

— Ça, plus tard. Maintenant, tes vœux.

Mark prit la main d'Eva, et il ressentit avec bonheur, le même frisson qu'au premier jour.

— Moi, Mark Chandler O'Donnell, je te prends, Eva Anita Veracruz, pour être ma femme devant la loi, et la mère de mon enfant.

Il adora la surprise qu'exprima son regard, accompagnée de son beau sourire lumineux.

Durant la réception qui suivit, il leva son verre avec enthousiasme.

— A ma famille ! lança-t-il, incluant en un même geste les parents d'Eva et les siens.

Sa famille à lui avait subi une déchirure, elle avait souffert, et il n'avait pas su comment y remédier. Mais son épouse, le Dr Veracruz, avait su exactement que prescrire. Et il avait bien l'intention de la remercier pour cela.

L'amour guérissait tout…

— A votre santé, et à la santé de vos familles respectives ! ajouta-t-il.

Eva fit tinter contre sa flûte de champagne son verre rempli d'eau pétillante. Elle adressa à tous un immense sourire.

— A notre famille.